나는 그저
시골뜨기
공무원이었을까

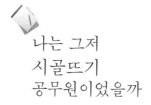

나는 그저
시골뜨기
공무원이었을까

초판 1쇄 발행 **2014년 2월 3일**

지은이 **이태묵**

펴낸이 **김선기**
펴낸곳 **(주)푸른길**
출판등록 **1996년 4월 12일 제16-1292호**
주소 **(152-847) 서울시 구로구 디지털로 33길 48 대륭포스트타워 7차 1008호**
전화 **02-523-2907, 6942-9570~2**
팩스 **02-523-2951**
이메일 **purungilbook@naver.com**
홈페이지 **www.purungil.co.kr**

ISBN **978-89-6291-248-7   03810**

*이 도서의 국립중앙도서관 출판시도서목록(CIP)은 서지정보유통지원시스템 홈페이지(http://
seoji.nl.go.kr)와 국가자료공동목록시스템(http://www.nl.go.kr/kolisnet)에서 이용하실 수 있습
니다.(CIP제어번호: CIP2014002447)

공주를 사랑했던 한 공무원의 소박한 꿈 이야기

나는 그저
시골뜨기
공무원이었을까

| 이태묵 문화 칼럼

푸른길

감사의 글

　공직 생활을 하는 동안 내가 살고 있는 공주를 '지역을 넘어 세계로' 나아가도록 만드는 게 저의 꿈이었습니다. 시골뜨기 공무원의 신분으로 세계화를 만들어 내는 것이 쉽지만은 않다는 것을 그 누구보다도 잘 알고 있습니다. 정보의 부족, 한정된 재정, 인적 네트워크의 한계 등 때문입니다. 하지만 이러한 한계 요소들은 극복하고자 하는 노력이 부족해서 그렇지, 하고자 하는 열정만 있다면 얼마든지 극복할 수 있는 요소들이라고 생각합니다. 그뿐만 아니라 한계 요소들의 규모가 크다고 세계화가 되고 규모가 작다고 세계화가 되지 않는 법도 없는 것입니다.

　이처럼 세계로 나아가는 꿈을 이루기 위해 작은 발자국들이 하나하나 공주에서 만들어져 가고 있습니다. 백제 문화제의 구조 조정, 계룡산 분청사기 축제, 계룡산 산사 음악회, 마곡사 신록 축제, 마곡사 토요 무대, 유구 우렁각시 축제 등을 창발創發하여 지역 주민들

4

과 함께 한 발 한 발 걸어왔던 것은 지역을 발전시키기 위한 노력들이었고, 공주 알밤과 정안 밤이 브랜드화가 되기까지는 제가 자청한 3년간의 KBS-N 리포터 활동과 KBS의 김애란 PD와의 다양하고 지속적인 방송 협력의 영향이 제법 컸다고 자부하고 싶습니다. 특히, 한옥 마을 조성과 공예 공방, 고마 센터, 웅진백제 역사관 등의 시설들을 짓고 운영하던 일들은 세계로 나아가기 위한 몸부림이 아닐 수 없습니다. 또한 제대로 밤잠도 못 자고, 토요일과 일요일의 휴식도 반납한 채 저와 함께한 공주시청 공무원들이 있었기에 '세계로 나아가는 과정이 이런 것이구나!'라는 것도 깨달을 수 있었던 기회였습니다.

더욱이 지역의 벽을 넘지 못하던 저에게 세계로 나아가기 위한 용기를 주시고 지식의 곳간을 채워 주신 분들이 있습니다. 이준원 시장님과 최석원 전 공주대 총장님, 이어령 장관님, 소설가 박범신 선생, 배재대 정강환 교수님 등은 만날 때마다 테마가 있는 지역 개발의 필요성을 깨우쳐 주었고, 홍익대의 이형우 교수, 김억 교수, 민현준 교수, 유현준 교수, 최욱 교수님 등은 유럽(독일, 스위스, 이태리, 영국)의 디자인 여행을 함께하는 계기로, 공주 예술 고을을 구상하게 하고 세계 미술 시장이 지역 개발에 미치는 영향이 크다는 점을 눈뜨게 해 주신 분들입니다.

제가 작은 시골에 살고 있는 시골뜨기 공무원에 머물고 싶지 않은 이유도 바로 여기에 있습니다. 그런 제가 지난해(2013년) 12월 말로 명예퇴직을 하였습니다. 1979년 10월 15일 공주시 사곡면에서 9급 공무원으로 발령을 받은 지 34년 3개월 만입니다.

해마다 선배 공무원들을 많이 떠나 보내드렸습니다만, 저처럼 파란만장한 공직 생활을 한 공무원도 없을 것입니다. 공무원으로서 축제를 치르면서 지역 인사들과 심한 갈등을 겪어 보았고, 치욕적인 수사와 구속 그리고 1년이 넘도록 재판도 받아 보았습니다. 그해 공무원에서 직위 해제가 되었을 때, 출근조차 못하는 저를 보고 안쓰러워 하시던 어머니를 저 세상으로 떠나 보내 드려야 했던 쓰라림을 겪기도 하였고, 다시금 공직에 들어와서는 2010 세계 대백제전을 보란듯이 치러 내고 대통령으로부터 근정포장勤政褒章을 받으면서 국장으로 승진하는 영광도 있었습니다. 이런 시련과 영광의 과정이 저에게 닥친 비애라고는 생각하지 않았고, 순간순간의 기쁨은 될지 몰라도 저의 꿈의 궁극적 성취는 아니었습니다. 이 모든 것들은 세상을 이해하고 세계로 나아가는 과정의 진통이 아니겠습니까?

이 책을 쓰기까지는 지난해 11월에 돌아가신 아버지의 영향이 컸습니다. 90세 일기로 돌아가시기 전까지 조선일보를 60여 년간 구독해 왔던 것도 이어 받을 만한 유산이었지만, 그 신문들을 일자별로 철을 해 놓으신 것이나 하루하루 희로애락喜怒哀樂이 담긴 이야기들을 통해서 응어리진 감정을 풀어 내셨던 아버지의 일기장을 보고서는 이 글을 쓰지 않을 수 없었습니다.

    부족한 원고를 수정해 주시고 다듬어 주신 나태주 문화원장님과 글에 알맞은 사진을 흔쾌히 촬영하여 제공해 주신 김혜식 대표님께 따뜻한 감사의 말씀을 드립니다. 또 출간을 허락해 주신 푸른길 김선기 사장님, 출간의 전 과정에서 친절하고 세세한 안내인이 되어 주신 편집장님 그리고 꼼꼼한 교정으로 무리 없이 읽을 수 있는 글이 될 수 있도록 만들어 주신 정혜리 님께도 따뜻한 감사의 말씀을 드리고 싶습니다.

    끝으로, 저의 가족들입니다. 저 개인적으로는 해외여행을 많이 했지만 공직 생활 34년 동안 가족들과 비행기 한번 제대로 타 본 적이 없었고, 가정보다는 직장에 머무는 시간이 많았어도 잘 참아 주고 사랑으로 인정해 주는 보물들이 있습니다. 아내 김용선과 두 딸 선주와 경진이에게 마음속 깊은 사랑을 전합니다.

    여보, 딸들아, 사랑해!

책을 내면서

　공주公州라는 지역에서 태어나서 시골뜨기 공무원이라는 신분으로 오랜 세월을 온갖 풍상風霜을 겪으며 살아오면서 제 가슴속에 지워지지 않는 꿈 하나가 있습니다. 그것은 다름 아닌 공주가 세계적인 도시가 될 수 있다는 확신입니다. 현재, 산업 구조의 급격한 변화 물결과 함께 출생률의 저하와 인구의 고령화, 인근 대도시로의 인구 유출과 그에 따른 인구의 감소로 지역 발전에 있어 위기를 맞고 있는데도 말입니다.

　그렇다면 자신이 살고 있는 지역 사회를 세계적인 도시로 발전시켜 나가려면 어떻게 하여야 할까요? 지역 간 경쟁은 점점 더 치열해지고 각기 지속적으로 발전하려는 몸부림들은 날로 커지고 있는 데 반해, 국가나 지방 정부의 재정 상태는 점차 어려워지고 어디에다 성장 동력을 걸어야 할지의 고민과 합치되지 않는 지역민들의 다양한 주장도 지역 발전 정체의 한 요인이 되고 있습니다. 그러나 아무리 지역에 어두운 그림자가 드리워진 상황이라도 그 지역의 발전 정책에 희망을 주는 것은 그 지역을 그 지역답게 가꾸는 것입니다. 주지하듯 가장 지역적인 것 한두 가지가 세계로 나아가는 지름길이 되고 있기 때문입니다. 선진 도시의 개발 사례를 그대로 모방해 놓는 방식의 개발이 아니라 그 지역의 고유한 특성을 살려서 개발하는 것입니다. 이는 재정을 적게 투입하고서도 큰 성과를 낼 수 있는 장점이 있기 때문입니다.

제가 최근 몇 년 동안 여행해 본 축제의 도시 오타와Ottawa, 퀘벡Quebec, 몬트리올Montreal, 시에나Siena, 에든버러Edinburgh 등과 관광의 도시 로렐라이Loreley, 몽마르트르Montmartre 언덕, 뉴캐슬New Castle, 런던London, 구이린계림 · 桂林, 시안서안 · 西安 그리고 예술의 도시 가나자와金澤, 나오시마直島 등과 같은 도시들은 급속한 변화의 물결 속에서도 해당 지역의 특성을 이용하여 지역을 크게 발전시켜 가고 있는 세계적인 도시들입니다.

이들 도시들이 보여 주는 한결같은 공통점은 눈에 보이는 멋진 건물들이나 엄청난 관광 시설물들의 축제가 아니라는 겁니다. 아무도 오가지 않던 영하 30도의 동토凍土의 땅에 축제를 통해 관광객들을 유치하는가 하면, 전쟁으로 폐허가 된 도시를 군악 축제로 변모시키고 있었고, 중세 시대의 말 달리는 경기장을 옛 그대로 보존하는 것에 그치는 것이 아니라 지금까지도 경기를 치르면서 관광객을 불러들이고 있었습니다. 그런가 하면 쇠퇴하는 도심지 땅에 미술관을 지어 작품을 설치하고, 보잘 것 없던 강과 평범한 언덕 등에 수상 공연과 스토리텔링을 입혀 새로운 도시의 변화를 만들어 내는 전략이 그것들입니다.

유럽 지역의 배경을 보면 1980년대부터 제조업 분야가 쇠퇴하기 시작하면서 실업자들이 대량 발생하게 되고, 복지 재정의 확대까지 겹쳐 대부분의 지역들이 재정 위기에 직면하게 됩니다. 이 같은 상황은 세계화의 물결 속에서 제조업의 쇠퇴와 고용의 상실 그리고 도시 중심부의 급격한 쇠락으로 이어져 지역들이 부가가치가 높은 산업을 찾으려고 몸부림을 치게 되면서, 지역의 고유한 여건과 문화가 오히려 지역 발전의 동력이 될 수 있다는 것을 새삼 깨우쳐 주고 있었습니다. 단순히 제조업의 산업화만으로는 지역 발전이 어렵다는 얘기가 될 것입니다. 역설적으로 제조업의 침체가 지역의 고유 자원을 지역 발전의 새로운 창조의 기점으로 활용하기 시작한 원인이 되고 있습니다. 중국이나 일본 역시 지역의 고유 자원 접근법인 유럽식 모델이 성공을 거두게 되자, 지역 발전 사업에 지역 문화를 개발하는 전략을 구사하기 시작했습니다.

우리에게는 더 좋은 자원이 있습니다. 아름다운 강과 산이 있고 유구한 역사가 있습니다. 이 땅은 백제의 왕도 이전에 이미 수만 년 전부터 이 땅에 생명을 잉태시키고, 생명을 키우며, 생명을 지켜 온 숨결들이 고스란히 배어 있는 곳입니다. 그러나 아득한 역사는 실체를 거의 보지 못하고 빈 땅으로만 존재하고 있는 곳이 많습니다.

오랜 세월 동안 누군가가 사랑하며 가꾸고 배우며 또 사랑하고 가꾸며 정겹게 살아온 땅이었다는 것이 분명한데 말입니다. 그렇다고 우두커니 그런 땅을 방치할 수만은 없는 일입니다. 이대로 방치한다면 수만 년을 이어 온 땅을 지키는 사람들은 점점 떠날 것이고 훗날 도시 자체가 사라질지도 모르는 일입니다.

한 민족의 역사가 그렇듯이 현재 살아가고 있는 주인들로부터 버림을 받을 때 그를 옹호해 줄 사람은 아무도 없다는 것을 역사가 가르쳐 왔습니다. 지역 주민들이 그 스스로 운명의 주인공이 되지 못하거나 자신의 역사에 대한 자부심을 갖지 못하게 되면 미래에 대한 존재감도 불확실해질 수밖에 없습니다. 그렇다고 다른 도시를 모방하고 차용하는 방법으로는 살아남을 수가 없습니다. 여름날 밤에 둥근 달을 띄워 놓고 공산성 느티나무 밑에서 우리나라의 저명한 시인, 소설가, 화가 들을 모셔다가 지역 사람들과 함께 공산성을 이야기하게 한 것이나, 고마나루에 한옥 마을을 조성하고 고마를 지은 것도 순간 지나가는 일회성 인기 프로그램이 아니었던 것입니다.

지역 발전의 운명은 현재 살아가고 있는 사람들에게 달려 있습니다. 우리의 고유한 문화를 활용하고 고유한 가치를 창출해야 합니다. 역사 속에는 무수한 보물들이 녹아 있습니다. 세계적인 도시들의 명소를 가 보아도 우리 공주처럼 역사와 강과 도시 기반을 제대로 갖추고 있는 곳도 드뭅니다. 이러한 보물들을 기반으로 지역 사람들이 느끼고 자랑스러워 하는 터전을 만들어 내야 합니다.

여기, 우리의 역사를 근간으로 한 예술 이야기, 축제 이야기, 사람 사는 이야기를 시골뜨기 공무원의 눈으로 썼습니다. 역사 도시의 발전은 옛 모습을 그대로 재현하는 것이 아니라 역사적인 가치를 현재적이고 미래적 측면에서 새롭게 포장하고 창조하는 것이라고 기술했습니다. 어제의 시점에 본 이야기들이 내일을 위한 자원이 되어, 공주가 제대로 세계로 나아가는 일에 조금이라도 보탬이 되었으면 좋겠습니다.

차 례

| 제1부 | 문화 이야기

| 제2부 | 축제 이야기

| 제3부 | 사람 사는 이야기

문화 이야기

봄볕이 내리는
곰나루

곰상〔熊像〕의 이미지는 기다림

저는 틈만 나면 곰나루에 갑니다. 요즈음은 쓸쓸하더군요. 겨울의 끝자락에 걸친 언덕 위로 허물어져 가는 가옥으로 바람 소리만 스쳐 지나갈 뿐, 사람들의 발길은 거의 끊겼습니다. 하지만 비스듬히 서로 기댄 채 서 있는 아름드리 소나무 숲 속의 곰사당 안에 있는 곰상을 바라다보면 천년이 지난 지금도 이보다 더 수준 높은 조각 작품이 어디 있을까 생각하게 됩니다.

저는 몇 년 전만 해도 어수선한 집이나 지저분한 자연 경관을 진저리가 나도록 싫어했었지요. 오랜 세월을 버텨 온 기와집을 허물고는 그 자리에 높은 빌딩을 지어야 지역이 발전한다고 믿어 왔던 거죠. 그런데 선조들의 흔적을 하나하나 찾아 살펴보면서 우리의

역사를 한낱 거추장스러운 산물로만 여겼던 생각이 너무나 부끄럽
게 느껴지는 것을 점점 깨닫게 됩니다. 곰나루 솔밭이 그렇습니다.
'곰나루熊津'라고 하면 '공주公州'의 어원이 시작된 곳이기도 하지만
먼저 곰나루 전설이 떠오릅니다.

처녀 곰 한 마리가 살고 있었다지요. 항상 사람과 결혼하기를 바
라던 어느 날, 나무하러 왔던 나무꾼 총각을 만나 사랑을 하게 되었
고, 마침내 그를 굴속으로 데려와 잘 살아갔다지요. 곰은 온갖 정성
으로 나무꾼을 봉양하면서도 그가 도망갈지도 모른다는 생각에 밖
에 나갈 때는 항상 굴문을 커다란 돌로 막아 놓았답니다. 함께 살아
가는 수년 동안 어느덧 정이 듬뿍 들었고, 자식도 넷이나 낳아 나무

꾼에 대한 감시도 점차 소홀하게 되었답니다. 그러나 곰의 정성 어린 보필과 애정에도 불구하고 인간 세상에 대한 그리움이 가득했던 나무꾼은 곰의 감시가 소홀한 틈을 타서 자식과 곰을 버리고 강을 건너 끝내 도망가기 시작했답니다. 뒤늦게 이를 알게 된 곰은 강을 건너가는 나무꾼을 향하여 되돌아오라고 애원하였고, 하지만 나무꾼이 들어 주지 않자 자식을 데리고 물에 빠져 죽었답니다.

　이때부터 이 나루를 곰나루라고 부르게 되었답니다. 오늘날도 그곳에는 수백 년 묵은 노송들이 세찬 바람을 이기며 소리를 내고 있음을 봅니다. 이것조차 곰의 슬픈 사랑을 달래 주고 있는 것이라고 공주 사람들 모두가 생각하고 있습니다.

전설 속에 숨어 있는 아이콘은 백제 이야기

　곰나루 전설 속에는 역사적으로 큰 의미가 숨겨져 있다는 것을 알게 됩니다. 단순히 곰과 나무꾼이 사랑하다 떠나 버린 나무꾼을 그리워한 곰이 물에 빠져 죽었다는 것으로만 그칠 이야기가 아니라는 점입니다. 사람인 나무꾼이 왜 좋지 않은 이미지로, 반면에 동물인 곰은 좋은 이미지로 투영되고 있는 것인지, 더불어 곰과 나무꾼이 새끼를 낳을 수 있는 건지, 또 새끼를 낳아도 왜 네 마리인지, 그리고 결정적으로 나무꾼이 가족의 사랑을 뒤로 하고 도망쳐야만 했던 이유가 뭐라고 봐야 되는지 등을 크게 의심해 보지는 않으셨을 것입니다.

사실 우리 한민족은 단군신화에서도 묘사되었듯이 곰과 인연이 깊은 민족으로, 신화에 등장하는 곰은 착한 토착 세력을 뜻합니다. 아울러 곰나루 전설에 등장하는 곰도 공주 지역의 토착 세력으로 볼 수 있는데, 나무꾼은 한성에서 남하해 온 백제의 왕실 세력으로 추론해 볼 수가 있지요. 또 네 명의 새끼는 웅진 시대의 네 분 왕을 뜻하는 것이고, 강을 건너 도망치는 나무꾼의 모습을 백제가 다시 부여로 천도하는 과정이라고 봤을 때, 백제가 한성에서 웅진으로 내려와 왕과 토착민인 공주 사람들이 함께 섞여 살다 못 견디고 부여로 천도해 가는 정치 과정을 한 편의 곰나루 전설로 표현한 것이 아니냐는 겁니다.

그 당시 한성에서 쫓기다시피 공주로 천도해 온 문주왕, 불안한 정치적 환경 속에서 정적들에게 살해당한 삼근왕과 동성왕…, 그리고 비로소 무령왕 때 안정된 왕권을 회복하더니 웅진 시대 64년이 되던 해 성왕이 공주 사람의 반대를 무릅쓰고 부여로 수도를 옮겨 가는 웅진 시대의 정치사가 바로 그것입니다.

다시 곰상을 바라다봅니다. 사람을 해치려는 모습이 결코 아닙니다. 앞발을 가지런히 모으고 양쪽 귀를 머리에 바짝 붙이고 앉아 70도 높이를 향해 바라보는 자세는 분명 애절한 몸짓이 아닐 수 없습니다. 나무꾼을 기다리는 모습으로 보일 수도 있고, 나무꾼의 인간

성과 비정한 정치를 고발하고 있는 모습으로도 볼 수 있지만, 지난 날을 후회하고 있는 모습으로 보인다는 게 차라리 더 적절하지 않을까요. 나무꾼이 떠나지 않을 수 없게 만들었던 지난 일들, 왕(나무꾼)도 버티지 못할 정도로 토착 세력(곰)인 자신이 부린 오기와 텃세 등을 생각하고 있겠죠.

그럼에도 사전에 도망가지 않도록 방책을 마련하지 못하고 후회하면 무엇하겠습니까? 천년 넘도록 애절하게 기다리면 뭣하겠습니까? 한 번 실수는 오랜 세월이 지나도 되돌려 놓을 수 없다고 우리에게 전해 주는 의미는 분명해 보입니다. 곰은 지금도 애절한 몸짓을 하고 있지만 소풍 오던 학생도 끊겼고, 달래 줄 사람들도 없습니다.

지나간 역사가 뭐가 그리 소중할까 하고 여길 수도 있지요. 하지만 그건 너무도 얕은 생각입니다. 기와집이 아파트로 변하고 가마가 자동차로 바뀌었어도 인간의 흥망성쇠는 살아 있어서 그 속에서 큰 지혜를 얻을 수 있습니다. 역사를 단지 낡은 시대의 과거 유물로 치부하거나 쓸데없는 공부로 여겨서는 안 되는 이유도 여기에 있지요. 그동안 소나무와 전설 이야기만을 곰나루의 전부로 알았지만, 역사의 현장에서 역사적 상상력까지 동원해서 들춰 본다면 곰나루가 확연히 달라 보일 것이라고 저는 확신합니다.

역사가 왜 소중한지, 역사가 주는 의미는 무엇인지 곳곳에 묻혀 있는 역사적 혼들은 지금 우리에게 역사 공부를 권하고 있습니다.

매주 토요일 오후 1시 무령왕릉 웅진백제 역사관의 백제 문화 학교에서 배워 보시지요. 우리 함께 역사 공부를 하는 것입니다. 그리고 곰나루를 걸어 보시지요. 역사는 단연코 아는 만큼 보인다고 했습니다. 봄볕이 완연한 오후가 좋겠습니다. 비 오는 날은 더욱 슬퍼지니까요.

공산성은 슬프려고
태어났는가

　계절 여행입니다. 여행가들은 '한 번 간 곳도 계절에 따라 다시 가
보는 것이야말로 여행의 묘미가 아닐 수 없다.'라고 말합니다. 공산
성은 공주 사람인 저에게도 언제 찾아가도 또 다른 매력을 줍니다.
여름의 공산성公山城이 싱그러운 신록과 꽃으로 반겨 준다면, 겨울
의 공산성은 상큼한 공기와 스산한 분위기로 우리를 맞아 줍니다.
모두 다 사라진 이 계절에도 백제 사람들의 마음이 이곳처럼 통하
는 곳도 없습니다.

가을아, 너는 아느냐 공산성을
───

　여름이 지나가고 백제 문화제의 함성도 멎은 지금, 공산성에 남
은 건 쓸쓸함뿐입니다. 성을 지키는 수문병들도 동면에 들어가 조

용하기만 합니다. 수백 년 된 고목들도 고성과 어우러져 낙엽을 떨어뜨리며 쓸쓸한 풍경을 연출하고 있고, 듬직한 느티나무만 바라보고 있어도 심신이 고요하고 평온해집니다.

공주의 중심부에 놓인 이 공산성은 총길이가 2660미터로 문주왕 원년(475년)에 서울 한성에서 천도한 후, 성왕 16년(538년) 부여로 다시 수도를 옮길 때까지 웅진 시대의 방어 거점이었다는 것은 많이 알고 있는 사실이지요. 하지만 이 깊어 가는 공산성의 늦가을은 또 다른 것들을 생각나게 합니다. 웅진백제의 도읍이 공산성에서 사비성으로 옮겨 갈 때가 가을철이었고, 백제의 마지막 왕인 의자왕도 이 가을철에 잠시 거쳐 갔으며, 김헌창의 난(822년)도 가을이 곧 지난 겨울에 이곳에서 평정되었고, 1623년 이괄의 난 때는 인조 임금의 추운 겨울의 피란처이기도 했습니다.

공산성을 오르는 길은 별로 힘겹지가 않습니다. '금서루 – 쌍수정 – 진남루 – 동문루 – 광복루 – 임류각 – 영은사'로 길이 나 있고, '금서루 – 공북루 – 만하루 – 영은사 – 임류각 – 광복루'로 이어지는 성곽 타는 길도 있습니다. 어디로 가든 길은 만나게 되어 있고, 공주의 시가지를 굽어보기도 하고, 금강 물을 따라 성을 따라 얼마간 걸을 수도 있습니다.

공산성에서 가장 풍광이 좋은 곳은 공산정公山亭으로, 이곳은 관광객들의 눈길을 확 당기게 합니다. 강바람이라도 불면 죽었던 백제가 다시 환생하는 것만 같습니다. 금강의 수량도 무척 넓어지고 풍성해졌습니다. 금강 철교에 비치는 햇살도 따사롭기만 합니다. 아이들과 함께 왔다면 만하루와 연지도 권해 보고 싶습니다. 계단식으로 축조해 내려간 연지의 수심은 금강 수면과 일치합니다. 그

옛날 금강과 강물이 배수로를 통해 연지로 자유롭게 드나들 수 있도록 과학적으로 축조했기 때문입니다.

걷다 보면 시야가 훤해 보입니다. 공산성 성곽이 몇 년 전부터 수목을 베어 내고 있는 것입니다. 긴 세월의 두께가 켜켜이 쌓인 성곽 위로 수백 개의 용 문양 깃발이 펄럭이고 있습니다. 금강 물에 비친 모습은 영락없이 꾸불꾸불 살아 움직이는 용입니다. 왕성에 옛이야기를 나타내고자 한 것이 그전에 없었던 변화들입니다. 구도심을 내려다보아도 도시를 요란스럽게 색칠하거나 뽐내는 고층 빌딩들은 지금도 없는데, 왕성을 위협하는 높은 건물은 들어설 수 없기 때문입니다.

흐르는 금강과 철교 그리고 드러누워 있는 듯한 공산성은 눈 내리는 날만 하얗게 변할 뿐, 현대 문명으로 치장할 줄 모르고 수천 년을 살아온 그 자체입니다. 화려하지 않은 제 모습이 공주의 매력이 아닐 수 없습니다.

공산성은 말한다, 힘겨울 때 찾아오라고
———

하지만 내게 공산성은 언제나 스산한 모습으로 다가옵니다. 고구려와의 전투에서 한성이 함락되자 황급하게 천도한 곳, 64년간 네 명의 임금 가운데 세 분의 임금(문주왕, 삼근왕, 동성왕)이 피살된 곳, 의자왕이 사비성 전투에서 패하고 피신했다가 당나라 군사들에게 잡혀간 곳, 통일신라 도독 김헌창이 난을 일으켰다가 자결한 곳, 조선 시대 인조 임금이 이괄의 난을 피해 피신 온 곳, 그곳이 바로 이곳 공산성이기 때문입니다.

현재의 시점에서 보아도 길게 흐르는 금강이 북쪽을 막아 주고, 동쪽과 서쪽으로는 높은 산이 방어하고 있으며, 또한 그 당시 남쪽으로는 제민천을 중심으로 한 저지대 습지들이 형성되어 있었으니 그 중심에 자리 잡고 있는 공산성은 천혜의 요새가 아닐 수 없습니다. 그러기에 지형적으로나 역사적으로나 웅진백제를 잉태한 어머니의 자궁 같다는 느낌도 듭니다. 긴 세월 동안 치열한 전쟁도 없이 위기에 처한 백제를 구해 냈고, 위급할 때마다 많은 사람들이 이곳을 찾으며 위안으로 삼았던 것으로 볼 때, 어머니 품 같은 모성애가 강하게 작용한 것이 아니겠냐고 생각하는 겁니다.

나의 생명이 소진되었을 때 나의 일거수일투족을 염려해 주시고 믿어 주시고 격려해 주시던 어머니처럼, 변함없는 대상으로 삼고서는 고난의 세월을 극복할 수 있을 것이라는 무의식 속에 내재화된 어머니 신神 같은 이미지 말입니다. 조선의 인조 임금 때 전해 오는 두 가지 이야기도 공산성을 빛내 주는 이야기입니다.

임금님은 난리 중에 쌀과 콩고물로 단순하게 만들어 낸 떡을 드시고 매우 맛있는 떡이라고 하시면서, 임 씨네 집에서 만들어 온 떡이니 임 씨 성을 붙여서 '임절미'라 부르도록 이름지었는데, 오늘날 그 이름이 바뀌어 '인절미'가 되었다고 합니다. 또 한 가지는 물고기에 관한 것인데, 누군가가 금강에서 잡히는 묵어를 임금님께 바쳤는데 맛이 있어 임금님이 그 고기 이름을 '은어 고기'라 지어 주었는데, 나중에 환궁하여 드셔 보니 맛이 없어 다시 묵어라 부르게 했다 해서 '도루묵'이라는 이름이 나왔다고 합니다. 일상생활에서 흔히 사용되는 '말짱 도루묵'이란 말도 여기에서 연원을 두고 있다는 이야기입니다.

이런 어머니의 모성애가 깃들어 있는 공산성을 걷는 시민들의 걱정은 예나 지금이나 매우 큽니다. 지난해 9월, 무너진 성곽과 성곽 곳곳에서 나타나고 있는 배부름 현상에 대해 전문가들은 오랜 풍화 작용과 우수 영향으로 진단했습니다. 뿌리를 깊게 내린 나무가 바람에 성곽을 흔들면서 위협이 되기 때문에 나무를 더 베어 내야 한다는 전문가들의 지적에도 시민들은, "성곽이 무너지는 게 아니라 공주가 무너지는 것 같다."라며 "왜 큰 아름드리나무를 베어 내느냐"고 호된 질타를 합니다.

그것은 성곽 위로 스며든 우수의 영향이라 하기도 하고, 4대강 준설 영향과 나무를 많이 베어 낸 것 때문이라고 하는 분들도 있습니다만, 걱정하는 마음들 모두가 어머니 같은 심정이라는 것으로 이해하고 싶습니다. 몇 년 전 문화재 보호 구역 땅을 잘못 보상해 주어서 저와 공무원들이 평생 잊을 수 없는 어려움을 겪었던 일이 있었습니다. 결국 저의 어머니도 사건에 얽힌 자식을 걱정하시다가 돌아가셨습니다만, 오랜 역사가 그대로 묻혀 있는 공산성을 함부로 손대면 안 된다는 우리 조상 어머님들의 경고 메시지라고 저는 보고 있습니다.

하지만 공산성에서 언제까지 조상님들의 눈치만 보고 있을 수는 없는 일입니다. 그 갇힌 성 안에서는 삶과 죽음, 절망과 희망이 한 덩어리로 엉켜 있었고, 치욕과 자존도 다르지 않았습니다. 밖으로 싸우기보다 안에서 싸우기가 더욱 모질어서 글로써 세상을 다 읽을 수 없습니다. 살아 있는 동안 돌이킬 수 없는 시간들을 몸으로 다 받아 내지 못하기에 땅 위로 뻗은 길을 걸어갈 수밖에 없습니다.

따뜻해지는 날에 별과 달을 띄워 놓고 소설가, 시인, 음악인 들을 모셔다가 공산성의 슬픔을 거두어 내야 합니다. 독일의 로렐라이가 그랬고, 몽마르트르 언덕이 그랬습니다. 그동안 소설가 김훈, 박범신, 김홍신, 한말숙, 시인 고은, 김남조, 가야금의 황병기 선생 등이 공산성을 이야기하고 노래하고 갔습니다. 다시 겨울을 깨워 공산성을 노래하고 이야기의 장을 펼쳐야 하는 것입니다. 슬픔이 목을 죄는 동안 성 아래로 강물이 흘러와 세계로 닿을 듯, 성 안에 봄빛이 자글거립니다.

고도 보존 정책,
무엇이 문제인가?

공주는 일반 도시와 달리 '고도古都'라는 특성을 가지고 있습니다. 이와 같은 이유로 2004년 3월 5일, '고도 보존에 관한 특별법'이 제정되었고, '고도 보존 육성 기본 계획'을 수립하여 2012년 3월 5일 문화재청의 승인을 받은데 이어, 현재 고도 보존 육성 기본 계획에 따른 '시행 계획'을 수립하는 중에 있습니다.

그동안 공주 고도는 각종 문화재 관련 규제로 도심의 침체, 도시 및 주거 환경 낙후 등으로 인해 지역 주민들의 불만이 쌓여 정책에 대한 불신이 팽배한 데다가, 일찍부터 도시화가 이루어져 역사 문화 유적들이 많이 훼손된 상황입니다.

그러나 다행히도 '고도 보존 특별법'이 발효되어 역사 문화 도시인 공주의 지역적 특성에 맞는, 고도로서의 공주의 정체성을 회복할 수 있을 것으로 보입니다. 또한 주민의 생활을 개선하여 활력 있는 도시가 조성될 것으로 기대되고 있습니다만, 이에 따르는 문제점도 안고 있어 정책의 개선이 필요한 시점이 아닐 수 없습니다.

고도 보존 정책, 무엇이 문제인가?

———

이 정책은 2012년부터 2021년까지 10년 단위로 추진되는 사업입니다. 그럼에도 고도 골격 회복을 위한 일부 발굴 조사와 주민 교육 및 홍보, 학술 연구 등 기반 구축 사업이 주를 이루고, 일부 토지 매입이 이루어진 것 외에는 본격적으로 사업이 추진되지 못하고 있습니다. 이것은 비단 공주뿐 아니라 여타 3개 지역의 고도(경주, 부여, 익산) 또한 비슷한 상황으로, 여러 요인이 있겠지만 가장 큰 요인은 무엇보다도 가시적 사업 효과를 거둘 수 있는 필요한 사업비의 지원이 미미하기 때문으로, 사업비 확보 문제는 사업 추진에 있어 두말할 나위 없이 중요한 문제라 하겠습니다.

그뿐만 아니라 공주는 그간 지속적으로 지방의 주요 도시로 기능하면서 일찍부터 도시화가 이루어져, 역사적 정체성 회복에 많은 노력과 비용이 소요된다는 지역적 특징이 하나 더 있습니다. 경주의 경우는 대도시이면서도 역사 유적이 비교적 많이 남아 있고, 부여와 익산의 경우에는 공주에 비해 개발이 덜 되어 유적 조사에 어려움이 좀 덜한 편입니다.

이를테면 주요 유적 발굴 및 정비, 복원을 위한 사업 지역으로 지정된 곳 대부분이(예를 들어 대통사지, 충청감영 터, 공산성 서측 지역 등) 주택과 상가가 밀집되어 있는 지역입니다. 따라서 유물의 실체 확인, 정비 사업 등의 추진이 용이하지 못할 뿐만 아니라, 사업 추진을 위해서는 우선 토지 매입이 이루어져야 하지만 지가가 높아 예산이 지속적이고 집중적으로 뒷받침되지 않는 한 사업 추진 자체가 어려운 상황입니다.

현재 공주는 세종특별자치시의 출범에 따른 시세 위축과 함께 2013년 법원과 검찰청의 강북 이전, 2015년 의료원과 소방서 이전 등 구도심의 공공 기관 이전이 예정되어 있습니다. 시에서는 구도심의 활성화를 위한 개발 계획 및 사업을 추진하고자 하였으나, '고도 보존 계획'과 서로 맞물려 사업 추진이 불가능해 포기하는 사업이 상당수 발생하고 있는 실정입니다.

예를 들면 공주 의료원(공주목 복원 사업 예정지), 공주 관광 단지 조성 사업(백제 숲 사업 예정지) 등이 그렇습니다. 고도 보존 사업의 명확한 사업 추진 시기 및 사업비 확보 등이 불투명한 상황에서 고도 보존 사업 외의 사업 추진이 불가능해짐으로써, 오히려 강남 구도심 지역의 공동화 현상을 심화시킬 뿐 아니라 문제의 소지가 장기간 지속될 수 있는 것입니다.

이에 따라 현시점에서 현실적인 사업 시행 가능성 등을 고려한 사업 전면 재검토가 필요하다고 생각됩니다. 즉 사업 예정지의 현황을 고려하여 사업 기간(현 기본 계획 사업 기간) 내 추진 가능성, 사업의 효용성 등을 고려하여 기본 계획을 재검토할 필요성이 있다는 것입니다. 미나리깡 생태 공원 및 야외 공연장 조성 계획 지역이나 녹색 대중교통 기반 조성, 왕릉교·정지산 유적 전동 보행로 및 진입 광장 조성 등이 그렇습니다.

일례로 미나리깡 생태 공원 및 야외 공연장 조성 사업 계획 지역은 공산성·송산리 고분군·정지산 유적 등 주요 유적지를 연계하는 것으로 고도 경관 관리에 중요한 지역이지만, 현재 음식점, 웨딩홀, 여관 등 4~5층의 건물이 들어차 있고 계속적으로 다가구 주택 건축 등의 수요가 잇따르고 있는 곳입니다. 따라서 이미 진행되고 있는 개발 행위를 막고 생태 공원 및 야외 공연장을 조성하는 것에는 현재 여건상 무리가 따르는 것이 사실입니다. 이에 대한 논의를 통해 우선, 주거 환경 개선 및 관리 지역을 조정하여 사업 시행에 따른 충격을 완화시키면서 장기적으로 추진해 가는 방안을 모색하는 것도 좋을 듯합니다.

고도 보존법이 추가 또는 강화된 규제법으로 인식되고 있다는 것 또한 하나의 문제로, 문화재 보호법, 국토의 계획 및 이용에 관한 법률, 도시 계획 등의 타 법률 또는 계획보다 고도 보존법이 가장 강한 규제법으로 작용되는 지역이 발생하고 있습니다. 예를 들면, 금성동 미나리깡 생태 공원 및 야외 공연장 조성 계획 지역(보존 육성 지구)의 경우, 문화재 보호법상 문화재 영향 검토 구역인 공주 공산성 4구역으로 도시 계획 조례 및 관련 법률에 따라 처리하도록 하고 있습니다.

　또한 주변 도 지정 문화재 현상 변경 허가 기준(안)에 따라서도 6층 이하의 건물은 신축이 가능한 곳입니다. 이곳은 도시 계획 관련 법상에서도 준주거 지역, 일반 미관 지구, 최고 고도 지구(16m) 지역으로 관리되는 곳으로, 문제는 고도 보존법상 미나리깡 생태 공원 및 야외 공연장 조성 사업 예정지로서 다른 용도로의 이용은 불가능하며, 건축물 신축이 가능하다고 해도 가능하면 2층 이하의 저층 규모를 요구하고 있어 현재로서는 고도 보존법이 가장 강한 규제법으로 적용되어 문제가 되고 있습니다.

　당해 법 제11조에 의한 지구 내 행위 제한으로 재산권 행사에 제약을 받을 시에는 해당 사유 재산에 대한 적극 매입과 보상도 요구되는데, 즉 법에서는 매수 청구에 따른 매수 대상 기준에 해당되는 때에는 5년 이내 매수하도록 규정하고 있으나, 사업비 지원 추이를 미루어 볼 때 감당하기 어려운 상황이 발생되지 않을까 우려됩니다.

　특히나 신설(2012.12.28)된 시행령 20조의 2 "별표 1. '허가 대상 행위는 기본 계획 및 시행 계획에 적합해야 하며…' 2. 건축물 등의 신축 및 이축이 가능한 경우 1)~6)"에 따라서 기본 계획의 법적 규제력 또는 규제 대상이 강화되었다는 것입니다.

　즉 기본 계획 및 시행 계획 사업 외의 행위는 불가하다는 뜻으로 해석될 경우, 사유 재산권 침해에 따른 주민들의 반발과 시에서 추진하는 각종 사업 계획과의 충돌 등으로 인한 법적 문제가 크게 대두될 것으로 보입니다. 이러한 여러 문제를 해결하기 위해서는 첫째, 집중적인 예산 투입에 따른 보상 및 사업 추진(예산 확보 선결 필요)이 필요하고, 둘째, 문제가 되는 법 조항의 개정 또는 삭제가 있어야 할 것이며, 셋째, 문제 사업 재검토를 통한 기본 계획의 조정·변경 등이 필요한데, 이를 위해서는 시가 입장을 정리한 후 조속히 문제를 해결할 필요성이 있다고 보입니다.

도시 재생 정책의 문제점도 있다

침체된 도시와 주거 환경이 낙후된 지역에 경제적·사회적·문화적 회복과 활력을 위하여 지원하는 체계를 마련한 법이 '도시 재생 활성화 및 지원에 관한 특별법'으로, 쇠퇴하는 도시 지역을 대상으로 한다는 점에서 고도 보존 정책과 유사하다고 할 수 있으나, 새로운 기능을 도입하고 창출하는 일반 도시의 도시 재생 활성화 정책과 역사 문화 환경을 회복하는 4개 도시 고도 보존 정책과는 서로 그 목적이 다르다고 봅니다.

또한 고도 보존법은 허가가 까다롭고 규제가 강화되고 있는 반면, 도시 재생법은 오히려 해당 규제나 허가를 완화시키고 있어 재빠른 지역 공동체의 회복과 삶의 질 향상에 용이하다고 할 수 있습니다. 이에 따라 고도 지역 주민들과 고도 외 지역 주민들이 서로 비교됨으로써 상대적으로 불만이 더욱 고조될 것으로 예상됩니다. 특히 고도 보존 및 육성에 관한 특별법과 도시 재생 활성화 및 지원에 관한 특별법의 적용이 서로 충돌했을 경우에는 어떻게 해소할 것인가 하는 점도 명확히 해야 할 것입니다.

도시 재생을 위하여 추진하는 일련의 사업들도 보면 지역 발전, 주민 공동체 사업, 주거 환경 사업, 역세권 개발, 항만 재개발, 상권 활성화, 계획 시설 사업, 경관 사업 등에만 법으로 적용하고 있어, 고도 지역은 도시 재생 활성화 지역에서 배제될 가능성이 큽니다. 더욱이 공주의 경우 도시 지역 중 일부만 고도 지역으로 지정되어 있음에도 자칫 공주 전체를 고도 지역으로 판단하고, 고도 지역 외 도시 지역조차 도시 재생 활성화 지역에서 배제되어 정부 지원 예산이 다른 도시보다 줄어들 가능성이 있지 않나 우려되는 것입니다.

고도 지역에서 도시 재생 사업을 추진할 경우, 제각각 계획을 수립하여 사업을 추진할 가능성도 있습니다. 이 지역은 역사적 특성을 감안하여 고도 기본 계획의 효과가 크므로 가시화될 수 있도록 지원하는 법 조항의 개정이 필요하다고 봅니다.

이외에도 생태 하천 정비, 관광 개발, 도시 경관 개선, 농촌 활성화, 도로 교통 개선 등의 관련 사업들도 고도 기본 계획에 맞춰 사업을 연계·지원하고, 이에 따라 추진한다면 고도 사업비 예산을 효율성 있게 확보할 수 있을 것이고, 아울러 고유 사업의 효과도 높일 수 있을 것으로 생각됩니다.

공주를 가장 공주답게 가꾸는 사업이다

———

고도 보존 사업은 공주라는 도시의 특성을 가장 공주답게 가꾸는 사업이 아닐 수 없습니다. 이는 우리나라 일반 도시들의 도시 재생 정책과는 구별되는 정책입니다. 이러한 고도 보존 사업이 조기에 가시적인 성과가 나타나려면 우선 예산 지원이 선행되어야 하며, 문화재 사업처럼 규제만 있고 활용을 못하게 하거나, 고도 공주가 가진 문제, 기본 계획상의 문제, 행위 제한의 문제 등을 해소하지 않고 너무 이상적으로만 추진한다면 주민들로부터 사업 진행의 정당성을 지지받지 못할 것입니다.

또한 우여곡절 끝에 고도 보존법 제정 후 7년 만에 미미하지만 모처럼 출발된 고도 사업이, 소요 사업비 3229억 원 중 1370억 원만이 국가 지원 사업비이고, 1859억 원은 민간 부담 사업비인 형태를 볼 때, 고도 사업 보조금에만 의지할 수도 없는 실정입니다. 그러므로 도시 재생 사업을 비롯한 다양한 목적 사업들이 제각각 추진되거나 처음부터 고도 지역을 제쳐 놓으면 안 될 처지에 있습니다.

문화재청의 예산만 가지고는 공주 고도 사업을 감당할 수 없는 입장에서, 각 부처의 다양한 목적 사업들에 제각각 투입은 하되 고도 기본 계획에 알맞게 추진되어야 할 것이며, 계획보다는 정책이 우선되어야 목표 달성이 용이하므로, 어느 때보다도 고도 보존 정책과 도시 재생 정책 간에 조화가 필요한 시점입니다.

공주 구도심
매력 만들기

    가끔 해외여행을 하거나 여행 프로그램을 볼 때마다 세계의 역사 도시에 사는 사람들은 어떻게 사는지를 유심히 봅니다. 역사 도시에 사는 사람들 대부분 그렇듯이, 좁고 구부러진 언덕길 위에 낡고 오래된 건축물들로 이루어진 도시에서 살아갑니다. 사는 곳의 도로 여건이나 주변 주차 시설도 좋지 않고 공원이나 문화 시설 등도 집에서 멀리 떨어져 있습니다. 사는 곳의 구조를 바꾸려고 해도 마음대로 바꿀 수가 없습니다. 여느 역사 도시든 흔히 볼 수 있는 형편입니다.

    유구한 역사가 지닌 생명력을 잇기 위한 어쩔 수 없는 수단이기도 하지만, 비슷한 역사적 의미를 가지고 있는 도시라고 해도 해당 주민들이 받아들이는 정도는 각 도시마다 크게 차이가 나는 것 또한 사실입니다. 비근한 예로 유럽이나 일본의 역사 도시들은 인구가 줄지 않고 있는 데 반해, 우리나라 역사 도시의 경우에는 인구가 감소하고 있으니 말입니다. 이는 그 지역 주민들이 살아가는 데 있어 합리적인 편리성을 느끼는지, 또 얼마만큼 그 도시의 역사적 가치를 느끼며 살고 있는지의 차이라고 볼 수도 있겠습니다. 다른 한편으로는 역사적 실체들을 관광 상품으로 잘 활용하고 있는지의 여부가 그 차이점이 아닐까 생각해 봅니다.

구(舊)도심은 왜 썰렁할까?

공주의 구도심은 오랜 역사가 말해 주듯이 백제의 수도였고 조상 대대로 살아온 삶의 터전입니다. 그런 역사적 중심지를 충남도청이 대전으로 이전하고 그 빈자리를 금강교錦江橋와 공주사대公州師大가 메워 주는가 싶더니, 80년대에 들어서 공주사대와 터미널이 강북으로 옮겨 가고 더불어 대형 아파트와 마트 들이 강북으로 속속 들어서면서부터, 그 모습이 점점 바뀌기 시작하였습니다.

강남 지역의 집값이 떨어지며 그 북적거리던 학교 주변의 하숙집과 자취방도 팔려고 해도 매입자가 나타나지 않고 상가 건물들도 점점 낡기 시작하였습니다. 공주읍 사무소와 제일 감리교회, 중동 성당 건물 등을 가까스로 구해 낸 것이나, 호서 극장, 공주 극장, 공주 양조장, 김갑순 가옥 등이 지금껏 명맥을 유지하고 있는 것은 그나마 다행이지만, 공주 금융 조합과 제일은행 건물, 잠종장, 영명 학교 본당 건물, 공제 의원, 쌍화탕 다방 등 유구한 옛 건물들은 누구의 관심도 받지 못하고 철거되었습니다. 강북은 신新도심, 강남은 구도심이라는 용어가 생겨난 것도 이때부터였습니다. 소위 도심 공동화 현상입니다.

이런 현상이 나타나는 진정한 이유는 무엇일까요? 공산성이나 무령왕릉, 대통사지, 우금치, 곰나루 등은 문화재법이 적용되는 문화재 보존 지역입니다. 이 지역 건물의 겉모습을 그대로 두고 활용하고 싶어도 역사적 가치를 모르니 새로 짓는 값보다 더 투자할 수 없는 경제적 논리에다, 마음먹고 개발하고 싶어도 그 지역은 물론 주변 지역까지 허가 없이는 개발할 수 없는 제도가 발목을 잡고 있는 사연이 그 까닭입니다. 겉으로는 역사 문화 경관을 잘 지켜 내는 것 같았지만, 안으로는 주민들의 불만과 원성의 대상이 되었고, 연구자나 담당 공무원들조차 개발의 반대 세력으로 낙인찍힐 수밖에 없는 여건입니다. 적정한 보상이나 이익이 전제되지 않고서는 실행할 수 없는 법 조항이 아닌가 생각합니다.

정체되고 퇴락해 가던 역사 도시들에게 희망의 싹이 보이기 시작한 것은 '고도 육성법'이 제정된 이후부터입니다. 2005년 제정된 고도 육성법은 역사적 진정성을 높이면서도 고도가 가진 매력도를 증진시켜 지역 경제 활성화의 기반으로 삼겠다는 정부의 의지라고 볼 수 있습니다. 그러나 공주의 구도심은 이제 역사적 실체를 거의 찾아보기 어렵습니다. 무령왕릉이나 공산성은 무덤과 성곽뿐, 역사적

골격이 거의 사라졌습니다. 역사적 실체가 있어야 역사 도시의 진정성을 높일 수 있을 텐데 말입니다.

그래도 기회 요인이 되고 있는 것은, 사람이 살지 못하고 허물어져 가는 기와집이나 근대 건축물들이 더러 남아 있다는 사실입니다. 이것조차 고도 보존에 있어 당장 할 일이라고 볼 수도 있겠지만 문제는 그렇게 간단하지 않습니다. 옛날 그대로 복원한다 하더라도 현대적 편리성을 찾아 떠난 사람들이 다시 돌아와 살 수 있을지가 의문이고, 관광 상품화한다고 할 경우 그 옛날 번성했던 집의 가치를 어떠한 방법으로 표현하고, 또 소요 비용을 누가 부담하며, 궁극적으로는 과연 성공할 수 있을까 하는 의구심 등이 부담스러운 요인이 아닐 수 없습니다. 이러한 문제점을 안고 찾아 나선 곳이 일본의 역사 도시입니다.

일본의 가나자와와 나오시마

이준원 시장과 시청 간부, 시의원, 문화 예술 단체 관계자들 등 총 30명의 일행과 함께 일본 가나자와金澤를 찾았습니다. 옛 건물들이 많았고 문화재인 가나자와성金澤城과 겐로쿠엔兼六園이 도시 중심을 차지하고 있는 것을 볼 때, 공주와 비슷한 역사 도시임을 알 수 있었습니다. 건축물의 신축이나 증축, 수선까지도 현상 변경 허가를 받아야 하고, 엄격한 규제로 공주처럼 공공시설들이 다른 곳으로 이전하고 사람들도 떠나면서, 쇠락한 시골 마을로 전락할 위기를 맞았던 상황도 비슷했습니다.

그러나 이런 위기를 빠른 시일 내에 잘 극복하고 발전과 성장을 거듭하고 있는 가나자와는 우리에게 많은 것들을 가르쳐 주고 있었습니다. 근대적 도시 경관을 지정하고 가나자와만의 전통 골목을 선정하여 건물의 높이, 지붕의 형태와 재질, 외벽의 색채와 차양, 규격 간판의 설치 등을 규정했습니다. 이것들을 철저하게 제한하는 것에 거부감을 가질 수 있는 요소가 많았음에도, 주민들 스스로 법을 지키게 하고 나아가 역사적 가치관을 심어 주고, 또 관광 상품으로 개발할 수 있게 하였던 동력은 가나자와의 예술藝術이었습니다.

큰 거리에는 조각 작품들이 설치되어 있었고, 찾아가는 골목마다에는 전통 공예점들이 즐비했지만 공장에서 찍은 듯한 기계적인 이미지는 찾아볼 수가 없었습니다. 상점들은 물건만 파는 것이 아니라, 만져 보고 만들어 보면서 누군가를 만나 영향을 받고 뜨겁게 사랑했던 물건에 얽힌 이야기까지도 들을 수 있었습니다. 사람 냄새가 짙게 풍겨 났다고나 할까요. 또 가나자와 무사 가옥 주변의 공중 전화 박스, 옛 무사 가옥의 구조와 재료를 사용한 공중화장실과 옛날처럼 집 안으로 물을 끌어들여 흐르게 하는 시냇물도 볼 수 있었습니다. 옛날 모습을 재현한 것이지만, 이미 갖추어져 있는 것들을 되돌아봐야 한다는 점을 느끼게 합니다.

가나자와 국제 통상 과장은 이 도시에 활력을 불어넣고 있는 것은 무엇보다도 '가나자와 21세기 미술관'이라고 말하고 있었습니다. 미술관은 전통 건물이 아닌 2005년에 지은 현대식 2층 건물입니다. 이는 전통과 현대의 조화라고 합니다. 공주의 고마 센터보다 작아 보였지만, 아무런 색도 칠하지 않았지만 속이 훤히 들여다보이는 투명하면서 둥근 모양은 예쁘다는 느낌을 주었고, 잘 가꿔진 넓은 잔디 광장에 다채로운 작은 의자 몇 개가 마음의 여유를 주고 있었습니다.

미술관에 들어서면 먼저 아트 숍과 도서실, 강당, 카페, 레스토랑 등이 미술관을 둥글게 에워싸고 있습니다. 그 안으로 아마추어 전시실, 지역 작가 전시실, 명화 전시실 등으로 나뉘어 꾸며져 있는 것도 특이했습니다. 작품 전시 조건도 평범하지는 않았는데, 21세기의 새로운 가치관을 제안하는 작품, 역사적으로 참고가 될 만한 작품, 가나자와와 연관이 있는 작가로서 새로운 창조성을 갖고 있는 80년대 이후에 그린 작품 등이 전시 작품의 세 가지 조건이었습니다. 그런 까닭에 단지 지역 미술관으로만 생각했습니다.

하지만 세계적인 작가들을 모심으로써 지역 활력화의 의도를 이끌어 내는 공간이었고, 지역 사람과 세계 사람들이 몰려와 함께 쉬는 공간이라는 것을 알고서는 새삼 글로벌 미술관이라는 것을 알아차릴 수 있었습니다. 더 강한 느낌을 받은 것은 밖에서 내부가 들여다보이도록 꾸며진 카페와 아트 숍이었는데, 비 내리는 늦은 밤인데도 불구하고 관광객들로 불야성을 이루고 있었습니다.

우리 일행이 또 찾아간 곳은 나오시마直島입니다. 가나자와에서 열차로 5시간 떨어진 섬, '예술의 섬'이라고도 합니다. 모두가 떠나고 버려진 섬에 사람들을 불러들이기 시작한 것은 1987년 이후, 후쿠다케 소이치오 일본 베네세 회장이 미술 프로젝트를 계획하고부터입니다. 유명한 건축가들을 초빙하여 지중 미술관과 현대 미술관을 먼저 세웠고, 주변 마을의 빈집과 폐건물에는 유명한 작가들의 작품을 설치했습니다.

어느 한 집에서는 집 안 마루를 연못으로 개조해서 디지털 숫자판을 넣어 반복과 변화를 보여 줌으로써 순환되는 우리의 삶을 표현하고 있었고, 어느 한 집에는 자유의 여신상을 집 안에 집어넣어 자유가 아닌 억압을 상징하는 작품으로 표현하여 흥미를 끌고 있었습니다. 이런 작품들은 곧 관광객들을 불러들였고, 떠났던 고향 사람들까지 돌아와 입장료를 받는 일에서부터 작품 설치 보조와 해설자 역할까지 하게 되었습니다.

지금은 일본 지자체 중 가장 잘 사는 마을이 되었다고 하는데, 노인들만 남아서 빈집을 채우고 있던 일상과 생활 용품마저 작품으로 탈바꿈시키는 원천은 역시 예술이라는 것을 보여 주고 있었습니다.

미래는 예술이다

———

지금 세계의 선진 국가들은 멋지게 새로 지어지는 건물 같은 신

개발보다는 문화나 역사를 이용한 개발이 주된 관심사입니다. 하지만 조상 대대로 살아온 훌륭한 터전을 가지고 있으면서도, 지금 살고 있는 후손들이 그런 것을 외면하는 이유가 무엇일까요? 매력을 느끼지 못하고 있는 것 아닐까요? 일찍이 명당 자리에 집 짓고 좋든 싫든 누군가에 의해 세상을 뒤흔들어 놓은 것뿐만 아니라, 살아온 세월만큼 작은 발자국조차 사람들의 아름다운 냄새가 배어 있는데도 말입니다.

어느 누구도 서울 강남의 획일화된 아파트촌과 고층 빌딩의 현대화된 단조로운 모습을 매력 있는 도시라고 말하지 않는 것도 이 때문입니다. 이미 흡사한 위기를 겪고는 새로운 터전을 만들고 있는 일본의 가나자와와 나오시마를 보았듯이, 역사의 진정성을 복원하는 것 자체만으로는 매력 있는 도시가 될 수 없습니다. 도시의 활력은 창조에 바탕을 둔 문화 예술이 좌우한다고 생각됩니다.

예술의 힘을 떠올려 봅시다. 해금이 기타를 만나 아름다운 선율이 되고 사물놀이가 오케스트라를 만나 화려한 무대가 되는 것처럼, 역사도 예술을 만나 비어 있는 집을 채워야 합니다. 공주는 유서 깊은 역사를 자랑하면서도 미술 또한 내세울 수 있는 도시입니다. 국내 최고의 청전 이상범青田 李象範 선생과 운보 김기창雲甫 金基昶 선생도 공주 사람이고, 임동식 화백, 김동유 화백 등 현재 활발하게 활동하고 있는 국내의 중견 작가들만 해도 72명이나 됩니다. 결코 가나자와나 나오시마에 뒤지지 않는 작가들이 있고, 이들의 예술의 힘을 모을 고마 센터도 곧 개관됩니다.

곰나루 흙이 벌겋듯이 땅속에서 마치 솟아오른 느낌의 3층 건물로, 미술 전시관을 비롯해서 컨벤션 홀, 향토 역사 자료실, 역사 인물 전시관, 예술 창작실 등의 시설과 밖에는 살구나무 숲, 작은 호수와 계단식 스탠드를 만들어 놓고 언제든지 공연을 감상할 수 있게 만든 '고마 센터'입니다. 고마 센터를 지은 것은 공주 시청이지만 공주의 에너지원이 되도록 하는 것은 지역 작가와 시민들의 몫이 아닐 수 없습니다.

그리고 계획 중에 있습니다만, 구 호서 극장과 산성동 구 침례 교회, 김갑순 가옥 등에 설치할 작품들과 중동 성당과 역사 박물관을 잇는 아트브리지, 도로변의 조각 작품들도 지역 작가와 시민들이 그 주인공이 되어야 합니다. 미켈란젤로의 말로 글을 마치고자 합니다. "조각 작품은 자신이 창조할 아름다운 모습이 이미 그곳 돌 안에 있었고, 나는 다만 그곳에 존재해 온 소중한 본질을 드러내기 위해 필요 없는 부분을 제거했을 뿐"이라고. 앞으로 문예 부흥과 융합된 공주 고도의 재생을 기대해 봅니다.

문화는 예술을
만나야 꽃이 핀다

국악이 있고 교향악이 있는 공주

지난해 4월이었습니다. 공주 문예회관에서 우리 시 교향악단 연주회가 있던 날, 공정거래위원회 송정원 과장은 "공주가 이렇게 좋은 도시인 줄 몰랐습니다."라고 하더군요. 오랜만에 그 좋아하던 베토벤 교향곡을 들을 수 있었기 때문이란 거죠. "서울에 살면서도 이런 연주회를 못 가 봤는데, 예술 공간은 많지만 눈에 들어오지 않았습니다."라고 합니다. 이렇듯 매달 개최되는 공주시 충남 교향악단 연주회에는 세종 정부 청사 공무원들로 넘쳐납니다.

비단 음악회에 국한된 것만이 아닙니다. 무령왕릉, 공산성, 한옥마을이나 금강변의 식당가에도 세종 청사 공무원과 그 가족들이 평일에도 찾아와 즐기고 있는 것입니다. 일시적으로 유발된 호기심이라고 볼 수도 있습니다만, 세종시가 생겨나고 여기에 정부 청사 공무원과 그 가족들이 이사 와 정착하면서 생활 기반 시설들이 낯설고 열악한 환경에서, 그동안 살아온 세월과 그 속에서 체득된 습관들을 새롭게 정착시킬 수 있는 곳을 싫든 좋든 찾아 나설 수밖에 없는 모습으로 판단됩니다.

우리 공주로서는 일부 지역이 세종시로 편입되어 시세가 위축되는가 싶었지만, 이런 현상은 우리에게 희망의 메시지가 아닐 수 없습니다. 이런 모습들이 결코 단발성으로 그치는 것이 아니라고 생각하면 이 또한 새로운 문화가 여기서 만들어지고 있구나, 하는 생각을 해 봅니다. 역사적으로도 조선의 수도를 개성에서 한양으로 옮기고서는 사대문 안과 사대문 밖의 생활 공간과 문화가 하루아침에 만들어지지 않았던 것을 떠올려 보면, 지금 이 시점에서 세종시로 살러 온 사람들의 행태도 새로 시작되는 문화의 한 발자국일 테니까요.

아직은 작은 움직임들이지만 계속되면 작은 길이 생기고 거대한 흐름 또한 만들어져 커다란 문화가 되겠지요. 그러나 그 길은 그냥 지켜지거나 만들어지지는 않습니다. 새로운 길 역시 오랜 기간이 지나면서 변화해 가는 문화의 생명력이기 때문입니다. 그렇다면 우리는 어떻게 도시를 가꾸어 나가야 할까요?

닫힌 역사만으로는 안 된다

———

뭐니 뭐니 해도 공주의 최대 강점은 역사와 문화입니다. 구석기 시대의 역사가 있고, 백제의 왕도였으며, 천년이 넘도록 충청도의 첫째 가는 도시라는 그것. 그러나 역사를 위한 역사, 문화를 위한 문화로 그쳐서는 안 됩니다. 닫힌 박물관이나 닫힌 유적지 자체로는 도시에 활력을 불어넣을 수가 없다는 거죠. 사물 자체를 보기만 하고 가둬 두는 것이 아니라, 시민들의 마음속으로 파고들게 하는 힘과 매력 덩어리로 만들어 내는 기술이 필요합니다. 그 힘과 기술이 바로 예술이라고 저는 봅니다.

날마다 저녁 시간이면 서산으로 넘어가는 해도 예술가들을 만나면 저녁 노을 공연과 저녁 노을 밥상으로 만들어져, 이 또한 사람들의 마음을 끌게 하는 '저녁 노을 뮤지엄'이 됩니다. 이처럼 예술은 인간의 감수성을 풍부하게 하는 정감, 평온, 미감 등과 같은 힘과 기술을 발휘합니다. 역사 도시인 일본 가나자와 시를 주목할 필요가 있습니다. 인구 46만 명의 가나자와 시는 도시 계획, 산업, 역사 문화 정책 등을 통합하여 새로운 산업으로 예술을 발전시키고 있는 세계적인 도시입니다. 현대 문명으로 인해 뒤처진 염색 공예, 칠기, 금박 공예는 물론, 직물, 간장, 술 등의 전통 산업을 활발하게 되살리는 사람들이 예술가들이고, 전통 음악을 복원하고 클래식 음악과 연극, 미술, 재즈, 록 등 창작 활동을 하는 것도 예술가들입니다.

기업들도 역사와 장인 기질에 토대를 두고 끊임없는 혁신과 노력으로 도시의 문화적 자존감을 높이는 것으로 유명합니다. 특히, 가나자와를 말할 때 '21세기 미술관'을 빼놓을 수 없습니다. 2004년, 전통 공예와 현대 미술을 융합하고, 시민들이 참여하고 국내외적 예술가들과 교류하는 미술관을 건립하여, 예술의 중심축이 되었습니다. 또한 개관 2년 만에 274만 명이 찾아와 미술 감상만이 아니라 관람자들이 도심부에 장기간 체류하도록 하는 장치로서도 크게 기여하는 곳입니다.

역사에다가 예술의 옷을 입혀라

────

이렇듯 사람들이 모여들고 산업이 융성하면서 발전하는 곳이 도시입니다. 그러므로 인구가 감소하고 도심 공동화의 위기에 처한 도시는 다시금 도시를 활성화시키는 계획이 시급히 필요합니다. 그러나 21세기 도시는 과거와 전혀 다른 사회적 · 경제적 환경 산업 구조를 띠고 있습니다. 사람과 돈 그리고 정보가 고밀도로 모여들게 하려면 새로운 힘을 가져야 합니다. 새로운 산업과 문화가 움트게 하는 개방적이고 관용적인 문화의 힘과 동시에 예술의 힘을 양성해야 하는 것입니다.

도시나 지역의 발전은 창조적 인재의 결집에 크게 의존하는데, 그러한 사람들을 끌어들이는 지역이 발전하는 것은 당연한 것입니다.

공주의 역사 문화를 움 틔우고 있는 공주시 교향악단이나 공주시 연정 국악원도 큰 자산입니다. 또한 고마나루 지역에 새롭게 세워진 미술관 '고마'도 예술 도시 공주의 큰 동력으로 작용할 것입니다.

창조적 인재들이 공주로 와서 상상하고 활동할 수 있는 예술적 환경을 만들어 주고, 세계를 향하여 비상할 수 있도록 예술 엔진을 달아 주어야 합니다. 그렇다고 해도 한 도시의 문화 예술은 단지 자원만 가지고서는 경작이 안 됩니다. 무엇보다도 지역에서 무언가를 해 보려고 애쓰는 건강한 사람들이 지역에 있는 자원을 최대한으로 활용하면서, 주어진 현실을 개선하고 유지·발전시켜 지속적으로 창조해 나가려는 의지와 시민들의 마음에 달려 있습니다.

창조와 발전은 현실의 한계를 극복하려는 활동인 반면, 침체와 퇴락은 현실을 지키기에 급급한 결과물입니다. 지금 우리에게 필요한 것은 발목 잡는 비판이 아니라 공주의 에너지를 함께 모으는 일입니다. 세종시의 개발을 두고서 너무 부러워할 필요가 없습니다. 세계 어느 도시들을 가 봐도 아파트 문화와 현대적 시멘트 토양으로는 배양할 수 없는 것이 문화와 예술이란 걸 새삼 깨닫게 됩니다.

세종시는 물론이고 이 땅을 살아가는 충청권의 여느 도시와도 비교할 수 없는 좋은 특성을 가진 문화의 도시, 공주. 문화도 닫아 두면 꽃이 피지 않습니다. 예술을 만나야 꽃을 피울 수 있는 것입니다. 공주의 문화와 예술 터전만큼은 시민들이 함께 경작해야 하는 이유가 여기에 있습니다.

디자인으로
말하기

디자인이 도시의 화두話頭가 되고 있습니다. 어수선하고 개성 없는 도시의 모습을 미와 감성이 넘치는 매력 있는 공간으로 바꾸자는 것입니다. 디자인이란 모든 것을 아름답게 하는 꿈이며 그 계획이라고 합니다. 도시 기능과 환경 그리고 디자인의 결합은 이제 선진 도시의 필수 요건이 되고 있습니다. 공주시도 공공 디자인 용역을 끝내고 실행하는 것만 남았습니다. 몇 해 전 독일에서부터 알프스를 넘어 이탈리아의 밀라노Milano와 토리노Torino를 돌며 도시 디자인을 벤치마킹한 적이 있습니다.

고속도로인 아우토반Autobahn을 달리고 있었던 때입니다. 초행길이지만 금방 포근한 느낌이 듭니다. 경부 고속도로와 다를 게 없는 도로였지만 전봇대나 상업적 광고판은 볼 수가 없고, 이따금 지나치는 도로 표지판도 조그마했습니다. 그것들은 하늘과 초원을 크게

볼 수 있게 해 줄 뿐만 아니라 멀리 갈색 지붕을 씌운 하얀 집들은
정겨움을 더하고 있었습니다.

알프스 산보다 튀지 않는 게 디자인

하얀 알프스가 다가옵니다. 만년설이 녹아내려 만들어진 듯한 도
시들은 고풍스런 유적과 어우러져 관광 인파로 북적입니다. 비치파
라솔과 식탁 들이 강가에 늘어서서 영업을 하고 있지만 컬러와 규
격이 동일하여 질서 있어 보입니다. 튀는 건물이나 색상은 찾아볼
수가 없습니다. 주변과 동화하고 있는 것입니다.

무려 3시간 동안 여러 군데 호수와 쏟아져 내리는 계곡물의 풍광
이 한 폭의 그림처럼 나타나도 카메라 셔터 누르기가 어려울 정도
입니다. 2차선 도로라서 전세 버스의 속도를 늦출 수도 없고, 하물
며 세울 만한 공지도 없기 때문입니다. 산을 자르고 허물어 새로운
길을 내고 집을 짓는 우리들에게 요란 떨지 말고 조용히 빨리 지나
가라고 일러 주는 느낌이었습니다.

중세 도시 밀라노는 패션의 도시라고 하지만 먼저 질서가 잘 지
켜지고 있었습니다. 인구 400만 명의 큰 도시이지만, 한 십 리 정도
곧게 뻗은 8차선의 거리를 4층 높이로 균일하게 맞춘 듯합니다. 고
층 빌딩은 잘 보이질 않습니다. 돌출 간판이나 네온사인 등도 찾아
볼 수가 없고, 상가 간판들도 일정한 규격품입니다. 가로등도 있는

지 없는지 눈에 잘 띄지 않습니다. 차량 신호등은 보행등과 함께 나지막하게 작동되고 있고, 도로 표지판도 작게 서 있습니다.

보도블록은 회색으로 도로가 확 트여 마음마저 시원합니다. 도로 시설물들은 기교를 부리지 않고 있습니다. 문양도 색깔도 없습니다. 무관심이 아니라 건축물들보다 튀지 않게 하는 배려라고 합니다. 가로수도 한 가지 수종, 플라타너스뿐입니다. 이탈리아 어느 거리를 가든 끝나는 방향을 보면 반드시 큰 돔 형태의 성당이 버티고 있습니다. 성당을 중심축으로 형성된 거리라는 것을 금방 알 수가 있습니다.

600년 된 두오모Duomo 성당은 두 아름이나 될 법한 돌기둥들을 즐비하게 거느리고 있었고, 베로나Verona 역시 중세 원형 경기장을 뽐내고 있었습니다. 이처럼 중세의 유적들은 수많은 관광 인파를 불러들이고 있었고, 상가들은 상품을 파느라 분주하기만 합니다.

유적지와 상품 가게들이 하나로 어우러져 있는 것이 우리와 다른 점이라 하겠습니다. 중세 건물 색깔에 맞춘 비치파라솔들이 질서정연하게 늘어서 있습니다. 식탁과 의자들도 가지런히 놓여 있고 세월의 흔적 또한 비슷합니다. 식탁 위의 테이블보는 물론, 도로변 노상 카페임에도 A3용지 만한 음식 받침 종이도 고품격으로 맞아 줍니다.

관광으로 사는 GDP 3만 달러의 이탈리아의 매력은 이것만이 아닙니다. 뜨거운 햇볕에도 모자나 양산을 쓴 사람들이 없습니다. 여자들은 화장을 하지 않았고, 페인트칠을 한 건물도 없습니다. 자식들의 효성이 한국보다 더 극진하다고 하는데 이것들은 무엇을 뜻하겠습니까? 햇볕을 받아들이고 자연보다 튀지 않는 색깔, 모두가 자연에 순응하는 사람들, 조상이 물려준 전통이 아니고서야 그 무엇이겠습니까? 질서는 이렇듯 아름답습니다.

치장은 덧없는 쇼

세계의 선진 도시를 방문하면 도시의 모습이 달라 보이는 것을 금방 느끼게 됩니다. 여러 가지 이유가 있지만 가장 중요한 것은 건물, 상가, 길가 시설물 들이 제 위치에 반듯한 모습으로 있으면서 편안한 느낌을 주고 있기 때문입니다. 우리의 현실은 어떠합니까?

가로 시설물들의 규격이 제각각이고 색깔도 다릅니다. 상가 간판도 무조건 눈에 잘 띄고 최대한 크게 하려고만 합니다. 한 건물에 여러 상가가 밀집되어 있는 곳은 건물 외관을 빈틈없이 도배하고 있습니다. 주어진 공간에 여백을 만들어 보려고 노력하는 사람은 드뭅니다. 네온사인 경쟁도 치열합니다. 플래카드 단속을 강력하게 해도 근절될 기미가 없어 보입니다.

식당도 마찬가지입니다. 손님들이 무엇을 원하는지는 모른 채 분위기 개선보다는 간판만 크게 하려고 합니다. 공공장소에서는 누군가가 지나치게 큰 목소리로 떠들어 대거나, 모두가 저마다 자신만의 이야기를 산만하게 떠들어 댑니다.

거리는 도시의 얼굴이고 간판은 그 상점의 얼굴입니다. 치장은 덧없는 쇼일 뿐입니다. 표백된 도시로는 관광객을 매료시킬 수 없습니다. 혼잡스러운 환경은 도시민들을 항시 불안정한 심리 상태로 만든다고 합니다. 디자인은 질서에서 출발합니다.

우리 공주가 유럽의 다른 도시들과 경쟁하기 위해서는 뭔가 다른 매력 포인트를 만들어 내야 합니다. 명품 건물도 지어야 합니다. 주변과 조화도 꾀해야 합니다. 공주시가 지금 시작하고 있습니다. 문제는 우리의 참여입니다. 참여 없이는 도시의 발전도 없습니다. 함께 디자인으로 말합시다. 우리가 살아가는 인생도 마찬가지입니다.

공주 공예
공방촌

그래서 생각했다

참으로 힘든 업무가 공예촌 조성 사업입니다. 2010년에 공예품 홍보 판매장을 지은 데 이어, 2012년에 한옥 마을 안에 공예 공방촌 6동이 5년 만에 가까스로 신축되었음에도, 공예 공방 시설 유료화 움직임에 대해 공주시 공예인들이 반발하고 있었기 때문입니다. 결국은 무상 임대로 결정났지만, 공방 건축물의 연간 임대료가 많게는 1600만 원에서 적게는 800만 원까지 제시되고 있어서 입주자가 부담해야 되는 금액이 너무 과중하다는 것이었습니다.

실제로 공주시가 제시하고 있는 한옥 마을 내 임대료는 공방 A형 (108m²)의 경우 연간 1628만 원, 공방 B형(81m²)은 1221만 원, 공방 C형(72m²)은 1085만 원, 공방 D형(54m²)은 814만 원에 이르고 있습니다.

공주시 공예품이 관광지나 식당 등에서 제과류처럼 소비가 잘 되지 않고 있고, 중국산이나 타 지역 공예품을 팔 수 없도록 제재하지 않고 있어 수익이 적어진 데다가, 농가나 기업들은 정부 보조금을 대거 지원받고 있는 반면에 공예 산업에 대해서는 정부나 공주시의 지원이 전무한 것도 커다란 불만 요인이 되고 있는 겁니다.

사실 일부 인사들이 "공주시가 건축한 시설물에 관한 한 공주시 공유 재산 관리 조례에 의해 임대료를 산정해야 된다."라는 입장을 밝히고 있기도 하지만, 다른 지역 시군의 공방촌 운영 실태를 조사한 결과 경기도 부천시, 전북 장수군과 진안군, 경남 함양군 등은 공예인들의 어려운 사정과 공예 공방인들을 육성하기 위해 무료로 공방을 임대 또는 위탁 운영하고 있었고, 심지어 이들에게 운영비까지 지원해 주고 있는 것으로 확인되면서 지자체 간 차이가 비교되고 있습니다.

그러나 시의회 설득도 만만치가 않았습니다. "비싼 돈 들여 일부 공예인들에게만 특혜를 주느냐?"라는 지적이 바로 그것이었습니다.

문화는 시간을 기다려 주지 않는다

과연 이렇게 비싼 임대료를 내면서까지 굳이 공방에 입주하려는 공예인들이 있을까, 아주 우려되는 상황이었습니다. 하지만 우리가 우리의 공예 산업에 무관심하다면, 지난날 철거한 무령왕릉 상가에서 보았듯이 공주 무령왕릉을 비롯한 주요 관광지의 상품이 중국산으로 넘쳐날 것은 불 보듯 뻔합니다.

21세기의 공예 문화 산업은 지역의 문화적 가치를 상품화하여 국내외에 유통시킴으로써 해당 지역이나 국가의 이미지 관리에 중요한 역할을 하는 산업이자, 나아가 관광 산업과 그에 따르는 고용 창출을 기대할 수 있는 기반 산업임에 틀림없습니다. 우리 공주가 공예 도시라는 것은 무령왕릉에서 출토된 무령왕릉 출토품과 금동대향로와 용봉문환두대도 등의 유물만 보더라도 알 수가 있습니다.

금제 관식, 팔찌, 허리띠, 환두대도 등의 장식품들은 소박하면서도 세련된 아름다움을 지니고 있어, 당시 백제의 공예 기술이 얼마나 발달했는지를 가늠할 수 있는 귀중한 자료가 된다는 것은 다 아는 사실입니다. 고대 삼국 중 유난히 백제의 공예가 발전했다는 증거는 무수히 많습니다. 신라의 황룡사 9층탑을 제작한 것도 백제의 기술자 아비지였고, 일본의 사찰 건물이나 도기, 향로, 불상, 기와 등의 제작 기술을 전수한 것도 백제의 장인들이었습니다.

이것은 장인, 예술가 들에게 높은 벼슬도 주고 적절하게 대우해 준 결과입니다. 신라나 일본 문화의 원류조차도 백제의 공예 예술이었다고 할 때, 다시 한 번 공주시의 공예인들에 대한 배려가 절실한 실정이라고 할 수 있습니다. 공예 공방촌을 지어서 백제 시대의 공예 문화를 되살려 보자는 게 공주시의 취지이지만, 그 실효성을

가지고 비판적 시각으로만 보아서는 안 된다고 봅니다.

이미 공예 공방촌을 조성해 운영하고 있는 서울의 인사동, 경주나 진천 등을 보더라도 관광객들의 이용률이 적은 데다가, 공예촌에서 국적 불명의 싼 제품들을 버젓이 팔고 있는 실정을 보았기 때문에 그 실효성을 의심하지 않을 수 없었습니다. 하지만 한국 공예가 설 자리를 잃고 방황하면서 조악한 외국 제품에 자리를 내주고 있는 것은 우리 모두의 책임이 크다고 보지 않을 수 없습니다.

우리의 전통 문화를 계승하고 발전시키는 것을, 단지 경제성이나 실효성의 논리로만 접근하는 것은 무리가 있습니다. 이는 복지 분야를 비롯해 농업, 전통 시장, 중소기업, 환경 등에 대한 투자가 경

제성만을 가지고 지원하는 것이 아닌 것과 같습니다. 성공한 지역을 가면 그들은 지역에 없는 자원을 목마르게 찾아 나서지 않았습니다. 오히려 지역에 잠재되어 있는 자원을 적극 발굴하고 그 가치를 개발함으로써 해당 지역 고유의 독창성을 확립하고 있었습니다.

일본의 가나자와 같은 도시가 그렇습니다. 지역 발전은 어느 날 갑자기 생뚱맞은 것을 동원하는 것이 아니라, 그 지역의 자원을 활용하는 것이 가장 빠르고 탈이 없습니다. 우리 주위에는 무수한 자원이 많습니다. 문제는 자원이 없는 것이 아니라 자원을 보는 눈이 없는 것이고, 자원을 활용하는 지혜가 없다는 점입니다. 정책을 통제하고 지원하는 분들의 역할을 기대합니다.

연미산 고갯길은
슬프지 않다

연미산에는 곰 대신 예술이 산다

———

가을은 멀리 떠난 사람까지도 사랑하게 만든다죠? 시월의 마지막 주말 오후, 따사로운 햇살에 이끌려서 강물을 휘감는 연미산 자락에 갔었습니다. 금강의 수면은 그렇게도 가혹한 여름을 이겨 내고서는 황홀한 은빛으로 반짝거리고, 억새는 가는 계절을 붙잡기라도 하듯 뒤늦게 하얀 꽃을 피워 대고 있더군요.

하지만 연미산 하면 곰의 슬픈 사랑 이야기가 더 진하게 다가옵니다. 그곳에서 세상 바쁜 핑계로 만나기 어려웠던 고승현 선생과 이응우 선생을 우연히 만났습니다. 사람들에게 작품 설명을 하고 있더군요. 연미산에 사는 자연 미술가들이지요. 사람들 틈에 끼어 숨죽이고 그들의 작품 설명을 들을 수 있었던 것은 행복 그 자체였습니다.

올해, 그들의 자연 미술 작품은 연미산에서 내려와 강변에 늘어서 있더군요. 수면과 풀숲에 어우러져서 또 다른 길, 미술 길을 만들어 내고 있는 풍경이나, 작품마다 제각각 자연의 소리를 내고 서있는 풍경도 그전에 없었던 다른 모습이더군요.

강물을 따라 거슬러 가다 보면 큰 나무 둥치에 줄을 매고 악기를 만들어 연주할 수 있는 '백년의 소리 비단내 가야금(고승현)'이 먼저 다가오고, 종이 공에 햇볕이 들어와 생명을 꿈틀거리게 하는 '생명의 소리(김언경)'와 두 개의 판을 세워 사이에 난 틈으로 모아지는 '틈새(고현희)'의 바람소리가 가늘게 들립니다.

또 굵은 나무에 홈을 파서 곡선을 타고 내리는 빗방울을 다시 소용돌이쳐 흐르게 함으로써 그것이 '신의 소리(심경보)'가 되어 마치 우리의 인생 경로인 것처럼 느끼게도 합니다. 그뿐만 아니라 원뿔형 집의 천정으로 구멍을 낸 곳으로 하늘이 보이고, 땅으로 파인 우물에서도 하늘을 들여다볼 수 있는 '반추의 우물(김주영)'도 있고, '아리랑(이응우)', '영원한 빛(한호)', '자연으로부터 그리움을 새기다(허강)', '내게 말해 보세요(정혜령)', '두 가지 소리(문병탁)' 등의 전시 작품들도 볼 수가 있었습니다.

자연과 섞여 있는 듯해 구별하기 어렵고, 가깝게 다가갈수록 넓어 보이고 조용히 들을수록 조금씩 커지는 소리가 교차하면서, 자연과 소통을 꿈꾸는 작가들의 내공과 열정이 짙게 녹아 있었습니다. 군데군데 어우러져 있는 외국 작가들의 작품도 전혀 낯설지가 않더군요. 하얀 날개를 만들어 강물 위에 띄워 바람에 흔들리며 속삭이는 '금강의 날개(로저 리고스, 독일)'가 마치 멀리 떠가는 돛배처럼 보입니다.

마치 바람이 계곡을 통과할 때 소리나는 것처럼 바위 두 개를 나란히 세우고 홈을 판 '바람의 노랫길(마리아 둔다코바, 스위스)'이라는 작품이 소리를 냅니다. 원통 내부에 장착된 판에 의해 소리가 연주되는 '소리 방앗간(빌모스 코테르, 루마니아)', 나무나 대나무로 피리나 호루라기를 제작하여 영혼의 소리를 내는 '언덕(피터 알패, 헝가리)'을 비롯하여, '나는 바람소리에 매달린 집에 산다(엘레나 레다엘리)', '금강의 대화(허버트 파커, 미국)', '회오리(테네울 티에리, 프랑스)' 등의 전시 작품들도 그들의 작품 소개로만 뽐내지 않았습니다.

우리 작가든 외국 작가든 간에 과거에서 현재를 돌아보게 하고 또 미래로 통하게 하는 것도 자연 미술임을 새삼 느끼게 하며, 자연 미술이 세계와 교류하고 확장해 온 여정을 돌아본다는 측면에서도 그 의미가 남달랐습니다.

바위 굴에 온기가 돌고, 흐르는 강물에도 영혼의 소리가 들린다
——

그래서일까 작품 설명을 보고 듣다가 머릿속에 번쩍 떠오르는 것은, 작가들이 연미산 곰 같다는 생각이었습니다. 어느 날 굴속에서

새끼를 낳고 함께 살던 나무꾼이 도망가 버리자 다시 돌아오길 기다리다 지쳐 애틋한 사연을 남긴 채 자식과 함께 빠져 죽은 곰 말입니다. 작가들의 얼굴이 숭굴숭굴한 구레나룻의 털보에다가 검게 그을렸을 뿐만 아니라 옷 입은 매무새조차 자연 그대로의 스타일이었기 때문입니다.

모진 세월을 참아 견뎌 내고 오직 한 가지 작품에만 전념하며 세계적인 작가들을 불러들이고 있는 점도 그렇지 않습니까? 생각할수록 느낌이 강렬하게 작용한 것은 매정한 나그네로 비유되는 나무꾼이 아니라 인간보다도 더 사람을 그리워하고 인간보다도 더 사람 냄새 나는, 곰 같은 변함없는 사랑입니다. 고승현 선생은 말하더군요. "내 아이만 한 나이에 20명으로 시작한 자연 미술 운동이 이제

반백이 되어 있어도, 그때 그 사람들의 변하지 않는 불타는 집념과 사랑은 아직도 그대로 유지되고 있습니다."

목탄과 캔버스 대신, 바람과 햇볕과 나뭇가지에 자연 그림을 걸쳐 놓고 살아 온 30년 인생 자체만으로도 자연 미술이 되기에 충분했습니다. 저는 확신합니다. 연미산 곰 가족들이 다시 돌아와 못다 한 연미산 곰의 전설 이야기를 확장시키는, 후속편 전설 이야기 같은 작품 활동이 자연 미술이라는 것을.

이제 더 이상 연미산 고갯길은 슬픈 고갯길이 아닙니다. 굳게 닫힌 바위 굴에도 생명력의 온기가 돌고, 슬픈 강물에도 영혼의 소리가 들리기 시작했습니다. 자연 미술은 그렇게 가장 훌륭한 사랑의 터전을 만들어 내고 있는 것 입니다. 하지만 이것만으로는 부족합니다. 가장 훌륭한 시는 아직 쓰이지 않고 있습니다. 가장 아름다운 노래는 아직 불리지 않았습니다. 연미산 길은 작은 언덕에 불과하지만, 많은 사람들이 몰려와서 이런 예술을 나누는 세계적인 사랑의 언덕이 되기를 기대합니다. 이 풍성한 가을에….

청전 이상범
선생

우리 고장 공주는 예로부터 훌륭한 인물들을 수많이 배출한 고장입니다. 역사·문화 도시답게 정계·학계·문화계 인사들이 끊이지 않았던 공주입니다. 미술계의 한국 화단의 거목도 여기서 빠질 수 없습니다. 한국화의 6대 화가(이상범, 김은호, 변관식, 허백련, 노수현, 박승무) 가운데 대표적인 청전 이상범青田 李象範 화백이 우리 공주 사람이라는 것을 아는 분은 흔치 않은 것 같습니다.

청전 이상범 화백의 고향은 정안(正安)

그의 그림은 지금 우리가 가까이서 잘 볼 수가 없습니다. 리움 박물관이나 중앙 박물관에 가면 몇 점 정도 볼 수 있는 게 다입니다. 1968년 세상을 뜰 때까지 그만큼 많은 그림을 그리지도 못했지만,

그림 한 점 한 점이 비싼 값으로 기대되는 데다가 그림의 가치가 커서 거래가 거의 되지 않고 있기 때문입니다. 동아일보에 삽화를 그렸고, 홍익대 교수를 역임하기도 했던 이상범 화백은 중국 화풍을 탈피하고 일본 화풍을 배격한 우리나라 전통 화풍의 진로를 개척한 분으로 높이 평가 받고 있습니다.

청전 이상범 화백의 고향은 정안면 석송리입니다. 현재 옛 집은 온데간데없고, 이웃집들 속에 묻힌 50여 평 남짓한 집터에는 들깨들만 수북하게 자라고 있습니다. 생전에 즐겨 그리시던 소와 사람, 모추毛錐 같은 산수화 분위기입니다. 고향을 떠나 생전에 사시던 집, 서울 인왕산 밑에서 살고 있는 후손들도 그분의 고향에 대하여 전혀 알지 못하고 있는 상황에서 마침, 정안면 석송리 동네 사람들 중 이야기로 들었다는 분이 한 분 계시더군요. 그도 그럴 것이 어릴 때 고향을 떠난 까닭입니다.

이상범 화백은 1897년 공주시 정안면 석송리 안말 동네에서 태어났습니다. 어려서부터 그림을 잘 그리는 재주가 있었다고 하더군요. 전주 이씨 덕천군파의 후손으로 아버지 이승원李承遠은 평해 군수, 철원 현감, 공주 영장營將의 벼슬을 지냈으나, 이상범 선생이 생후 6개월 되던 해에 세상을 떠났습니다. 그는 태어나면서부터 몹시 병약하여 생사의 고비를 여러 번 넘겼다고 합니다. 아버지가 돌아가신 후, 어머니와 형들을 따라 고향을 떠난 것이 열 살 때인 1906년의 일이었습니다.

5남매의 막내로 홀어머니의 손에 이끌려 서울로 올라와 가난과 그 어려움 속에서도 신교육과 그림 공부를 시작했습니다. 화가의 길을 걷게 된 것은 그의 타고난 재능과 남다른 노력이 있었기 때문입니다. 셋방살이를 전전하며 한문 글방을 거쳐 1910년에 사립 보흥 학교에 입학해 2년을 다닌 후 사립 계동 학교에 편입하여 4년 과정을 졸업할 수 있었습니다. 이상범 선생은 이때부터 그림에 재능을 보이기 시작합니다.

　교과서 살 돈이 없어서 백노지(하얀 갱지)를 잘라 묶은 공책에 친구의 교과서를 빌려 내용을 베껴 쓰면서 삽화까지도 정확히 옮겨 그리는 천부적인 재주를 보였다고 합니다. 집안 형편상 중학교 진학도 어려웠던 처지에서 학비가 안 드는 YMCA 학관 중학부에 들어갔다가 글씨와 그림을 무료로 가르치는 서화 미술회 강습소로 달려간 것은 화가의 길로 이끈 행운의 손짓이었습니다. 이 강습소는 한국 최초의 근대적인 미술 학교였습니다.

　당시 전통 화단의 쌍벽을 이루던 대가로 심전 안중식心田 安中植과 소림 조석진小琳 趙錫晉은 강습소의 핵심적인 선생들이었다고 합니다. 그들 밑에서 공부한 그는 일찍이 1923년 제3회 서화 협회전에 출품한 후부터 화가로서의 사회적 성공을 확실하게 성취할 수 있었습니다. 어린 시절을 시골에서 보낸 정서가 그대로 담긴 현실적 풍경과 가난한 삶의 환경을 주제로 삼은 일관된 창작성으로 그러한 위치에 오를 수 있었던 것입니다.

한국화의 새로운 지평을 열다

———

헐벗은 민둥산과 소 한 마리와 농부 한 명이 밭갈이를 하는 풍경은, 분명 살았던 정안 석송리 앞 동네이자 저의 고향인 북계리라는 것을 얼른 알 수가 있습니다. 잇달아 출품된 '모아한연', '소슬', '만추', '소사', '우후', '초설' 등의 작품들도 쓸쓸한 농가와 가난한 농부 등을 소재로 삼은 작품들입니다. 기존 중국 화풍의 탈피와 일본 화풍을 배격한 동연사라는 조직도 결성하여 정체되어 있던 전통 회화의 새로운 방향을 모색하기도 하고, 1927년 동아일보에 입사해서는 소설 삽화와 사진 수정 일을 맡아 했습니다. 1937년 베를린 올림픽 마라톤에서 일본 선수로 우승한 손기정의 사진 보도 과정에서 러닝셔츠 가슴 부분의 일장기를 지워 버린 항일 사건의 당사자로 일제 경찰에 검거되어 고통을 겪기도 했던 일은 또 다른 민족 문화의 작품이 되기에 충분합니다.

그런가 하면 아산 현충사를 중건할 때에 이순신 장군의 무인상武人像 영정을 제작하여 봉안하게 하고(1932년), 통영에 신축된 영정각에 모셔진 또 하나의 충무공상을 제작한 주인공이기도 합니다. 해방 후부터 1972년 타계하기까지 홍익대 교수(1949~1961년)와 대한민국 미술 전람회 초대 작가, 심사 위원 등으로 활동하면서 전통 화단의 원로 대가로서의 예술 정신과 작품의 독창적 경지를 보여 주었고, 전통적 수묵화의 기법을 확실히 심어 주기도 했습니다.

그의 대표작 '산가설한', '모추', '모운', '고성모추' 등에서 보듯이 이상범 선생의 그림은 복잡하게 많은 것을 그리려 하지 않고 여백이 많고 늘 고요합니다. 금강산 여행 때를 그린 먼 산언덕의 고성古城 외에 적막한 산촌이나 외딴 초가집 그리고 소를 몰고 걸어가는 농부의 모습 등은 고향에서 나온 소재입니다. 고향이 그러하듯이 수려하거나 웅장한 산은 그리려 하지 않았던 겁니다. 그토록 평생을 시골의 정겨운 모습을 그리며 살고자 했던 마음은 그가 정안면 석송리의 시골 태생이었기 때문이 아닌가 생각합니다.

분명 이상범 화백은 한국화의 새로운 지평을 개척한 위대한 창조자였고, 우리 시대의 가장 존경받는 화단의 거목임에 틀림없습니다. 그럼에도 지금 그의 집터가 말해 주듯이 살던 집은 찾아볼 수가 없고, 터도 작고 좁은 골목길로 보아 작은 집이었던 것으로 보이는데, 옛이야기마저 점점 잊혀져 가고 있습니다. 업적을 기록한 생가지生家址 안내판 하나라도 설치하고 그 정신을 기리려고 하고 있습니다만, 무엇보다도 평생 동안 고향에 대한 사랑이 남달랐던 그의 정신을 우리 공주의 자긍심으로 그려 갔으면 좋겠습니다.

운보 김기창
화백

운보의 고향은 유구리(維鳩里)의 감나무 집

———

'귀머거리 화가' 들어 보셨나요? '바보 화가'라는 소리도 들어 보셨나요? 한국 근대 회화의 선구자 운보 김기창雲甫 金基昶 화백을 두고 하는 말입니다. 청각 장애를 극복하고 '가을', '군마도', '보리 타작', '달밤', '농악도', '청산도' 등 산수, 인물, 풍속화 등에 탁월했으며, 활달하고 힘찬 붓놀림을 바탕으로 호탕하고 동적인 한국화의 새로운 경지를 개척한 분입니다.

그러면 바보 화가이자 귀머거리, 그러면서 한국 근대 회화의 선구자인 김기창 화백의 고향은 어디일까요? 청주일까요? 아닙니다. 공주에서 태어났다면 거짓말이라고 생각하십니까? 그분은 분명히 1913년 2월 18일 공주군 신상면 유구리 427번지에서 태어났습니다.

호적에 기록된 내용입니다. 신상면은 지금의 유구읍이지요.

그런데 그분이 2001년 1월 청주 운보의 집에서 돌아가실 때까지, 그의 책 『김기창 예술론』에서는 서울시 종로구 운니동 18번지에서 태어났다고 기록하고 있습니다. 호적상 부친 김승환 씨와 모친 조선경 씨와의 사이에 8남매 중 장남으로 유구에서 태어났다고 분명하게 기록되어 있는데도 말입니다. 실제, 부친 김승환 씨는 공주 유구에서 태어나 서울에서 한 직장 생활을 제외하고는 이곳에서 살았던 것이 분명합니다.

이곳 집터에서 살고 있는 조태환 씨나 친척인 김태호 씨의 증언에 따르면 지금 남아 있는 것은 없지만 그림을 잘 그리는 분이 살았다는 것과 감나무가 있어 '감나무 집'으로 통했던 점, 초가집과 문간채, 사랑채, 안채, 헛간채 구조와 울타리가 높게 켠 나무로 되어 있었던 점들을 기억한다고 했습니다. 이런 것들은 그분들이 어릴 적부터 듣고 자랐던 이야기들이 뒷받침하고 있습니다.

더구나 그의 책에서도 해방을 공주에서 맞았다고 쓰여 있습니다. 그렇다면 김기창 화백은 돌아가실 때까지 유구를 고향이라고 안 했을까요? 대부분의 사람들은 청주가 고향인 줄 알고 있잖아요. 사실, 청주는 외갓집이고 공주 유구가 친가입니다. 1903년생인 아버지 김승환 씨는 조선경이라는 첫 부인과 결혼 한 후, 다시 운보 화백의 어머니인 한윤명 씨를 만나게 됩니다.

운보의 아버지는 공주 유구에서 보통학교를 중퇴하고, 서울의 조선 통독부 토지 관리국에 근무하게 되는데, 그 당시 어머니 집에서 하숙을 하게 된 것이 인연이 되어, 이미 공주에서 결혼한 몸이었으나, 다시 한윤명 씨와 실질적인 결혼을 하였던 것입니다.

운보 선생이 서울에서 태어났는지, 아님 유구에서 태어났는지는 명확하지 않지만 자서전으로 볼 때 서울에서 태어난 것은 맞는 것 같습니다. 그리고 어린 시절에 유구의 집을 들락거린 것으로 짐작할 수 있습니다. 이후, 아버지는 유구와 여러 곳(추정)에서 금광을 찾는 사업가로 변신하였으나 가정생활에 도움이 되지 못했고, 사업마저 실패하자 어머니에게 의지하기 시작했습니다.

귀머거리, 감사합니다 어둠을 주셔서…
────

어머니는 감리교 신자였으며, 진명여고 1회 졸업생으로 개성의 정화 학교 선생이었습니다. 그는 개화된 교육을 받은 어머니 밑에서 공부를 한 것입니다. 서당과 중앙 유치원을 졸업하고 숭의 보통학교에 다니던 시절 소풍 겸 운동회 때 할머니와 함께 학교에 갔다가 장티푸스에 걸려 자리에 눕게 되고, 이후 인삼을 달여 먹은 후 고열을 일으켜 청각 신경까지 마비되어 후천성 귀머거리가 됩니다.

김기창 화백은 급우들과 어울려야 하는 어려움, 한글과 한자를 깨우쳐야 하는 어려움 속에서 무료함을 달래기 위해 시작한 것이 그림이라고 했습니다. 졸업 후 목수를 했으면 하는 아버지의 뜻과

는 달리, 운보를 화가로 키울 것을 결심한 어머니는 친구인 이당 김
은호以堂 金殷鎬 선생을 찾아가 그림에 입문을 시키게 됩니다.

널뛰기를 하는 모습을 그린 '판상도무'로 제10회 조선 예술 전람
회에 처음 입선하면서 18세에 미술계에 입문하게 되고, 21세 때 낫
을 든 어린 소년과 잠자는 갓난아이를 업은 여인이 들에서 밥을 머
리에 이고 귀가하는 모습을 그린 '엽귀'는 현재 국립 현대 미술관에
소장 중이며, '여일'로 연 4회 연속 특선이 됨과 동시에 추천 작가
자격을 획득하게 되는 등, 10여 년 만에 심사를 받지 않아도 되는
대열에 서게 됩니다.

서양화의 김인승, 심형구, 조각의 김복진, 동양화 부분으로는 이
상범, 이영일, 김은호 등에 이어 네 번째입니다. 운보는 1946년 일

본 동경 여자 미술 전문 학교를 졸업한 우향 박래현雨鄕 朴崍賢 씨와 결혼한 후, 한국 최초의 부부전인「운보·우향 부부전」을 개최하며 두 사람의 각기 다른 개성적 경향을 보여 줌으로써 예술계의 관심을 집중시키기도 했습니다. 1950년 6·25 때는 청주 외할머니 댁에서 미처 피난을 가지 못해 공산 치하에서 3개월을 보내기도 했고, 비록 자신은 귀머거리라는 이유로 납북을 모면하게 되었지만, 다른 7남매 모두가 납북되어 북한에서 의사, 화가 등의 길을 걷고 있는 것도 밝혀진 바 있습니다.

특히나 1995년 8월 인사동의 도울 아트 타운에서 광복 50주년을 맞아 개최한「북한 미술의 오늘전 3부」에서, 남한과 북한에서 각각의 작품 활동을 해 온 서울의 운보 김기창과 평양의 김기만 형제들의 작품 30점을 전시해 세상을 떠들썩하게 한 일화도 있습니다.

운보는 귀머거리입니다. 그래서 그런지 스스로를 '바보 화가'라고 했습니다. "나는 귀가 들리지 않는 것을 불행으로 생각하지 않았습니다. 듣지 못한다는 느낌도 까마득히 잊을 정도로 지금까지 담담하게 살아 왔습니다. 늙어 갈수록 조용한 속에서 내 예술에 정진할 수 있었다는 것이 오히려 다행이었다는 생각도 듭니다. 다만 이미 고인이 된 아내의 목소리를 한번도 들어 보지 못한 게 유감스럽고, 또 내 아이들과 친구들의 다정한 대화 소리를 들어 보지 못한 것이 한이라면 한이지요. 예술가는 늙으면 대자연의 품에 안겨 자연의 창조주와 끊임없는 대화를 해야 한다고 늘 생각해 왔습니다. 늙어 가면서 하늘과 대화를 나누며 어린이의 세계로 귀의해야 한다고 믿습니다. 나더러 마지막 소원을 말하라면, 도인이 되어 선의 삼매경에서 그림을 그리는 것입니다."

이 같은 이야기는 운보가 살아 온 지난날의 일생 모두를 대변하고 있는 것 같습니다. 불우한 환경이었습니다. 이렇듯 운보의 마음이 어떠했는지 감히 짐작할 수 있습니다. 하지만 그냥 스칠 수 없는 말이 있습니다. "귀머거리가 다행"이라고 한 말이죠. 천재 화가답지 않나요?

말 그대로 그의 작품 '고요한 마루'에서 두 여인이 다소곳하게 자리잡고 있습니다. 한 여인과 북한에서 의사로 활동한 여동생인 기옥이가 나란히 앉아 있고, 그녀의 옆에는 축음기가 놓여 있는 그림입니다. 그림 속에서만이라도 사랑하는 누이와 음악을 듣고 싶어 했을 겁니다. 운보의 마음이 어떠했을까요? 자신의 장애를 문제 삼지 않는 자세가 감동적입니다.

이런 운보의 친가는 유구입니다. 어린 시절을 서울과 유구를 들락거리며 생활한 운보입니다. 살던 옛집은 사라지고, 운보마저 세상을 떠났지만 집터와 이야기는 살아 있습니다. 지금부터 펼쳐 보면 어떨까요? 운보의 못 다한 꿈을 유구에서 꾸면서….

이삼평 공
기념비

저는 반포면反浦面 박정자朴亭子에 있는 '이삼평 공 기념비李蔘平 公記念碑' 이야기는 하지 않으려고 했습니다. 일본 최대 도자기 마을 아리타 정有田町이 경비를 지원하고 한국 도자 문화 협회가 세운 비문 문구를 가지고 17년이 넘도록 시민 단체와 다투었기 때문입니다. 지금까지도 비문은 심하게 긁혀 있고 그 옆으로 시민 단체들의 간판이 서 있으며, 작은 비석 1기가 쓰러져 있는 것을 수많은 언론이 톱기사로 다룬 것을 볼 때, 이야기를 잘못 꺼냈다간 남아 있는 감정에 새로운 불씨가 될까 염려했습니다.

그럼에도 불구하고 제가 이 이야기를 꺼내고자 하는 것은, 이 비석이 이삼평 공에 대한 부정적인 요소로 각인되지 않을까 우려되었기 때문입니다. 분쟁이 되고 있는 문구는 이삼평 공이 조선의 도공으로서 임진 · 정유란 때 일본에 건너갔느냐 아니면 끌려갔느냐 하는 점입니다. 비문에는 '건너가'로 새겨져 있는 반면, 시민 단체는 '끌려가'로 정정하라는 것입니다. 이삼평 공이 일본에 어떻게 가게 되었는지 '자발성 여부' 하나만으로 기념비를 세워 놓고 17년간의 세월을 보냈다는 이야기입니다. 결국 지난해 6월 법정에 가서야 '건너가게 되어'로 조정 결정되었지만, 법정까지 가는 자체나 역사적 진실을 법에 호소한다는 것 자체가 모두 가슴 아픈 일이지요.

조정 결정이 있기까지 이의 제기에 앞장서신 분은 공주 사람도 아닌 조치원에서 사시는 한의사 이풍용 씨 부부였습니다. 1990년 건립 당시부터 그동안 정부나 주변의 도움 없이 환자들의 진료마저 포기한 채 일본과 박정자를 오가며 서명 운동을 벌였고, 일본 극우 청년들을 자극했다고 해 신변에 위협까지 느낄 정도였다지요.

누가 생업을 전폐해 가면서 역사 바로잡기에 나서겠습니까? 공무원인 저도 솔직히 바라보기만 했으니까요. 일제 강점기 때 독립운동을 하던 애국지사를 떠올리게 하고도 남는 일들이었습니다.

17년 세월의 역사적 싸움

하지만 그렇게 기나긴 싸움에서도 우리가 얻은 것은 많지 않았다고 보입니다. 마치 한·일 간 싸움터 같다는 인상이 더 크게 작용하고 있으니까요. 임진왜란 전후 조선 도공들이 끌려갔다는 것은 일본도 이미 인정하는 사실이었고, 역사성의 문제라면 지역 내 역사학자들과 연대해서 대응했으면 훨씬 효과직이었을 텐데 말입니다. 후손들에게 그게 아니라고 알려 주는 차원이라면 학생들에게 생생한 교육의 장으로 활용되었어야 더 빛났을 것이라는 지적도 있습니다.

저는 일본 아리타有田 축제에 다녀온 적이 있습니다. 초청을 받아서 간 것입니다. 아리타는 일본의 남단 규슈九州 지방에 위치한 인구 2만 5000명의 작은 읍에 불과하지만, 일본이 세계에 자랑하는 도자기 중심지라는 것을 실감했습니다. 온종일 비가 내리고 있는데도 4km가 넘는 거리가 방문객들로 꽉 들어차 있었고, 상점마다에는 도자기 사는 인파들로 북적이는 모습에 한 번 더 놀랐습니다. 흔히 축제가 늘상 그런 것처럼, 무대 위에서 인사 말씀과 의식 행사를 하고서는 가수를 데려다가 노래하는 광경조차 찾아볼 수가 없는데도 말입니다.

방문객들에게 물어 봤죠. 왜 왔느냐고요. 아리타의 도자기에다가 음식을 담아 보고 싶어서라고 하더군요. 도자기를 단순히 그릇으로 여기지 않고 예술품으로 간직하고 싶어 하는 그들이었습니다. 하지만 축제 의식 행사는 다른 곳에서 있었습니다. 이삼평 공을 도신으로 모신 도잔 신사陶山神社였지요. 아리타 지역 내 기관·단체장들이 모여 이삼평 공에게 제사를 지내는 의식으로, 이곳 또한 북적이고 있었는데, 맨 앞에 앉은 분이 이삼평 공의 14대손이라고 했습니다.

저도 순간 가슴 뿌듯한 감정이 솟더군요. 아리타 상공 회의소 회

장도 임진왜란 전후하여 일본에는 막사발조차 없었기 때문에, 왜군들은 조선의 수많은 도공들을 붙잡아 갈 수밖에 없었다고 합니다. 그러면서 일본 최초로 백자를 구워 내어 일본의 음식 혁명을 만들고 유럽 수출 100년간의 일본 도자기 시대를 열게 한 분도 바로 이삼평 공이라고 말하더군요.

뼈아픈 진통을 공부하게 하라

150개의 가마와 1500개의 도자기 상점, 지금 전 세계가 불황을 맞

고 있지만 아리타가 변함없이 호황을 누리며 잘 사는 것도 도자기 때문이라고 했습니다. 신사를 지어 이삼평 공에게 감사하는 마음을 갖도록 하는 것은 당연하다는 생각이 들었지요. 일본 아리타 사람들이 고향 박정자에 기념비를 세운 이유를 알 것 같았습니다.

아리타 소학교 학생들은 매년 박정자에 있는 이삼평 공 기념비를 찾고 있습니다. 비문이 긁혀 있는 비석이든지 또 옆에 다른 비석이 있든지 그들은 외면하지 않습니다. 소리 없이 참배하고 역사의 현장을 가르치고 가는 아리타 사람들을 생각해 봅니다.

우리가 문구를 고칠 것을 소리치며 외면하고 있을 때, 그들은 미래를 가르치고 있다는 느낌을 받았습니다. 그 옛날 수많은 도공들이 붙잡혀 가고 숨어 지내던 시절, 저들은 세계적인 도자기 시장을 만들어 냈으니까요.

오늘 제가 말한 생각들이 친일파적 발언이라고 비난 받을지 모르겠습니다만, 광복 후 김구 선생도 "반민족적 행위가 아니라면 일본은 이웃인데 친일파는 많이 만들수록 좋다. 없다면 만들어야 한다."라고까지 말했습니다.

이삼평 공 기념비를 다시 바라다봅니다. 작은 비석에 불과합니다. 산 중턱에 있어 접근성도 좋지 않습니다. 그러나 그 비석은 크나큰 역사적·상직적인 의미가 어려 있습니다. 분쟁을 만드는 비석이 아니라 뼈아픈 진통이 오히려 우리 공주에게 더 좋은 징표가 되는 성과로 이어지길 기대해 봅니다.

유마(維馬) 십승지지 이야기

저는 6개월간 유구읍장으로 재직하면서 유구 사람들이 참으로 남다르다는 것을 느꼈습니다. 지난 여름 두 달 동안 계속되는 폭우에도 유구 사람들은 여유로운 모습을 잃지 않았습니다. 지금까지 풍수해를 크게 겪어 본 적이 없었다는 것입니다. 사실 하루 동안 인근 지역은 200mm가 넘도록 비가 내렸지만, 유구는 101mm밖에 오지 않았으니까요. 그럴 법도 합니다. 십승지지十勝之地 유구라서 그런가 봅니다.

십승지는 종교가 아니라 오랜 세월 동안 지역의 길흉화복吉凶禍福을 기록한 비기秘記 아닙니까? 십승지十勝地란 무엇일까요? 삼재불입지지三災不入之地라 하여 흉년, 전염병, 전쟁 등이 들어올 수 없는 곳을 가리키는데, 영주 풍기읍, 봉화 춘양면, 보은 속리산면, 남원 운봉면, 예천 용문면, 유구 마곡, 영월읍, 무주 무풍면, 부안 변산면,

합천 가야면 등이 전국에서 뽑은 10곳, 십승지입니다.

십승지지란 무엇인가?

———

얼른 생각해 보면 풍광이 좋고, 피난하기 좋은 산속입니다. 모든 십승지가 위치한 지역이 지리산과 서울 이남으로 태백산, 소백산, 덕유산, 지리산 등 산이 높고 외부와의 교류가 자유롭지 못한 곳들입니다. 유구 마곡 지역도 차령 산맥의 줄기가 동쪽으로 무성산(614m), 서쪽으로 관불산(398m), 북쪽으로 국사봉(591m)과 중앙에 금계산(574m)의 높은 산지로 둘러쳐져, 사방에서 불어오는 바람을 막아주고 쉼 없이 물이 흘러 풍수해가 적을 뿐 아니라 난세를 피해 몸을 숨기기에 좋은 곳입니다.

이렇듯 십승지지의 지형이 말해 주는 것처럼 삼재불입지지의 확률이 높은 순서대로 되어 있다는 것도 그냥 넘길 수 없는 요인이지만, 여섯 번째 땅인 유구 마곡이 십승지의 힘이 미약하지 않다는 것도 생각해 볼 요소가 되고 있습니다. '정감록'에 보이는 "유마양수지간 주위 백리 가면 살육維麻兩水之間 周圍 百里 可免 殺戮"과 "유마양수지간 만인가활지지維麻兩水之間 萬人可活之地"라는 구절들이 그 근거를 말해 주고 있습니다.

"유구천과 마곡천 사이 100리 내에서는 죽음을 면할 수 있고 누구나 살기 좋은 땅"이라는 내용입니다. 이 '정감록'은 조선 시대 중기에 펴낸 책으로, 누가 쓴 것인지 얼마나 정확하게 들어맞는지는 알 수가 없습니다. 하지만 그 당시 어렵게 살아가던 민중들에게 큰 관심의 대상이 되었던 것은 틀림없는 사실입니다. 그러다 보니 십 승지로 사람들이 몰려들기 시작한 것입니다.

풍수지리설에 따른 민간 사상이 크게 번진 데다가, 어수선한 정 국과 난리를 피하려는 사람들의 선호 지역으로 떠올랐기 때문입니 다. 일찍이 고려 때 재상 충직공 문극겸 선생이 전라도 나주로 낙향 할 때 유마 십승지라도 예견한 듯, 시 한 수를 남겨 놓은 것을 시작 으로 조선 시대 말기에는 예견지감 조등만 참판이 낙향해서 유구리 에 터를 잡았고, 조정필 판서와 황 판서, 남 판서 등 6조 판서를 지 낸 옛 판서들이 뒤따라 낙향하여 자리를 잡은 것도 그냥 우연이 아 닌 것이었습니다. 마치 조정을 옮겨 놓은 것같이 유구가 유명해졌 습니다. 그래서 이에 자극을 받은 권력자와 만석꾼 부자들도 이곳 에 자리를 잡게 된 것이라고 하네요.

그 이전 유구는 나그네들의 휴식처인 역촌驛村이었습니다. 여든 리라는 동네가 말해 주듯 온양 80리, 공주 80리, 예산 80리, 청양 80 리의 중간에 위치해 있고, 고개 너머에 마곡사가 있어 천혜의 교통 요충지일 수밖에 없습니다. 오랫동안 한양 길로 오가는 사람들과 말의 활발한 유구역으로서 기능을 다하다가, 유구에 사람들이 정착 하기 시작한 것은 1900년대 이후였습니다. 8·15 광복과 6·25 한국 전쟁으로 어려워질 무렵, 이북이나 경상도 등 전국에서 피난 온 분들이 주축이 되어, 이때부터 유구의 중심지가 옛날의 역촌에서 소공업 지역으로 변해 갑니다. 피난민들이 모여들기 시작한 후 그들이 호구지책으로 선택한 것이 직조업織造業이었으니까요.

1950년도에 10여 호로 시작된 직조업이 1955년도에는 100여 호로 늘어났고, 1960년도부터는 피난민뿐만 아니라 유구의 원주민들까지 가세해 1000여 호로 늘어났습니다. '삼천 공녀'라는 말이 나올 정도로 우리나라 어느 곳에 가나 인조견 하면 유구 인조견을 최상품으로 꼽던 시대였다고 합니다. 이 또한 십승지의 영향이 아닐 수 없습니다.

믿음의 미학은 자연을 믿게 하고, 운명을 믿게 하고

그런 십승지의 힘은 오늘날 직조업을 일으켜 세워 황금직물 같은 우리나라 최대의 한복지 생산 업체를 생겨나게 했을 뿐만 아니라, 60여 개의 직조 업체들이 지금도 공장들을 가동하고 있으며, 유구 장터는 십승지를 따라온 사람들로 지금도 북적거립니다. 자연히 이북이나 경상도 말씨가 많아져 지역 사람들과 외로운 사람들이 섞이면서 훈훈한 인정과 풍성한 산골 향기를 쏟아 내고 있고, 읍내에는 높은 교회 건물과 산속 사찰들도 눈에 많이 띕니다.

십승지를 찾아온 분들에게 삶의 희망과 안식처가 되기도 하고, 십승지를 믿다가 좌절하거나 실의에 빠진 사람들을 구제하면서 순한 정서를 만들어 내기도 하는 느낌입니다. 이런 새로운 유구문화를 만든 원인은 아무래도 십승지의 힘이 아닐까요. 지금 유구 청년회의 산실인 조선 민족 청년단의 유구단부가 정부 수립의 격동기 때 사회 질서 운동에 앞장서면서 전국에서 손꼽히는 청년 단체로 부각되었는데, 그 청년들의 힘의 바탕도 십승지의 힘이라고 볼 수가 있겠습니다.

하지만 십승지로 설명이 안 되는 부분이 있습니다. 다른 지역에서 겪어 볼 수 없었던 현상들이 나타난 것입니다. 동학란 때 관군과 맞서 싸우던 동학군 1000여 명이 죽게 된 점과 일제 강점기에 만세 운동으로 42명이 희생된 점이나, 6·25 한국 전쟁 때에 30여 명이 북한군에게 저항하다가 희생된 점 등은 십승지의 기운으로는 이해가 되질 않습니다.

전쟁이나 전염병, 흉년에도 죽지 않는다는 십승지 아닙니까? 십승지에 묻혀 있으면 죽음도 면하고 배고픔도 면한다고 했는데 말입니다. 굳이 죽음의 현장으로 나설 이유라도 있었을까요? 그런 용기와 힘은 어디에서 나왔을까요? 다른 지역에서 찾아보기 어려운 역사의 한 페이지를 그냥 덮어 놓을 수 없는 요소들 아닌가요?

저는 생각해 봅니다. 세상이 어려울 때마다 유구 사람들은 세상 사람들을 보듬어 주었고, 불의가 판을 칠 때마다 정의를 불살랐습니다. 그 힘마저 자연을 믿고 운명을 믿고서 용기를 만들어 내는 십승지의 힘이 아닐까요. 십승지는 결코 종교가 아닙니다. '정감록'이 황

당한 기록일 수도 있습니다. 조정 관료 주도 시대에 민간인이 썼다고 하여 천대받고, 작가 이름도 알려지지 않았지만, 분명한 것은 어려움에 처한 사람들의 삶에 막대한 영향력을 발휘했다는 점입니다.

유구 사람들 가슴속에는 십승지의 힘이 살아 있습니다. 십승지가 단지 한갓 흘러간 역사가 아닙니다. 설사 이것이 맞지 않는다 하더라도 믿음의 미학, 긍정의 힘 때문일 겁니다. 우리가 사는 세상은 긍정적 생각을 가진 자는 긍정의 방향으로 가게 되어 있고 부정적 생각을 가진 자는 부정적 방향으로 흘러가게 되어 있는 것과 같습니다. 시골 마을 평창이 세계 속의 평창이 되고 있는 것처럼, 유마 십승지도 마냥 시골이 아니라는 것을 기대해 봅니다.

한옥
마을

한옥은 굴뚝 연기로 만든다

———

해 질 녘 공주 한옥 마을을 찾아가면 누구보다도 먼저 맞아 주는 것이 하얗게 피어오르는 굴뚝 연기입니다. 대기 오염의 주원인이 되고 있는 화석 연료의 공장 굴뚝 연기와는 다른 연기입니다. 성당 굴뚝의 하얀 연기는 새로운 교황의 선출을 알리는 연기이지만, 공주 한옥 마을의 연기는 반가운 손님을 맞는 연기입니다. 어릴 적 아련한 추억을 듬뿍 느끼게 합니다. 밥 짓고 쇠죽 끓이던 구수한 연기는 아니지만, 한 가지 옛날과 통하는 정경은 구들장에 장작불을 지피는 것입니다.

대부분이 전기나 기름 보일러를 활용하고 있는 다른 지역의 한옥 숙박촌들과는 많이 다른 광경이 아닐 수 없습니다. 공주시가 고마나루에 지어서 직접 운영하는 숙박촌입니다. 저도 정책 수립에 참여하고 집을 짓고 운영하는 일에 관심을 가져 봐서 잘 압니다. 관광객을 유치하기 위한 한옥 마을이지요. 무령왕릉과 공주 박물관 사이에 지은 크고 작은 기와집과 초가집 48채가 그것입니다.

주 출입구를 들어가다 보면 왼쪽으로는 관리동과 알밤 판매장이 서 있고, 오른쪽으로 주차장을 지나서 올라가다 보면 한정식집인 금강관과 국밥집 도화관, 편의점, 분식집 영춘관 등 식당 건물들이 들어차 있습니다. 이어서 전면 안쪽으로 길게 격자로 웅크리고 있는 기와집은 단체 숙박동이고, 그 옆으로 돌아서 내려오다 보면 다닥다닥 붙어 있는 작은 초가와 작은 기와집들은 개별 숙박동입니다. 출입구 왼쪽의 관리동 뒤편으로는 공방과 전통 찻집도 자리하고 있습니다. 이웃한 선화당과 국궁장이 오랫동안 기다렸다는 듯, 이들과 어울려 기와집끼리 이마를 맞댑니다.

우리 한옥 마을은 57개의 크고 작은 방들로 이루어져 동시에 최대 인원 590명의 숙박이 가능하고, 도시의 빌딩 숲에서 현란한 빛깔을 품어 내며 바쁘게 살아가는 이들의 마음을 푹 가라앉게 해 주기에 충분합니다. '한옥 마을'이라는 명칭이 말해 주듯 고향집 다름없는 시골 동네입니다.

한 달 전에 예약해야 주말을 이용할 수 있다

———

한옥 마을을 운영한다는 게 그리 쉽지만은 않은 일이더군요. 전문 회사원이 아닌 공무원이다 보니 손님이 오면 웃음으로 맞아들이려고 해도 금방 뻣뻣해지고, 넓은 뜰을 뛰어다니며 안내해야 되는 어려움도 있습니다. 더군다나 한옥의 구조상 단점도 있습니다. 단체 숙박동은 방 한 칸의 크기가 10평으로 비교적 크지만, 옷장, 화장대 등의 가구며 한지 창살로 마구 새어 나오는 불빛과 왁자지껄한 이야기 소리가 마주보는 방 손님들의 단란한 휴식을 방해할 수 있고, 또 찬바람을 쐬며 밖으로 나가 식사를 해야 하는 불편함도 감수해야 합니다.

그러나 이 같은 일반 호텔과 비교가 안 되는 한옥의 단점에도 불구하고, 연간 평균 가동률이 60%에 이르는데, 주말에는 거의 한 달 전에 예약하지 않으면 방을 구하기 어려울 정도로 이용률이 높은 편입니다. 비수기와 성수기도 따로 없습니다. 최근 충남 지역 호텔의 10년 평균 가동률이 49.1%라고 할 때, 이처럼 이용률이 높은 것은 아무래도 한옥이 지닌 매력 때문일 것이라고 생각됩니다.

그 언젠가 늦은 밤에 삼성 그룹 임원과 그 일행 20여 명이 공주 한옥 마을에 투숙한 적이 있었습니다. 그 모습이 기억에 남는 것은 그들이 원래는 부여 롯데 호텔에 투숙하려 했으나 공주에 한옥 마을이 있다는 것을 알고서는 예약을 취소하고 찾아왔기 때문입니다. 처음

에는 싼 숙박료 때문인지 빈방이 없어 온 것인지 문득 의심스럽기도 했지요. 왜 좋은 시설에서 잠을 자지 않고 이곳까지 왔느냐고 물었지요. 고층 빌딩에서 일하고 고층 아파트에서 살고 있는데 여행 와서 객실도 고층 시멘트 건물이어서야 되겠느냐고 대답하더군요. 제 생각이 너무 앞서가기도 했지요. 당장 저녁 야식이나 소주 한잔 하려면 시내로 나가야 되고, 아침에 눈을 뜨면 사우나와 아침 식사를 나가서 해결해야 된다고 안내했더니 괜한 걱정 말라고 하더군요.

어제가 아닌 지금도 공주 한옥 마을 이야기는 계속 만들어지고 있습니다. 지난 12월 서울의 동작구 교육 지원청과 북부 교육 지원청 관할 초·중·고 교감 선생님 연수도 공주 한옥 마을에서 있었습니다. 각각 79명과 92명이 1박 2일로 진행하였는데, 장작을 패고 아궁이에 불을 때며, 캠프파이어와 알밤 구워 먹는 프로그램 등으로 즐거운 시간을 가지더군요. 옛날 동심을 끌어내면서 모두가 밤이 깊어가는 것도 모르고 마냥 즐거워하는 모습, 매년 경주로 가던 학생들 수학 여행지까지도 공주로 바꾸겠다고 하더군요. 아, 이런 게 관광거리구나 하는 생각이 들었습니다.

시대의 눈으로 창조하는 지역 자원

———

'한옥韓屋'이란 용어는 '양옥'이 들어오면서 나왔다지요. 1970년 대와 1980년대에는 무조건 양옥으로 집을 짓기 시작했습니다. 한옥이 우리 자연과 역사 속에서 오랫동안 형성된 민족의 전통 주거 양식임에도 서양식 건축물이 등장하면서 점점 사라져 가는 현실입니다. 하지만 그만큼 희소성을 잘만 이용하면 관광 거리가 될 수 있다는 이야기이기도 합니다. 한옥이 외면당하고 있다는 것은 분명 어떤 이유가 있습니다. '한옥＝불편', '한옥＝춥다', '한옥＝비싸다'라는 등의 의식이 있을 수 있겠습니다.

앞으로 이런 의식을 어느 정도 바꿀 수만 있다면 21세기 새로운 미래 산업으로서 또 관광 자원으로서 어떻게든 활용 가치를 높일 수 있다는 말 아니겠습니까? 서울의 북촌과 전주의 한옥 마을, 경주 라궁 등의 사례도 있지만 공주 한옥 마을은 좀 다릅니다. 한옥이라고 하면 일반적으로 우리의 전통 양식으로 지은 집을 말하는데, 전통한옥이 안고 있는 문제점을 보완해 가는 한옥, 소위 '신한옥'이라는 개념 때문입니다.

'신한옥'이라는 용어는 공주의 한옥 마을을 모델로 세미나를 하는 과정에서 서울대학교 건축공학과 이전제 교수가 붙인 새로운 학술 용어입니다. 기와, 온돌, 마루 등 단순히 외형으로만 설명할 수 있는 콘텐츠가 아닙니다. 목조 구조와 기와, 온돌, 마루 등의 전통적인 기본 구조는 그대로 두고, 현대적인 수세식 화장실, 샤워 시설과 옷장, 탈의실 등을 실내로 끌어들여 불편함을 없앴습니다. 또한 벽면과 천정은 단열재로 처리하고 창호에는 유리문을 달아 추위를 없앴고, 목재 가공과 집 짓는 방식 등도 개선하여 건축비를 크게 낮추는 것입니다.

그렇다고 전통 한옥을 포기하는 것은 아니지요. 한옥도 역사적인 산물로서 시간의 경과와 함께 그동안 진화해 왔고 또 발전해 가는 과정이라고 봐야 된다는 거죠. 2008년에 한옥 마을을 지어 보자고 정책을 결정할 때 시장님과도 많은 고민을 했습니다. 땅 1만여 평을 사들이는 문제와 사업비를 충당할 재정 문제 그리고 기술적인 문제 등이 있었지요. 개발 사업을 하다 보면 항시 대두되는 문제이기는 하지만, 순탄치 않았습니다. 토지 소유자들이 보상이 적다고 보상을 거부하는 사례가 나타나기도 했고, 시의원들에게 투자의 당위성을 설득하는 데에도 많은 어려움이 있었습니다.

더 고민이 컸던 것은 우리 한옥 구조상 공통적으로 나타나는 선택의 문제, 즉 뒤틀리고 갈라지는 등 수축성에 문제가 없는 목재의 선택은 물론 저렴한 공사 비용과 열에 우수한 단열 시공 등이었습니다. 서울대학교와 심포지엄을 개최하고 산림청과도 협의를 해서 찾아낸 선택이, 국내산 목재보다는 일본 미야자키 현의 백제 마을 삼나무 집성재나 캐나다산 더글러스 서까래였고 그뿐 아니라 목재를 작성된 도면에 따라 미리 공장에서 컴퓨터에 의한 자동화 기계로 가공해 와서 조립하고, 지붕에는 불필요한 흙 대신 단열재 시공으로 경량화하며, 각 세대 간의 천정 벽과 이중 벽을 황토 보드 및 유리 섬유와 신소재 등으로 마감하여 내구성을 높이면서도 경비를 절감시키는 일이었습니다.

공사비를 낮추면 경비를 줄일 수 있는 반면에 질이 떨어질 것이고, 공사비를 높이면 질적 수준은 높아지더라도 사업비가 많이 들어 시의회로부터의 질책이 뻔한 사정이었기 때문에, 마지막까지 고민하면서 설계를 수정하는 일이 여러 차례 일어나기도 했지요. 생전 접해 보지 못한 그런 일들을 하게 되었는데, 어차피 피할 수 없는 일들은 3년이나 걸렸습니다. 결국은 관광 부서 공무원들이 잠도 덜 자고 휴일도 쉬지 못하는 열정으로 모든 것을 해결해 주더군요.

문화적 에너지를 경제적 자원으로
——

한옥에 대한 관심이 점점 커지고 있습니다. 지난해 1년 동안 숙박

하고 간 관광객이 5만 명을 넘어섰습니다. 한옥 마을이 없었더라면 인근에 위치한 유성이나 부여가 아니라면 그저 스쳐 지나가는 숫자에 불과할 뿐입니다. 틀에 박힌 아파트나 국적 불명의 양옥에 신물난 사람들이 점점 한옥이 지닌 색다른 매력에 빠져들고 있습니다. 정신없이 살아온 우리도 이제는 한옥으로 승부수를 띄우고 있다고 할 수 있습니다.

한옥 마을을 가지고 이러쿵저러쿵 말하는 분들도 더러는 있습니다. 여관이나 모텔 손님 등을 빼앗아 간다고 말할 수도 있습니다. 하지만 한옥만을 고집하며 찾아오는 손님들이 대부분이었고, 이는 곰나루 관광지를 만드는 동력이 되었고, 민간 영역에서 하지 못했던 관광객을 끌어들일 수 있는 유일한 선택이기도 했습니다. 공주 한옥 마을은 이제 지역 브랜드로 각인되고 있습니다. 유명한 도시들을 여행하다 보면 우리들 기억에 강하게 남는 무언가가 있습니다. 역사적인 광장이나 상징적인 건축물, 아름다운 다리 등 그 도시만이 가지는 특별한 이미지 말입니다. 중국이나 유럽 국가들이 도시를 활성화시키고 관광을 자원화하기 위해 전략적으로 전통 문화 시설을 조성하고 있는 것도 그런 이유가 아니겠습니까?

지역 브랜드는 서울을 모방할 때 커지는 것이 아닙니다. 서울을 극복하고 한국을 넘어 세계로 진출하고 세계로부터 인정받는 것에 목표를 두어야 합니다. 지역 브랜드의 핵심적 가치는 지역의 개별 상품이 잘 팔리게 하는 것이 아닙니다. 지역 브랜드를 구축하려는 목적은 사고 싶은 상품, 방문하고 싶은 고장, 교류하고 싶은 도시, 살고 싶은 도시 등으로 만들어 가는 것입니다.

시대의 흐름 속에서 지역의 가치를 발견하여, 그 지역에만 존재하는 특징과 매력을 응축하고 담아, 그러한 매력을 소비자로부터 선택받는 이유로 승화시킬 때 지역 브랜드는 만들어지고 가꾸어지는 것입니다. 이렇듯 공주 한옥 마을은 세종시와의 차별화와 백제고도 가꾸기를 조금이라도 대신해 줄 수 있는, 공주다운 미래를 위한 투자이자 관광 산업의 유일한 공간이라고 말하고 싶습니다.

고마
생각

고마나루, 그 슬픔의 단절

곰과 나무꾼의 비극적 이야기가 흐르고 있는 고마나루에서 붉은 건물 '고마'를 바라다보십시오. 불과 몇 년 전에는 논과 밭이었던 곳입니다. 자연과 조화를 이루고 있는 '조용히 머물고 있는 조각 작품'이라는 생각이 듭니다. 직육면체 구조의 3층 건물. 대지 모양과 꼭 같은데, 튀어나오고 들어간 것 없이 잡다한 장식을 배제한 건물형태입니다.

언뜻 보면 네모반듯한 멋없는 건물입니다. 그러나 자세히 들여다보면 건물 양쪽에 기둥이 3개씩 서 있어 건물을 위로 뽑아 올려 피아노를 만들고 있는 것 같기고 하고, 멋을 부리지 않은 게 멋이라는 곰 같은 우직한 느낌마저 듭니다만, 무엇보다 땅속에서 솟아오른 느낌이 들지 않습니까? 마치 곰들이 피로써 절규한 징표라도 된 듯한데, 곰나루의 흙이 저 건물처럼 붉은 이유이기도 합니다.

붉은색 테라코타로 마감한 건물은 1층에 컨벤션 센터, 2층에 카페테리아와 전시실, 3층에는 세미나실과 역사 인물 전시관 그리고 옥상의 전망대 등이 있고 총면적은 9097제곱미터입니다. 건물의 기본 구조는 2층에서 출발합니다. 주요 동선 수단인 출입로가 2층 높이이기 때문입니다. 또한 각각의 층은 엘리베이터와 계단으로 연결되어 있고 자연 채광을 고려하여 바깥쪽으로 복도를 배치하고 안쪽으로는 전시실들을 배치했는데, 1층의 높은 천정 홀을 중심으로 2층과 3층 모두가 전시와 세미나를 동시에 할 수 있도록 설계되어 있습니다.

너는 아느냐, 탄생의 이유를

이 건물에 웅장함과 아름다움을 더해 주는 것이 주변의 2만여 평에 상당하는 직사각형의 드넓은 대지입니다. 인접한 네 면의 도로와 높이를 똑같이 하면서 건물 동쪽으로는 분수와 쉼터가 자리 잡고, 건물 북쪽으로는 주차장과 살구나무 정원이, 건물 서쪽으로는 살구나무 정원과 연못이, 건물 남쪽으로는 계단식 관람석과 연못 등이 배치되어 있습니다. 크고 질서 있고 반듯하게 만들어진 정원입니다.

그 정원 사이로 사방에 출입구의 도입부를 길게 두어 번잡한 생각을 잊어버리고 마음의 평정을 느끼도록 하면서 관람객들이 어느 곳에서든지 접근이 용이하도록 설계되었습니다. 반듯한 건물의 유기적인 직선 이미지와 어울려 전체적인 동적 감각에 크게 기여하고 있는 것이 특징입니다. 그와 함께 연못은 부드러운 곡선의 또 다른 모습을 보여 주고 있습니다.

건물의 2층이 주 출입구와 같은 높이라면 건물 1층은 연못 수면과 같은 높이입니다. 5미터 정도 되는 낮은 높이의 연못으로 수직벽을 쌓아 건물과 만나게 했으나, 대지와 만나는 부분의 연못은 계단으로 넓게 쌓아 올려 비스듬한 경사면에다가 관람석을 만든 설계입니다. 건물 입장에 볼 때 지하층인 듯하면서 연못의 수면부를 1층으로 설계한 것은 당초 메우기 전의 논밭 지반을 그대로 나타냄으로써 저층부를 대지 위에서 격리시켜 현재와 과거의 특성을 대비시켰고, 대지의 수평적 구성과 건물의 수직적 구성의 형태에서 단조로움을 탈피하여 다이내믹한 입체적 볼륨감을 나타내려는 의도로도 볼 수 있습니다. 아늑하고 편안한 수변 공간을 조성하여 물 위 발코니에 앉아 쉴 수 있게 했을 뿐 아니라 다양한 예술과 공연의 기능적인 면을 추구하고자 한 것으로 아주 돋보입니다.

분수를 힘껏 뿜어 올리고 석양 노을이 한참을 물에서 놀다가도 내려다보이지 않는 낮은 세상입니다. 그러나 언제나 건축가에게 주어진 가장 큰 고민은 주변 건축물과 이웃하여 조화를 이루는 쉽지

않은 일들입니다. 더구나 국립 박물관과 선화당, 명승지 연미산과 고마나루 솔밭, 웅진동 마을과 한옥 마을이 이미 터를 잡고 있는 곳, 그 한가운데에 고마가 새로 들어선 것입니다.

　반듯한 건물과 슬레이트 지붕 분위기가 정체성에 약간의 동요를 일으킨다고 생각할 수도 있겠습니다. 그렇지만 목조 구조로 이처럼 큰 건물을 지을 수도 없습니다. 기와를 씌운다 해도 진정성 없는 기와 지붕은 그 가치가 적다고 생각합니다. 현대적인 건물의 국립 박물관이 친구를 만난 것처럼 조화로운 균형적인 분위기를 만들어 내고 있습니다.

　선화당, 한옥 마을 등의 고풍적인 이미지와 고마 센터의 현대적 이미지가 잘 대비되는 편으로 이해해야 좋을 것 같습니다. 앞으로

백 년이 지난 후에는 고마라는 건물도 우리 시대의 단면을 이해하는 전통적인 건물이 될 테니까요. 더구나 고마가 해괴한 건물이 아니라 건축 조형의 심미성을 극대화하는 단순하고도 강력한 기하학적인 입면성을 보여 주고 있고, 건축물 그 자체가 '조용히 머물고 있는 조각 작품'으로 보일 때 서로 충돌함이 없이 존재를 의식하는 듯합니다. 오히려 그동안 박물관, 선화당, 웅진동 마을, 솔밭 등이 제각각 고립된 듯 주저앉은 분위기였는데, 고마가 생겨나면서 생기가 돌기 시작했습니다.

도시의 혼잡으로부터 벗어나 평안함을 느끼게 하는 사색의 공간으로서도 부족함이 없습니다. '(주)도시인'에서 공모로 선정된 설계인데, 2005년 국립 공주 박물관 신축 이후 멈춰 있던 고마나루의 개발 의욕을 일깨워 주고 있습니다.

고마, 그림이 그려지는 미래
———

불과 몇 년 전만 해도 논과 밭의 비닐하우스가 큰길 밑으로 널브러져 있었습니다. 인간의 도전 정신은 그 필요성이 절실하게 느껴질 때 발동되나 봅니다. 이런 고마나루 박물관 앞에다 '고마'를 짓겠다고 한 것은 정상적인 업무 추진이 아니라 도전이었습니다. 고마나루의 지명 중 나루라는 말을 떼어 내고 고마만을 가지고 붙인 건물 이름이 '고마'입니다.

미술관과 공연, 전시 등을 할 수 있는 시설로, 계획서를 만들고 전문가 용역과 장소 확정, 공유 재산 관리 계획, 중앙 및 지방 투융자 심사, 문화재 지표 조사, 의회 승인, 국도시비 확보, 도시 계획 변경 승인, 토지 매입, 문화재 현상 변경 허가 등 전반적인 제반 행정 절차를 다 마친 기간이 불과 1년밖에 걸리지 않았습니다.

되돌아보면 토지 매입만 보더라도 결코 쉬운 일이 아니었습니다. 41필지에 6만 6291제곱미터의 토지 주인 50여 명과 개별로 협상하고 토지를 사들이는 일은 보통 어려운 일이 아니었습니다. 감정 가격이 있는데도 높은 가격을 요구하는 게 대부분이고, 그런 경우 찾아다니며 설명하며 설득하고, 국외로 이민간 사람, 주소를 알지 못하는 사람, 아직껏 일본 이름으로 되어 있는 사람들을 찾아나서는 데도 1년이 부족한 기간인 데다가, 만약 보상을 거부하여 수용 절차를 밟을 경우 최소한 2년이 걸리기 때문이었습니다.

고마의 도전
———

도대체 '고마'라는 건물을 그렇게까지 서두르면서 공사를 진행하려고 했던 이유는 무엇일까요? 그 까닭은 2010년도에 세계 대백제전을 이곳에서 치르겠다는 의지가 작동한 것이 주된 이유였습니다. 우리가 그동안 50여 년이 넘도록 작은 규모의 백제 문화제를 치러 왔지만 국제적인 규모의 축제는 이번이 처음 아닙니까? 그러나 이런 대백제전을 2년 남겨 놓고 신관 둔치 공원으로 결정된 장소를 바꾼다는 것은 재정적으로 보나 시기적으로나 있을 수 없는 일이었습니다.

원래는 2007년에 충청남도와 공주시, 부여군 등이 모여 그 행사를 개최함에 있어 공주는 신관 둔치 공원, 부여는 구드래 나루로 합의하여 장소를 결정했습니다. 공주시의 입장에서 볼 때, 신관 둔치 공원은 부지를 정리하지 않고서도 금방 전시 부스의 설치가 가능하지만, 고마나루는 부지를 사서 메우고 건물 짓는 등 소요 비용만 해도 300억 원 이상의 재원이 소요되는 데다가 예산이 확보된다 해도 공사 기간이 빠듯했기 때문입니다.

이 같은 원래의 개최 장소 계획을 확 뒤집는 일이 결코 쉽지는 않았지만 공주시의 노력은 간절했습니다. 당장 일감이 많아져서 공휴일마저 반납해도 모자랄 기간이고, 국비나 도비 확보도 불확실한 상황에서 안전함을 택하지 않고 책상을 박차고 나선 것입니다. 만약 행사 개최에 실패할 경우 그 책임을 고스란히 져야 하는 위험 부담까지 안은 채 말입니다.

왜 그랬을까요. 선거철도 아니었는데 말입니다. 한편으로는 15년 전에 정부가 공주, 부여 등에 1조 3000억 원 규모로 계획한 백제 문화권 특정 지역 개발이 부여의 백제 재현 단지만을 개발한 채, 공주에서는 개발의 첫 삽조차 뜨지 못하고 있는 실정이었습니다. 국제적 행사를 기회로 이용해서 이런 현실을 정부에 요구하자는 것이었고, 우리보다 먼저 추진하고 있는 경주 엑스포도 정부 지원금을 타낸 것처럼 대백제전 부지 조성비도 정부에 요구하자는 두 가지 이유가 그것이었습니다.

대백제전 개최 예정지였던 신관 둔치 공원은 정부에 국비 지원을 요구할 명분이 없는 땅이었지만, 새로운 개최 예정지인 고마나루는 그 개발 명분을 요구할 수 있는 충분한 땅이 되었습니다. 그러나 그동안 고마나루 관광지를 개발하려고 한화건설과 이랜드, 현대산업개발, 삼부토건과 미국 자본가들을 수없이 찾아가 투자 설명회를 하고 논의했음에도 선뜻 나서는 투자자가 없었습니다. 이런 상황에서 침체되어 있는 지역에 큰 행사터를 조성하고 미래의 건물을 짓는 결정이야 쉬울 수 있을지 모르지만, 국가로부터 그 많은 사업비를 지원받는 일은 결코 쉽지 않은 일이라는 것을 공무원이라면 누구나 잘 아는 사실입니다.

관광지 조성과 문화 예술 공간의 시설비를 관장하는 부처는 문화 체육 관광부입니다. 업무 추진상 충청남도보다도 더 자주 찾아가는 정부 기관이고, 갈 때마다 다른 부처보다 비교적 공무원들이 부드럽고 아름다운 인간미를 느끼곤 하는 부처입니다. 고시에 합격한 이들에게 제일 인기 있는 부처가 문화 체육 관광부라는 말을 들었을 때 작금의 시대적 트렌드가 문화와 예술이라는 것을 실감하지 않을 수가 없지요.

이러한 문화 체육 관광부의 담당 부서와 서로 얼굴을 붉히게 된 것은 다름 아닌 고마 사업비 지원을 요구하고 나서부터였습니다. 당초 요구한 450억 원의 사업 계획에는 8미터 깊이의 농지를 인공 호수로 만들고 그 가운데에 인공 섬을 만들어 섬 위에 1500석의 공연장과 미술관 그리고 시드니의 오페라 하우스처럼 '고마'를 건축하는 계획이 들어 있었습니다. 문화 체육 관광부 입장에서 보면 "무슨 뚱딴지 같은 계획을 가지고 왔느냐"라는 것일 수 있었는데, 지금까지 시·군의 문화 시설에 대한 국비 지원은 문예 회관 지원 수준인 국비 30억 원 이하였고, 복합 문화 시설은 국비 지원이 그 규모에 따라 다를 수도 있지만, 고마 사업은 도시 규모에 비해 사업 규모가 너무 크므로 사업 계획을 축소·수정하라는 것이었습니다.

그렇다면 기존의 문예 회관과 다를 게 뭐가 있겠습니까? 하지만 여러 차례 방문을 하고 설득도 해 보았지만, 문화 체육 관광부의 부정적 의견으로 안전 행정부의 투융자 심사는 결국 부결될 수밖에 없었고, 겨우 300억 원 이하의 충청남도 투융자 심사만 통과될 수 있었습니다. 사업 규모를 줄여야 된다는 결과였습니다. 도청을 가도 문화 체육 관광부를 가도 대해 주는 분위기가 예전 같지가 않습니다. 뻔한 일이죠. 사업 규모를 크게 줄였음에도 국비 지원이 부담스럽다는 이유였습니다.

시련은 여기서 끝나지 않았습니다. 충청남도와 문화 체육 관광부를 가까스로 거쳐서 올라간 국비 신청은 기획 재정부가 최종 판단을 하게 되어 있는데, 또다시 거기서 제동이 걸린 겁니다. "계획서

를 다시 작성해서 가져 와라", "사업의 타당성이 부족하다", "공사
비를 더 줄여라", "2년 남짓 남은 기간에 토지를 매입하고 세울 수
없다"는 등의 의견이었습니다. 여섯 차례나 과천 정부 청사를 찾아
가 설명과 설득, 검토한 끝에 확보한 국비는 30억 원뿐이었습니다.

"경주 엑스포에는 국비를 250억 원이나 지원해 주면서 공주에는
왜 지원을 해 주지 않는 것입니까?" 이렇게 강력하게 항의를 하고
는, 공주 출신 인사들을 찾아다니며 호소했지만 역부족이었습니다.
"경상도나 전라도 같았으면 이런 일 없었을 거야."라는 말이 저절
로 나왔습니다. 공주시가 토지 매입비 110억 원은 계획대로 빚을 얻
어 우선 보상에 들어갔지만, 건축비 190억 원은 확보한 30억 원으
로는 어림도 없는 일이었습니다. 다시 충청남도에 국비 30억 원만
큼 도비 30억 원을 부담해 달라는 요구도 했지만 반응은 썰렁하기
만 했습니다.

하는 수 없었습니다. 충청남도에서 재정 지원을 해 주지 않으면
대백제전을 치를 수 없다고 배수진을 칠 수밖에 없는 막다른 길을
선택하게 되었습니다. 이윽고 충청남도에는 비상이 걸렸고, 기반
조성비 20억 원을 충청남도로부터 얻어 내는 데 성공합니다. 그렇
지만 진행하면서 복병은 계속 나타나더군요. 2만여 평의 7~8미터
깊이의 농지를 메우려면 50만 제곱미터의 흙이 필요한데, 하수관로
를 설치하고 흙으로 메우는 비용만도 40억 원이 넘는다는 게 당면
한 문제였습니다.

기반 조성비로는 부족한 예산이고, 그렇다고 국비 30억 원을 사용하고 나면 건축비가 줄어들 수밖에 없는 데다 심지어 명품 건물은 기대할 수도 없을 게 뻔했습니다. 하지만 문제가 있을 때마다 지금껏 꼭 해결책이 나타났듯이 그런 고민에 휩싸일 때쯤이면 또다시 희망의 물꼬가 생겨났습니다. 사전에 예약된 로드맵처럼 말입니다. 다름 아닌 순환 골재로 부지를 공짜로 메워 주겠다는 제안을 대길환경(주)으로부터 받은 것입니다. 큰 기쁨이 아닐 수 없었습니다.

순환 골재라면 폐건축물이나 폐토목 자재들을 잘게 부수어 정부가 재활용할 수 있도록 인정한 골재 아닙니까? 여러 대의 중장비 차량들이 부어 대는 순환 골재들을 보고 일부 언론의 기자들은 "불법 폐기물이다. 이런 불법 폐기물을 돈을 주고 메운다. 특혜 의혹이 있다. 시끄럽다." 등의 여론을 업고는 합세해서 압박하기도 했지만, 저에게는 중장비 차량과 포클레인 등의 장비들이 내는 거대한 굉음이 개발의 힘찬 행진곡으로만 들렸습니다.

그렇지만 순환 골재의 개발 행진곡도 3개월 만에 그칠 수밖에 없었는데, 물량이 그 넓은 땅을 메울 양이 못 되었기 때문입니다. 절반도 못 메운 상황이었습니다. 인근의 야산이나 토목 공사에서 나오는 토량을 찾아봐도 도무지 묘안이 떠오르지 않았습니다. 바로 그때였습니다. 4대강 사업에서 나오는 많은 골재 물량을 당장 적치할 장소가 없다는 정보를 접하게 된 것입니다. 금강에서 가까우면서도 개발 용도의 공공성이 금강 골재 투입의 1순위라는 것도 알게 되었습니다. 지성이면 감천이란 말은 이럴 때 쓰는 말인가 봅니다.

한 달 가량 멈춰 선 중장비들의 개발 행진곡은 다시 시작되었습니다. 얼마나 많은 재정을 채워 주고 있는지 말로 형용할 수 없는 광경이 계속 이어지고 있는 것입니다. 생각해 보십시오. 가까운 곳에 토취장으로 내어 줄 산도 없지만, 토취장 산이 있다고 해도 허가받는 절차에만 몇 개월이 다시 걸립니다. 당연히 2010 대백제전에 차질이 생길 수밖에 없고, 그 책임도 감당하기 어려운 입장이다 보니 하루하루가 살얼음판을 걷는 기분이 아닐 수 없는 지경이었습니다.

순환 골재는 더러 오염 물질도 섞여 있었지만 금강의 모래는 그렇지가 않았습니다. 비산 먼지도 없고 깨끗할 뿐만 아니라 다짐도 용이한 것은 물론, 4대강 공사가 지역 개발을 촉진하고 있다는 정당성도 부인할 수 없어 일거양득이라는 생각이 들었습니다. 이렇게 농지를 매입해서 부지를 조성하는 일 등은 어려움을 무릅쓰고 빠듯한 기간인 2년여 만에 마칠 수가 있었습니다.

그러나 건축까지는 2010 대백제전에 맞춘다는 것이 도저히 실현할 수 없는 무리수로 보였습니다. 6개월여 공사 기간 동안 명품 건물을 지을 수도 없을 뿐더러, 확보하지 못한 건축비가 더 큰 문제가 되었기 때문입니다. 다행히도 2010 대백제전은 부스를 쳐서 행사를 치르고 건물 짓는 일은 축제 뒤에 추진하는 것으로 의견을 정리하였습니다. 그런 연후에 치러진 2010 대백제전의 개막은 세상을 다 얻은 듯하였고, 해내겠다는 의지로 힘든 시간을 극복한 뿌듯한 결과물이 되기에도 충분했습니다.

그간 순간순간의 위기가 창조물들을 잉태하고 있었기 때문인지, 저지대의 논밭이 세상 사람들이 몰려드는 관광지로 탈바꿈된 것입니다. 행사용 박물관도 평평한 대지에 대형 부스를 쳐서 동남아 역사관, 체험장, 공연장, 영상관, 전시관, 판매관, 꽃단지 등으로 조성했고, 대형 식당 부스 안에서는 식사 행렬이 늘어섰으며, 입장료를 내며 줄을 서서 기다리고 있는 사람들은 물론 연일 수백 대의 관광버스가 몰려드는 장소로 2년여 만에 바뀌었으니 말입니다.

공주 역사 이래 이렇게 많은 관광버스가 몰려들고 긴 행렬이 만들어졌던 일이 있었을까! 150여 만 명의 인파, 감동의 물결들이 몰려오고 있었습니다. 공주 인구의 13배. 버려진 땅들이 관광지로 태어나지 않았습니까? 또 하나의 역사를 만들고 있는 것입니다.

세계와 통하라
———

이곳에 고마 건축이 시작된 것은 2010 대백제전이 끝난 직후입니다. 고마는 컨벤션, 역사 전시관, 미술 전시관, 세미나실, 공연장과 야외 연못 등이 있는, 공모를 거쳐 선정된 복합 문화 시설입니다. 나중에는 용도를 미술관으로 바꿀 계획이었지만 당장은 문화 체육 관광부의 권장대로 할 수밖에 없었습니다. 우리 시가 원하는 대로만 지을 수 없었습니다. 국비를 지원받는 유일한 방법이 아니고서는 얻을 수 없는 희망이기도 했습니다.

성공적인 축제가 아니었다면, 위기감이 없었더라면 다음을 기약할 수 있었을까요? 아마도 동력이 소진되어 어려웠을 것입니다. 안정된 환경에 안주하게 되면 뇌세포의 작동이 느려져 창조성도 떨어질 것입니다. 그러나 공주 문화 관광지로 편입하는 방법을 꾸준히 떠올렸습니다. 그래서 국·도비 예산을 투입할 수 있었습니다. 200억 원의 건축비 중 140억 원이라는 상당한 예산을 국비와 도비로 확보한 것이지요. 물론 300억 원 이내로 지어야 하는 겁니다.

간단히 국·도비가 확보되고 보니, 확보된 재정으로 곧 건축이 가능할 것 같았지만 복병이 또 나타납니다. 여느 프로젝트에서나 복병들이 곳곳에 도사리고 있듯, 그런 어려운 현상들이 나타나는 것은 지극히 당연한 것만 같습니다. 의회 의원들이 한옥 마을을 공무원들이 직영하는 것처럼 '고마'를 직영하라고 하는 것입니다. 그리고 미술관이 아닌 당초대로 복합 센터로 운영하라는 것입니다. 센터 준공을 앞두고 각계의 전문가들에게서 받은 자문을 예로 들며, 다용도의 복합 기능보다는 단순 기능인 미술관이 더 이점이 있다는 점을 여러 번 설명했음에도 받아들여질 기미가 안 보였습니다.

단층의 컨벤션 기능은 인근 공주 대학교 컨벤션 센터와 대전에 위치한 컨벤션 센터의 규모를 따라갈 수 없을 정도로 작아 경쟁도 되지 않고 가동률도 떨어질 것이라는 예측 결과와 3층의 세미나실 역시 항시 사람들이 몰려와서 세미나가 계속 이루어질 수 있겠느냐 하는 문제점을 이유로 내세웠음에도 말입니다. 의원님들의 지적도 맞는 것이, 복합 시설로 건축된 것을 미술관으로 바꿀 때 기존의 시설들을 많은 부분 고쳐야 된다는 점이 전문가들인 양평 미술관의 학예실장이나 서울, 대전, 전북, 경남 등의 미술관 운영 큐레이터들의 자문 결과이자 의견이기도 했습니다.

많은 재정이 들 수밖에 없습니다. 우선 1층의 컨벤션 센터의 융탄자 바닥부터 벗겨 내고 무광택 바닥으로 바꿔야 합니다. 3층의 천정은 고도를 더 높여야 하고 오목 볼록의 벽면도 평평한 재질로 교체해야 하며, 잘게 쪼갠 칸막이도 없애야 합니다. 의원님들의 지적대로 예산 낭비일 수 있습니다. 이해가 갑니다. 그럼에도 복합 시설은 시민들의 화합의 장은 될 수 있어도 공주를 세계 속에 내놓을 수 있는 상품이 못 된다는 데 더 큰 고민이 있는 것입니다.

지역을 활성화시킨 일본의 가나자와, 영국의 뉴캐슬 등과 같은 국제 도시들을 군이 살펴보지 않더라도 미술관이 지역 활성화의 대세이기도 하지만, 청전 이상범 화백과 운보 김기창 화백 등을 탄생시킨 공주이고, 현재 활로인 국내 최고의 거장 임동식 화백과 김동유 화백을 비롯한 신현국, 엄기환, 김배히 화백 등 72명의 국내 수준급 화가들이 활동하고 있는 지역이라는 점으로 볼 때, 고마의 미술관이 결코 우연한 일이 아닙니다.

또한 공무원들이 직영으로 운영한다면 그 결과가 원하는 수준까지는 가지 못할 것이 뻔합니다. 전문성이 없기 때문입니다. 일정 기간이 지나면 다른 부서로 전보되는 순환 보직이 문제입니다. 솔직히 세계의 상품이 되든 동네의 상품이 되든 고민할 필요도 없습니다. 한옥 마을은 그런대로 손님이 찾아오면 방을 배정하고 불을 때주고 청소를 하는 등 상대적으로 단순한 일이어서 직영이 가능하지만, 미술관은 그것과는 다릅니다. 그림이나 영상 아트와 조각 작품들은 돈만 있으면 벽면을 항상 채울 수 있습니다. 그러나 그보다 중요한 것은 어떤 작가가 어떻게 전시하고 무엇을 보여 줄지는 단순히 돈으로 순간순간 해결할 수 있는 문제가 아닌 것입니다.

수준 높은 가치 창출이 당면한 문제입니다. 치열한 기획이 없는 무분별한 전시는 미술관의 질을 떨어뜨리고 아울러 세계로 나아가

려는 의도와는 상치相馳된다고 볼 수 있습니다. 결국 특정 업체를 찾아다니며 배운 미술 세계를 가지고, 유착과 특혜가 우려된다는 비판과 함께 6개월간의 논란 끝에 의회로부터 민간 위탁을 승인받았지만 앞으로가 더 큰 문제입니다. 그동안에 흘린 공무원의 땀은 잠깐이라고 하더라도, 그 여느 시설물과는 달리 운영을 어떻게 하느냐에 따라 부수 효과가 크게 나타날 수 있고 미미하게 나타날 수도 있기 때문입니다.

우리는 도시를 경영하는 사람의 도전성이 미래의 성공을 결정하는 시대에 살고 있습니다. 어느 시대에나 도시의 쇠퇴는 재정보다도 심성에 각인된 비판적 사고에서 비롯됐습니다. 그러나 발전하는 지역은 저절로 주어지는 운명론적인 진로에 따르지 않고 스스로 만들어 가는 창조적 정책을 펼쳐 냅니다. 개방적인 시각, 모험을 무릅쓰는 도전 의식, 전략적 사고를 활용하여 약점을 강점으로 바꾸는 능력, 다른 사람들의 지혜를 존중하고 배우려는 자세 등을 견지하고 있습니다.

고마는 이제부터가 중요합니다. 고마에 대한 시민들의 자각과 공감대 형성이 필요합니다. 아티스트들의 힘으로 운영되어야 한다는 것입니다. 예술가들은 남과 다르게 바라보며 새로운 도전을 하도록 학습된 사람들입니다. 예술에는 행동과 사상을 규정하는 낡은 틀에 대한 불만과 불안의 에너지를 표현하는 동시에, 그 에너지를 육성하여 사회의 소리로 만들려는 꿈이 함축되어 있습니다. 현실을 극복하고 발전시키는 힘이 창조라고 생각합니다.

최근 도시들이 도시의 활력을 불러일으키기 위하여 예술과 문화를 중시하는 이유가 여기에 있습니다. 예술을 경작하여 지역을 일구는 곳에서는 미래를 창조하는 문화 전략의 일환으로 과거와 미래의 결합도 추구합니다. 그러나 쇠퇴하고 조락하고 있는 곳은 창조성의 잠재력도 떨어집니다. 고마를 통해서 지역이 새로운 인재를 받아들이고 지역 인재들과의 네트워크로 창조력을 극대화시키는 것이 중요하다고 봅니다.

지역의 발전은 창조적인 인재들의 결집이며, 그러한 사람들을 끌어들이는 지역이 결국은 지역의 인재를 키우는 동시에 지역도 발전할 수 있다고 확신합니다. 지금 개개의 도시들은 인구가 줄어드는 등 총체적으로 침체의 길을 걷고 있습니다. 이러한 무력감 속에서 행복한 꿈을 꾸며 즐겁게 일한다는 것은 쉬운 일이 아닙니다. 이러한 시대에 지역이 살아 남고 또 번영하려면 어떻게 해야 할까요? 큰 꿈을 가져야 합니다. 도로를 닦고 다리를 놓는 하드웨어적인 정책에 모든 것을 걸 것이 아니라 창조적인 인재들이 살고 싶어 하는 도시 공간을 만들어 내야 하는 것입니다.

우리는 지금 말 그대로 글로벌 세상을 살고 있습니다. 지역의 경쟁력은 서울을 모방할 때 커지는 것이 아닙니다. 서울을 초월하고 한국을 넘어 세계로 진출하고 세계로부터 인정받는 것이 목표가 되어야 합니다. 고마나루는 이제 슬픔의 전설이 흐르는 곳이 아닙니다. 생기가 넘치는 장소로 변해 있습니다. 하지만 고마의 건물은 사용자를 잘못 만나면 그 예술성과 유효성을 박탈당해 버릴 수 있는 위험성도 안고 있습니다.

곰나루 흙이 그렇듯이 붉은 기운이 땅속에서 솟아오르는 것처럼 힘이 솟구치는 고마의 역할을 기대해 봅니다.

공주의 꿈
금강의 꿈

세상의 어지러움은 금강에도 있었다

———

금강은 분명히 살아났습니다. 수질은 얼마나 좋아졌는지 모르지만, 공산성 앞에 매여 있는 나룻배는 추운 겨울을 흘려 보내고 강물에 흠뻑 빠져 있는 봄볕으로 떠날 채비로 분주하고, 공산성과 연미산, 곰나루 등 강폭을 꽉 채워 둥글게 원을 그리며 거침없이 흘러가는 강물은 활기 넘치는 생동감을 자아내고 있음을 봅니다.

공주보 막기 전 모습은 어땠습니까? 강물은 점점 말라 들었고, 내다 버린 집 안의 건축 쓰레기와 풀숲에 걸린 오물들로 온통 뒤덮여 있었던 데다가, 강물은 검은 빛을 띠며 흘렀고 심한 악취로 물고기들이 죽어 가면서 시민들마저 강변 산책을 외면할 정도로 신음하던 강이 아니었던가요. 사람으로 치자면 중병에 걸린 듯했습니다.

금강 살리기 사업 전 금강에서 배를 타 본 일이 있습니다. 공주에서 부여와 강경을 거쳐 금강 하굿둑까지 6시간 보트를 타 볼 수 있는 기회였습니다. 겨울철에 가는 금강 이백 리 길은 무엇보다 설렘이 앞섰습니다. 출발 지점인 곰나루의 백사장은 넓었지만 수중 공간은 적었습니다. 깊은 곳이라야 허벅지에도 차오를 것 같지 않았습니다. 그 옛날 나무꾼이 곰 굴을 도망쳐 나와 강을 건널 때도 이렇게 얕았더라면 아마도 나무꾼은 다시 곰에게 잡혀 갔을 것 같은, 곰과 새끼들도 강물에 빠져 죽지 않을 만큼의 강물입니다. 백제 때 일본과 빈번하게 교류했던 국제 무역항으로서의 옛 모습은 세월 속에 이미 덮여 버린 지 오래입니다.

내려가는 뱃길은 편안했습니다. 하지만 천안 논산 간 고속도로 다리 밑은 세찬 여울목이더군요. 임대한 보트는 공기 부양정으로 수륙양용이라서 빠른 물줄기나 모래가 솟아 있어도 운행에 거칠 것이 없었지만, 물길은 고무보트조차 오갈 수 없을 정도로 빠듯했습니다. 물길은 넓은 물길을 만나 다시 조용합니다. 강을 가로지르는 말뚝 사이로 찢어진 그물들이 매달려 신음하고 있고, 메마른 갈대가 찬바람과 싸우는 광경도 보입니다. 쥐불 놓고 메기 잡고 참게 잡던 어린 추억도 끄집어내게 합니다. 반쯤 모래에 박혀 있는 조각배의 지친 모습도 보이다가 대학리 앞 뗏목선 로프가 반갑게 맞아 주기도 하더군요.

가끔 배가 오작동이라도 하면 강물을 뒤집어쓰게 되고 매서운 바람과 부딪혀서 덜덜 떠는 것까지는 참아 낼 수 있지만 안경과 점퍼, 모자 등이 온통 흙비를 맞은 것처럼 얼룩져 갈 때는 곧 씁쓸해지더군요. 작은 지류를 거듭 만나면서 제법 강폭이 커지더니 배는 낙화암 앞에 도착했습니다. 낙화암과 고란사가 백마강의 탄식을 안은 채 칼바람 앞에 서 있고, 관광 유람선 네 척이 황포 돛배를 기대고 겨울 어귀에 꼭꼭 매여 있더군요. 구드래 나루에 흐르는 뱃길은 무상함 그 자체였습니다.

배를 돌려 한참을 달렸습니다. 흐르는 강물을 바라보니 가슴이 시원해집니다. 주변에 강을 위협하는 건물도 없습니다. 규암 나루터를 지나 여러 번 물줄기를 틀더니 멀리 강경 나루터가 다가오고, 드넓은 바다에 다다른 양 저 멀리 금강 하굿둑이 눈에 들어왔습니다. 한때는 무역선과 장사꾼들로 뱃길이 혼잡했던 곳의 물길이 아니던가요. 달리는 엔진 소리 따라 놀란 철새들이 연속적으로 군무를 추기 시작하더군요. 겨울 하늘을 검게 뒤덮을 정도입니다. 그저 카메라 셔터를 누르면서 감동과 감탄의 말로밖에는 표현할 수 없는 광경이 금강 하구의 하늘이었습니다.

그런데 하구의 강물은 달랐습니다. 세상의 온갖 쓰레기장을 방불케 하고 있었습니다. 우리가 버린 온갖 오물과 쓰레기가 거기에 다 모여 있었던 겁니다. 문명의 탈을 쓴 사람들은 강을 무시해 왔고, 사람들이 버린 강 역시 사람들을 외면해 왔던 시절의 단면을 금강 살리기 사업 전에 보았던 것입니다. 이렇듯 어릴 적 고기 잡고 멱 감고 뛰어놀던 그런 강은 금강 살리기 직전에도 볼 수 없었고, 금강 살리기가 막 끝난 지금도 찾아볼 수가 없습니다. 수질도 크게 달라 보이지 않습니다.

수량이 많아져서 생태 환경적으로는 덮이고 감춰지고 일부 변하기도 했지만, 당장에는 보기에 크게 달라져 보이는 것은 없는 듯합니다. 반면에 호응을 받고 있는 것은 지난해 여름 그렇게 비가 많이 왔어도 강변의 침수 피해가 여느 다른 때보다 적었던 것이나, 강바닥에 물이 가득 채워지고, 나무숲이 조성되고, 끊어졌던 강변의 걷는 길과 자전거 길을 다시 이어 놓아 사람들이 강으로 모여들기 시작한 점입니다. 사람이 강과, 강이 사람들과 다시 친해질 수 있는 공간이 된 것입니다.

이제 그만, 우리들의 이야기를 만들자

그럼에도 불구하고 금강 살리기 사업은 아직까지 말이 많습니다. "강은 스스로 자정 능력이 있으니까 이를 믿고 맡겨 보자"고 했는데 "생태 환경이 파괴된 결과만 가져 왔다"고 하기도 하고, "유지 관리 비용과 오염원 관리 비용" 등을 거론하며 지금도 논란의 끈을 놓지 않고 있습니다.

솔직히 부실한 면도 더러는 있었습니다. 무리한 개발도 조금은 있었습니다. 화장실을 짓고, 데크 길, 자전거 길을 내고, 시민들과 함께 오래된 하천 변을 정비하며 연꽃과 금계국을 대단위로 식재할 때만 해도 말이 많았습니다. 그러나 누가 뭐라 해도 금강은 달라졌고, 대다수의 시민들이 좋아하고, 금강으로 사람들이 모여들기 시작했습니다. 이처럼 금강을 잘 활용하고 있는 이때, 시작할 때의 논쟁을 아직까지 한다는 것은 에너지의 낭비라고 봅니다.

도심을 관통하는 강은 다른 도시들이 부러워하고 있는 공주의 가장 큰 자산임에도, 그동안 방치해 온 것은 누구든 부인할 수 없는 사실입니다. 우리는 이 땅에서 역사가 시작되기 전, 태고의 시간부터 현재까지 삶의 터전을 가꿔 가며, 금강이 주는 은혜에 순응하며 살아가고 있습니다. 이 시점에서 우리가 논의할 것은 지나간 문제점을 들춰 내는 것이 아니라 미래의 금강의 꿈을 만들어 가는 것입니다. 금강의 아름다운 가치를 일깨워 주는 공감대가 필요합니다.

구석기 시대 이래 수만 년 동안 조상들이 그랬듯이 살아온 흔적들을 찾아 그 옛날 뱃길로 이어 주면서, 나루터, 오토 캠핑촌, 승마장, 생태 공원, 카누 등 레저 시설들과 함께, 금강 변을 따라 사람들이 모여드는 문화 콘텐츠를 가득 채우는 일들이 우선시되어야 할 과제라고 봅니다.

금강 살리기 사업이 끝난 지 벌써 4년이 다 되어 갑니다. 손가락질하는 많은 사람들이 있을 수 있습니다. 개발이냐 보존이냐를 두고 때때로 장애와 한계에 부딪치면서, 시민들이 기대하는 만큼에 부합하지 못한 결과가 따라다니고 있는 것도 사실입니다. 그러나 금강만큼은 방치하면 안 된다고 봅니다. 우리가 잘잘못을 따질 시간에 깨끗한 환경을 지켜 내고 관광 상품을 개발하고 금강을 노래하게 하는 일이 무엇보다도 더 소중한 순간이기 때문입니다.

이제 금강 살리기는 완성이 아니라 시작입니다. 토목 공사로 끝내지 말아야 합니다. 국가에서 시행한 금강 살리기 사업은 끝이 났지만, 앞으로 금강을 가꾸는 것은 우리 시민들의 몫입니다. 가꾼 만큼 보람을 누리는 것도 우리 시민들의 몫입니다. 마구 버리고 방치한다면 다시 강은 죽을 수밖에 없습니다. 우리 모두 지혜를 모아 생명줄 금강을 희망과 꿈으로 흐르게 해야 합니다. 공주의 길은 곧 금강의 길이고, 금강은 후손들에게 길이 물려줄 자산이기 때문입니다.

제2부

축제 이야기

밤꽃 필 무렵이면

공주의 유월은 온통 밤꽃 세상입니다. 전국 최대의 밤 주산지가 바로 공주로서 전국 최대의 꽃 축제라 할 수 있겠습니다. 밤꽃 세상을 맞아 보시죠. "세상에 미운 꽃들은 그윽한 향이 많지 않고, 세상에 고운 꽃들은 열매를 맺지 못한대요." 가수 장윤정이 부르는 유행가 가사인데 밤꽃은 우리에게 어떤 모습으로 다가올까요? 요즈음 전국 어디를 가 보더라도 밤꽃은 지천으로 피어 있지만, 밤의 주산지 공주의 유월은 남다릅니다.

산야가 온통 연노란색입니다. 산자락에 구름이 살짝 내려앉은 모습입니다. 금강 변을 따라 가도 국도를 내달려도, 밤나무 군락지는 끝없이 펼쳐집니다. 국내 최대의 밤 산지가 만들어 내는 대자연의 향연입니다.

경춘 가도는 일 년에 두 번, 연인들로 북새통을 이룬다고 합니다. 그중 한 번은 하얀 눈이 내릴 때의 욘사마 행렬이고, 또 한 번은 밤꽃 향기의 행렬이라고 합니다. 이처럼 밤꽃 맞이는 대단합니다. 하지만 춘천 가도나 그 유명한 섬진강 변의 밤나무는 허리가 굵어진 고목나무가 대부분으로, 꽃 색깔도 옅고 꽃도 듬성듬성 피어 있을 뿐입니다.

사실 밤꽃은 여느 꽃처럼 아름답지 못합니다. 아무리 꽃이 없는 계절이라고는 하지만 길쭉한 꽃대가 너덜거리고 잎사귀만 무성하지 예쁘게 봐 줄 수 있는 꽃은 아니지요.

그렇지만 공주의 밤꽃은 다릅니다. 수령이 젊은 밤나무들입니다. 꽃 수술이 하늘로 치솟다가 꽃 살이 오르면 진노란색을 띠고 굵디굵은 수술들이 수북하게 내뻗치며 강렬한 향기를 품어 내고 있는 것입니다. 축 늘어진 빛을 잃은 노령목들의 향연과는 다른, 여느 곳에서는 볼 수 없는 젊은 밤나무들의 광경입니다.

밤꽃의 매력은 누가 뭐래도 향기에 있습니다. 비릿하면서도 달콤한 향, 온 세상을 진동할 만큼 강하고 진합니다. 일상에 찌든 분위기를 바꿔 주고 노폐물을 제거할 수 있을 정도로 충분합니다. 굳이 향을 거부한다 한들 달리는 차창을 뚫고 콧속 깊숙이 파고드는 향기를 어찌하겠습니까?

밤꽃 한 그루에 암꽃과 수꽃이 같이 피는데 이 중 수꽃에서 짙은 향기가 납니다. 남성의 냄새와 비슷해서 남성의 꽃이 핀 것이라고 도 말합니다. 옛날 부녀자들은 밤꽃 필 때 외출을 삼가고 과부는 더욱 근신했다는 일화에서 보듯, 밤꽃은 남성의 강렬한 매력을 물씬 풍깁니다. 다른 꽃들은 대개 여성을 상징하지만 밤꽃은 남성을 상징하는 이유도 여기에 있습니다.

마치 사람들도 젊은 사람의 힘이 강렬한 것처럼, 밤나무도 젊은 밤나무들의 향기가 더욱 강렬하다고나 할까요. 토실토실한 알밤을 갖기 위한 진한 생명의 향기인 것입니다. 공주 밤이 맛이나 크기, 색깔 등에서 월등한 것도 이런 요인 때문입니다.

매혹의 밤꽃 향연이 극치를 이루고 있는 곳은 공주에서도 정안正安, 의당儀堂, 사곡寺谷 등입니다. 밤나무가 유난히 많기도 하지만 우리나라 밤의 역사를 고스란히 이어 가고 있는 곳들입니다. 전국 최초의 밤 지리적 표시제, 공주 밤 우량 품종 개량 사업이나 친환경 밤 재배에서부터 상표 등록, 포장 디자인은 물론 홍보 마케팅과 밤꽃 축제까지 공주 밤을 사랑하는 사람들의 활약이 진하기만 합니다.

요즈음 세상이 시끄럽습니다. 인간 세상에 꽃들은 실종되고 지독한 향기들로만 허우적거리고 있어 안타깝습니다. 우리가 이미 예견했듯이 보호 무역은 철폐되고 외국 농산물은 파도처럼 계속 밀려올 것입니다. 국가가 보호해 주는 시스템은 더 이상 기대할 수 없고, 그렇다고 남의 탓만 하며 살아갈 수밖에 없는 것인가요?

이런 상황 속에서 힘겨웠던 척박한 세월을 농촌 스스로의 활력소로 만들어 낸 것에 그치지 않고, 이제는 세계 속의 공주 밤으로 키우기 위해 안간힘을 기울이고 있는, 공주 밤을 사랑하는 사람들의 열정은 밤꽃에서 나오는 힘이 아니고서는 무엇으로 표현할 수 있겠습니까?

공주의 산야를 자동차를 타고 한번 달려 보시죠. 국도변의 밤꽃이 더욱 진한 매혹의 향으로 다가옵니다. 힘겹게 살아가며 사랑의 힘이 다 소진되는 날, 일상을 탈출하여 밤꽃 향 드라이브 어떠십니까? 저절로 힘이 솟을 것입니다.

김만태 선생

정안 소랭이골 밤꽃 축제하는 날, 고故 김만태 선생 묘소를 찾아가 보았습니다. 김만태 선생은 일찍이 공주 밤의 선구자이지요. 일생을 밤을 일구다 가신 분답게 정안면 사현리 2구 마을이나 묘소 가는 길은 온통 밤꽃으로 뒤덮여 있더군요. 비탈진 곳이나 응달진 곳이나 보이는 산야의 등성이마다 하얀색, 젖빛으로 변해 가고, 한낮에 내리쬐는 햇볕이 점점 강렬해지는 동안 곳곳에서 밤알을 잉태시키는 작업에 분주하더군요.

공주의 70%가 넘는 산지 중에서도 잡목보다 밤나무 숲이 더 많다는 것도 밤꽃이 피고 나서야 실감하게 됩니다. 예부터 밤은 자라고 있었지만 공주가 밤의 주산지는 아니었습니다. 이런 산야에 우리나라 최대의 밤 생산지가 조성된 것은 공주 사람들의 피나는 노력도 있었지만, 그중 김만태 선생의 영향이 컸다는 것을 누구도 부인할 수가 없습니다. 일찍이 우량 품종의 접순을 가져다가 재래종 밤나무에 접을 붙여 가며 농가들에게 보급하기 시작한 주인공이기 때문입니다.

그 영향으로 1960~1970년대 배고픈 시절, 크기가 작고 양이 많지 않아 상수리나무나 도토리나무와 다를 게 없었던 야생 밤나무가 다수확 품종으로 바뀌면서부터, 공주의 산림 산업은 일대 전환기를 맞게 됩니다. 함께 군락을 이루며 군데군데 피고 지던 산벚꽃, 진달래, 철쭉, 아카시아 꽃무리들과는 비교가 될 수 없을 만큼 광활한 면적을 밤나무가 차지하게 되었고, 그러다 보니 유월의 공주 산야도 밤꽃 풍경으로 바뀌게 된 것입니다.

밤꽃도 꽃이다

———

누가 얘기하더군요. 밤꽃도 꽃이냐고요? 볼품없는 모양이라는 얘기죠. 꽃나무들은 정원수나 가로수로 쓰이고 있지만 밤나무는 그런 범주에서 외면당하는 것을 볼 때 틀림없이 예쁜 꽃은 아닌 것 같습니다. 그러면 예쁜 꽃의 기준은 뭘까요? 사람마다 보는 눈이 다르기 때문에 따져 볼 수는 없는 노릇이지만, 분명한 것은 저마다의 아름다움의 가치를 지니고 있다는 사실입니다.

당연히 밤꽃도 꽃으로서 어떤 가치를 지니고 있는지를 찾아봐야 되겠죠. 여느 꽃들처럼 둥근 형태가 아니라 길쭉하게 뻗은 꽃대로 이루어져 있는데, 꽃대 대부분을 수많은 개체 수의 수술들로 수북하게 채워 긴 꽃 뭉치를 만들어 내는 수꽃, 그 밑으로 암꽃이 자세히 보아야 보일 정도로 작게 붙어 있습니다. 이들은 수정하기 전에는 하늘로 솟아오르는 형태를 하다가 수정한 뒤부터는 새끼줄처럼 길게 늘어뜨린 모습을 하는데, 이것이 밤꽃입니다.

솔직히 밤꽃은 예쁘지가 않습니다. 한 나뭇가지에 주렁주렁 매달린 꽃대를 꽃이라고 보기보다는 새순으로 봐야 될 정도니까요. 한참을 쳐다보고 예쁜 모습을 카메라에 담고 싶어도 눌러지지 않는 셔터, 그래도 보란 듯이 버티고 한 달씩이나 피워 대는 꽃. 노출에 대한 수치심을 읽을 수가 없습니다. 어찌 보면 자신의 모습을 거짓 없이 있는 그대로 드러냄으로써 초조와 불안, 변덕과 권태, 거짓과 야만, 조롱과 증오 등이 숨어들 수 있는 자리를 없앤 것입니다.

꽃을 외관상의 화려한 색깔이나 모양만으로 그 아름다움을 표현하면 안 된다는 느낌을 주기도 하고, 우리 사회의 겉치레와 권모술수에 능한 사람들에게 경종을 울리는 장면을 연상하게도 합니다.

시각적 이상의 진정성이 깃든 아름다움은 암꽃에 더 있었습니다. 수꽃과는 달리 모양이 아주 작고 둥글고 예쁩니다. 수꽃의 위세에 눌려 있는 것 같지만 먼저 피어서 수꽃을 기다리고 있는 것이 암꽃입니다. 수정이 잘 되도록 수꽃의 기세를 세워 주는 듯하기도 하고,

태어나는 순간부터 결실에 대한 자기희생을 예고하고 있는 것으로도 보입니다. 이렇듯 밤꽃은 화려한 모습의 관상용은 못 되지만 꽃대 하나만으로도 용기 있고 자기희생적인 미학의 가치는 충분하지 않습니까?

밤꽃은 사랑을 피운다

누구나 밤꽃 하면 꽃보다도 밤꽃 냄새를 먼저 떠올립니다. 달콤한 향기 말입니다. 꿀 냄새 같기도 하고 뭇 남성들의 비릿한 체취 같기도 하지요. 밤꽃 향기는 분명히 여느 꽃향기와는 다릅니다. 치자의 깔끔한 향기나, 라일락의 감미로운 향기나, 장미의 매혹적인 향기 등과는 전혀 다른 향입니다.

밤꽃 향기가 의미를 더하고 있는 것은 십 리 길 너머에 사는 사람들까지 취하게 할 정도로 향기가 멀리 간다는 점입니다. 암꽃이 아닌 수꽃들이 뿜어내는 향기라지요. 강한 향기가 뭉치게 되면 비릿해지고 멀리 가는 것도 밤꽃의 힘입니다. 밤꽃 필 때면 집 나간 아내가 다시 돌아오고, 사랑하지 못한 청춘 남녀가 밤꽃 향기를 맡게 되면 저절로 사랑이 이루어진다는 이야기도 있습니다. 이렇듯, 밤꽃 향기는 무한 경쟁 시대에 지쳐 있는 우리에게 강력한 생명력의 에너지원이 되고 있습니다.

아파트 창문이나 차창을 열지 않더라도 틈을 헤집고 스며드는 향기가 밤꽃 향기 말고 또 있을까요? 꽃대의 미학보다도 밤꽃 냄새를 더 먼저 떠올리는 것은 향기가 강력하기 때문입니다. 밤꿀만 봐도 그 의미를 짐작할 수가 있습니다. 향이 진하고 독하여 정력제로 통하고 있지 않습니까?

이보다 더 억척스러운 꽃은 없다

밤나무가 이렇게 우람한 꽃을 피우고 진한 향을 내는 원천은 나무줄기에 있습니다. 결혼식 날 폐백 드릴 때 신랑 신부에게 알밤을 던져 주는 것, 죽음의 영혼을 모시는 위패를 밤나무로 만들어 세우는 것, 밤나무 장작이 오래도록 타는 것 등이 밤나무의 강력한 의미로 통하는 것들이지요.

그러기에 그 많고 좋은 땅을 마다하고 척박한 곳에서도 잡목들과 싸우며 터를 잡아 꽃을 피우고, 그 질기고 놀라운 생명력으로 열매를 맺어 산에서 인간에게 조상 대대로 내려 주는 최대의 임산물이 되고 있잖습니까?

옛날 어느 나라에 한 왕이 있었습니다. 이 왕은 하나밖에 없는 왕자의 부인을 얻기 위해 고민을 많이 했습니다. 장차 이 나라의 왕비가 되기 위해서는 지혜가 있어야 한다고 생각하고는 지혜의 꽃을 가지고 온 여인을 왕자의 아내로 삼기로 했습니다.

그러던 어느 날 한 여인이 장미꽃을 들고 왔습니다. "장미야말로 이 세상에서 가장 아름다운 꽃이지요. 이보다 더 아름다운 색과 모양을 가진 꽃은 없습니다." 옆에 있던 다른 여인이 말합니다. "아닙니다. 꽃은 모양이 아니라 향기에 있습니다. 왕이시여, 백합이야말로 세상에서 가장 좋은 향기를 가졌습니다." 많은 여인들이 저마다 화려한 꽃을 가져왔지만 왕의 마음에 드는 꽃은 없었습니다.

왕은 답답해졌습니다. 그때 한 여인이 왕 앞으로 다가왔습니다. 여인의 손에는 하얗고 보잘것없는 꽃이 들려 있었습니다. "이 꽃은 강한 추위를 이겨 내고 눈 위에서 피어나는 꽃이기에 이보다 더 고귀한 꽃은 이 세상에 없을 것입니다." 이 이야기를 듣고 왕은 고난을 이겨 낸 '에델바이스'야말로 가장 아름다운 꽃이라고 판단했다고 합니다.

한 여인을 왕자의 아내로 삼은 어느 동화 속의 이야기입니다만, 우리에게 많은 것을 암시해 주고 있습니다. 김주영 작가는 말하고 있습니다. "엄마의 젖꼭지를 빨며 옹알이를 하고 있는 젖먹이보다, 빼어난 미모를 자랑하는 매혹적인 여성보다 더 아름답다고 말하는 꽃에는 정녕 어떤 비밀이 숨겨져 있다."라고 말이지요. 이 꽃이 이 세상에서 가장 아름다운 이유가 되고 있는 것입니다.

밤꽃 피는 유월에 공주 사람들이라면 한 번쯤 생각해 볼 일이 바로 여기에 있습니다. 밤꽃은 결코 예쁘지 않습니다. 화려하지도 않습니다. 억척스러운 게 밤꽃입니다. 그러나 밤꽃이라고 다 똑같은 밤꽃이 아닙니다. 품종이나 재배하는 기술에 따라 크기나 수량, 맛 등이 다른 결실을 맺는다는 뜻입니다. 결국 밤에 대한 고마움의 정도와 다가올 가을에 풍성한 알밤을 만들기 위한 수단인 셈이지만, 농가들의 강인한 정신력과 땀이 크게 좌우하고 사회적 지원과 합의도 필요합니다. 그럴 때 세상에서 가장 아름다운 밤꽃을 공주에서 피울 수 있습니다.

유월에 사랑하고프면, 공주로 오라

밤나무의 전성기를 30년으로 볼 때, 1960~1970년대의 개량 밤 1세대는 가고, 이제 2000년대부터 식재한 개량 밤 2세대가 공주의 산야를 물려받았습니다. 저도 새 천년이 되던 해에 정안면장의 일을 수행하면서 김만태 선생과 함께 '밤도 젊게 사람도 젊게'라는 캐치프레이즈를 내걸고, 정안 밤, 공주 밤을 비롯해 전국 밤 생산자 단체 등을 만들며, 정안 밤꽃 축제와 정안 알밤 축제를 시작으로 제2의 밤의 부흥에 시동을 걸었던 기억이 생생합니다.

밤 생산 농가들이 모여 호주머니 돈 1만 원씩을 추렴해서 서울 송파 사람들을 초청하고, 정안 밤꽃 축제를 정안 농협 광장에서 치르고, 겨우내 밤 영농의 선진 기술이 살 길이라고 외치던 일. 모두 2002년 이맘때였지요. 능애 낚시터의 탤런트 전병옥, 한진주의 도움으로 KBS 탤런트 전무송, 이일웅, 정진, 서인석, 손동협, 금보라, 조양자, 천호진, 김흥기, 박승규, 박현정, 권병준 등과 김수현 작가, 조동산 작가 등을 모셔다가 밤 막걸리를 먹으며 정안 석송 초등학교에 모여 평정 낚시터까지 밤꽃 길을 걷던 일….

그 뒤, 도시로 떠났던 사람들이 다시 들어오기 시작했습니다. 노쇠한 밤나무를 베어 내고 신품종으로 개량하기 시작했고, 산야도 편리한 임도로 개선되고, 밤 농가마다 밤 저장고가 생기고 인터넷 판매로 전환되는 계기가 만들어지고 있습니다. 그렇습니다. 최대의 밤 산지의 명성은 저절로 지켜지지 않습니다. 한때 그 유명했던 대구 사과도 무너졌고, 하동 밤이나 진주 밤, 광양 밤도 무너졌습니다.

타 지역의 밤의 전통과 아성이 불과 몇 년 사이에 빛이 바랜 것은 온난화 현상에 따른 기후 변화가 큰 요인입니다. 그러나 더 중요한 것은 기후변화에 맞는 기술 개발을 하지 못한 요인이 더 크다고 봅니다. 지역브랜드는 이미 주어져 있는 것이 아니라 지역이 일체가 되어 키워가야 하는 것입니다. 하루아침에 낯 내는 꼼수나 운 좋은 날의 화려한 행사만으로는 되지 않습니다. 또한 관심과 감동을 주지 못하는 것은 브랜드가 아닙니다.

그렇다고 전통만으로 브랜드가 지속되는 것도 아니고, 단순히 다른 지역을 베껴다가 브랜드를 구축할 수 있는 것도 아닙니다. 다른 브랜드가 쉽게 넘볼 수 없는 고유한 존재감을 구축해야 하는 것입니다. 가장 지역적인 것이 가장 세계적인 것이라는 자각과 긍지를 갖고 명품 브랜드를 만들어 가야 합니다. 굵디 굵은 밤알이 발갛게 떨어진 날, 한 발 한 발 밤알을 밟으며 그 해 2005년에 밤나무 산으로 가신 김만태 선생님의 말씀이 지금도 잊혀지지 않고 있습니다.

밤꽃의 수정 상태를 헤쳐 보며 "중국이 몰려온다, 쉼 없는 기술 개발만이 살 길"이라고 그분은 말씀하시곤 했습니다. 꽃을 잘 피우면 열매도 풍성하게 달린다고 합니다. 밤꽃 피는 유월, 밤꽃의 아름다움을 노래합시다. 밤꽃의 에너지를 충전하는 기회로! 이것이 우리 농촌의 활력입니다. 유월에 사랑하고프면 공주로 오십시오.

지역
축제

생산 농가들 호주머니 턴 정안 알밤 축제

전국 대부분의 자치 단체들이 경쟁적으로 축제를 열고 있듯이 공주에도 13개의 크고 작은 축제들이 있습니다. 공주 알밤 축제와 계룡산 봄꽃 축제, 마곡사 신록 축제 등이 그것들입니다. 공주도 지역을 알리고 관광객들을 불러 모으는 데는 축제보다 더 효과적인 방법이 없다고 보고 있기 때문입니다.

2000년도 정안면장 재임 때, 농가들과 함께 축제를 만들어 시작한 것이 정안 알밤 축제였습니다. 퇴락 위기를 맞고 있는 밤을 명품 밤으로 탈바꿈시킨 성공 사례라고 볼 수 있습니다. 알밤 줍기 대회, 알밤 풍년제, 알밤왕 선발 대회, 알밤 요리 대회, 알밤 빨리 까기 대회 등과 같은 프로그램이 있었지만, 더 중요했던 것은 보이지 않는

축제의 전략에 있었습니다. 농가마다 1만 원 이상씩, 쌈짓돈 600만 원을 모아 축제를 치른 것입니다. 밤 생산 농가들이 스스로 앞장선 것이지요.

잔칫상을 벌이려다 보니 좋은 날짜를 잡아야 했고, 날짜를 잡고 보니 손님이 필요했고, 손님이 오면 즐거움이 있어야 된다는 필요성을 농가들이 느끼기 시작한 것이 축제의 주효한 성공 원인입니다. 그 당시 조용하던 시골에 서울 송파 사람들이 20여 대의 관광버스를 타고 방문하여 알밤을 주워 주는 대신, 알밤 막걸리와 국수 등을 얻어먹고 한바탕 놀다가 밤 한 자루씩을 사 가지고 가는, 축제장의 온기를 지핀 것에 정안 밤 농가들이 용기를 얻은 거지요.

마침 날이 햇밤이 막 쏟아지던 일요일이었고, 추석 명절을 불과 열흘 앞둔 시점인지라 도시의 많은 사람들의 관심을 유발시킨 것입니다. 그 당시에는 밤나무 밭에 사람들이 들어가면 밤을 도둑맞을 거라는 생각을 가진 폐쇄적인 밤 농가가 대부분이었던지라, 정작 축제장을 열고서도 밤 밭을 마음대로 들어갈 수 없거나 들어가도 나올 때 손가방을 검색하기까지 하는 재미있는 일화도 있었습니다. 하지만 지금은 농가마다 밤 줍기 행사를 통해 밥까지 제공하면서 관광객들을 맞아들이며 밤 판매를 하고 있고, 집집마다 저온 창고를 구비하여 연중 인터넷으로 판매하는 모습으로 발전해 가고 있습니다.

이렇듯 고객을 모시는 분위기로 변모시킨 요인은 축제였습니다. 고객들을 만족시키는 방법이 이처럼 꼭 다양한 기능과 화려한 디자인 그리고 그것들을 가능하게 하는 엄청난 기술 등을 필요로 하는 것이 아닙니다. 고객의 입장에서 생각하고, 실제로 고객이 되어 불편함을 느껴 보는 것 그리고 불편함에 대해 안쓰러운 느낌을 갖는 것, 그것이 바로 성공하는 축제의 시발점입니다.

정안 알밤이 명품 브랜드가 된 것은 축제 덕분

이렇듯 정안 알밤은 축제의 분위기를 타고 명성을 이어가고 있는 것이 틀림없습니다. 지자체나 정부가 앞장서서 축제를 이끌어 간다면 아마도 이렇게 발전되었을까요? 축제 날짜, 축제 손님 등에 대해 얼마만큼 축제 계획에 반영했을까요? 축제의 비용을 지원해 달라는 곳이 많습니다. 하지만 분명 관에서 주도하면 주민들의 자생력이 적어지게 되어 있습니다.

돈을 타 내는 것이 목표가 되어서도 안 되고, 돈의 규모가 축제의 성공 여부의 잣대가 되어서도 안 됩니다. 주민들이 주인이 되어 스스로가 무엇을 어떻게 하겠다는 목표가 분명해야 축제를 성공시킬 수 있습니다. 하늘에 제를 지내고 한바탕 놀아 보자는 전통적·화합적 의미로 개최되어 오던 것이 축제의 시초였습니다. 그러던 축제가 지방 자치가 본격적으로 시행되면서 어떻게 하면 적은 비용으로 재빨리 지역을 홍보하면서, 지역 경제를 활성화시킬 수 있을지에 대한 수단으로 그 관심이 높아지기 시작한 것입니다.

우리나라가 '86 아시안 게임과 '88 서울 올림픽, 2002 월드컵 같은 큰 축제를 치르고 나서 국가 브랜드를 세계 시장에 알렸다지만, 일본은 이미 우리보다 24년이나 먼저 1964년에 동경 올림픽을 치렀고, 다시 또 2020년에 동경 올림픽을 치르겠다고 하고 있습니다. 떠오르는 중국이 2008년 북경 올림픽을 치르고 나서 곧 2010년에 상하이 엑스포를 치른 것에 반해, 빈곤과 혼란의 나라 인도 같은 큰 대국의 경우, 아직껏 큰 행사를 치르지 않았다는 것은 결코 우연이 아니라는 점에 주목해야 합니다.

지역도 마찬가지로 맥주를 홍보하는 독일 뮌헨의 옥토버페스트 축제, 토마토를 홍보하는 스페인의 토마토 축제, 겨울을 홍보하는 캐나다의 윈터루드, 일본의 삿포로 축제 등 전 세계적인 홍보 마켓도 축제를 통해 알려져 있고, 가까이에는 인삼으로 다시 사람들을 불러들이며 마케팅을 하고 있는 금산 인삼도 축제라는 수단을 통해 홍보 효과를 성취하고 있는 것입니다.

공주처럼 밤의 고장인 진주 밤, 광양 밤 등 전국적으로 밤의 고장으로 알려져 있는 곳도 있긴 하지만, 지금은 대부분 경작을 포기하고 있는 실정입니다. 대전 진주 간 고속도로를 타고 가다 보면 밤나무가 늙어 있고, 잡목과 섞여 있는 것을 보면 알 수 있습니다.

축제는 에너지를 모으는 기능이 있습니다. 또 생각을 하나로 모으게도 합니다. 정안 알밤 축제를 시작할 때만 해도 분명 정안 밤나무도 늙어 있었습니다. 사람들 대부분이 돈 벌러 객지로 나가 있었고, 대개는 노인 분들이 농촌을 지키고 있었기 때문입니다. 1970년대 배고픈 시절에 심었던 밤나무는 고목으로 변해 있었고, 밤도 작아지고 맛도 떨어져 무관심 속에 점점 잡목으로 바뀌어 가고 있었던 겁니다.

정안 알밤 축제의 동기를 부여한 것은 다름 아닌 충북대 강형기 교수의 '지방 자치는 가슴으로 해야 됩니다'라는 책이었습니다. 그 책에 일본 오이타현大分縣의 오오야마마치大山町라는 고장이 나옵니다. 그 고장은 일본에서 가장 잘 사는 마을이라고 합니다. 인구 4000명의 보잘 것 없는 조그만 농촌 마을에 불과했는데 지자체에서 30년 전부터 산과 들에 밤나무와 매실나무를 심기 시작하면서 20년이 지난 이 시점에는 농가당 1억 원 이상의 소득을 올리고 있다는 내용이었습니다.

저는 오이타현의 이야기가 우리와 비슷한 실정이라는 것을 정안면민들에게 회의나 모임 때마다 수도 없이 말했고, 이런 이야기를 받아들일 수 있는 지역의 선구자들이 있었기에 정안 알밤 축제가 탄생한 것입니다. 급기야는 정안 밤 생산자 협회가 결성되고 심지어는 전국 밤 생산자 협회도 정안에서 만들어지기까지 하더군요. 전국 밤의 주도권을 정안에서 장악할 수 있었던 것도 축제의 효과이고, 밤이 임산물이라며 재해 피해 조사에서 제외되던 것을 보상받을 수 있게 제도를 바꾸게 만든 것도 정안 알밤 축제 이후의 결과입니다.

작은 면 단위의 축제에 불과하지만, 한국 밤 산업의 메카로 굳건히 지킬 수 있는 것 또한 정안 알밤 축제 덕이라고 할 수 있습니다.

계룡산 벚꽃 축제는 동학사 콘셉트로

계룡산 동학사 벚꽃 축제는 입장이 조금 다릅니다. 이른 봄, 벚꽃도 피기 전에 먼저 자리를 차지하고 있는 것은 지역민들이나 관광객들이 아닌 각설이입니다. 사람들이 왜 각설이를 싫어하느냐고요? 이들은 요란한 고성능 스피커로 주변 분위기를 압도합니다. 몰려든 인파와 차량들의 경적 소리가 서로 뒤엉켜 소음이 난무할 수밖에 없습니다.

생각해 보십시오. 계룡산 동학사는 절이 위치한 곳입니다. 절은 수도하는 공간으로 사색과 경건한 이미지와 잘 어울립니다. 꽃의 이미지 또한 그렇습니다. 꽃이라 하면 품격 높은 '시'나 '음악' 그리고 '조명'과 코드가 잘 맞습니다. 꽃 축제는 조용하게 사색하며 감상하는 콘셉트가 되어야 하는 것입니다.

각설이가 당장에 사람들을 불러 모으는 효과가 가장 큰 것은 맞습니다만, 축제 후의 효과를 따져 보아야 합니다. 축제가 끝난 후 동학사 봄꽃 축제가 무엇으로 오래도록 각인되는지 말입니다. 각설이로 각인되지 않을까 걱정되는 이유가 여기에 있는 것입니다.

동학사 상가들도 이런 사정을 잘 알고 있습니다. 본래의 분위기로 바꾸려고 몇 번 시도한 적도 있습니다. 그러다가 각설이들과 충돌하여 벌금까지 물었던 상인들입니다. 그런 축제를 개선하기 위해서는 땅 주인들의 협조가 필요하지요. 당장의 임대료에만 급급해서는 안 됩니다. 축제가 성공하면 더 좋은 이미지가 생성되고 오히려 땅값도 상승하는 효과도 발생할 수 있습니다.

관의 적극적인 협조와 땅 주인들의 관심 그리고 상인들의 단합된 힘이 필요한 실정입니다. 동학사 봄꽃을 단지 한 번 피우는 각설이장으로 만들 게 아니라, 절 고유의 이미지를 각인시켜 주는 축제여야 한다는 것입니다. 동학사는 공주 사람보다 대전 사람들이 즐겨 찾는 곳입니다. 고층 건물 속의 호화로운 사무실과 아파트에서 거주하는 사람들을 고객으로 모시는 일은 시끄러운 각설이보다 감성을 자극하는 콘셉트가 훨씬 낫습니다.

　미국의 시인이자 철학자 랠프 월도 에머슨은 "만약 어떤 사람이 남들보다 더 좋은 글을 쓰거나 더 개량된 쥐덫을 하나라도 만들어 낸다면 사람들은 그의 집이 아무리 울창한 숲 속에 있더라도 그 문 앞에까지 길을 내고 찾아갈 것이다."라고 말했습니다. 마곡사 신록 축제나 유구 우렁각시 축제, 신원사 산신제 등의 축제들도 해마다 반복되고 있지만 지역 사람들의 분명한 철학과 확고한 목표 의식의 정도가 지역의 발전 여부를 결정 짓게 된다는 점을 분명히 알았으면 좋겠습니다.

꽃들의 향연

사람에게 베푸는 최고의 향연, 꽃 잔치

봄에는 매화나 목련, 벚꽃, 진달래, 라일락 같은 꽃들이 피더니 이 제는 이팝, 아카시아, 꽃잔디가 짙은 향을 뿜어내고, 소나무마다 송화가 피어 온통 송홧가루를 뿌리며 산야, 마을 할 것 없이 노랗게 채색하는 것을 봅니다. 꽃들의 잔치는 여기서 그치지 않습니다. 사람들을 집 밖으로 끌어내기도 하고 산으로 들로 흩어 놓기도 합니다. 대자연이 사람에게 베푸는 최고의 향연이라 할 만합니다.

전국 지자체들도 이러한 좋은 계절을 그냥 놔 주지 않습니다. 각종 '꽃 축제'를 보면 그렇습니다. 진해 군항제, 신탄진 벚꽃제, 군산 벚꽃제, 청양 꽃축제, 유성 이팝 축제, 태백산 철쭉제 등이 그것들입니다. 꽃으로 관광객을 끌어들여 지역 마케팅을 하겠다는 전략들이 깔려 있습니다.

그런데 전국 어디든 축제의 장마다 일찌감치 자리 잡는 것이 있습니다. 바로 '품바', '각설이' 등입니다. '어얼 씨구 씨구 들어간다 / 저얼 씨구 씨구 들어간다 / 작년에 왔던 각설이가 죽지도 않고 또 왔네 / 어얼 씨구 씨구 들어간다.' 누더기 차림, 찌그러진 깡통에 벙거지 눌러 쓰고 인생 역정의 걸쭉한 입담과 노래로 관객들을 울리고 웃깁니다.

어느 장소든 가리지 않고 무대도 필요 없습니다. 언어의 장벽을 뛰어넘어 표정과 리듬, 박자만으로도 모든 것이 전달되고 엿을 팔고 박수 치기를 거듭하면 관객들은 어느새 품바 속으로 빨려 들어갑니다. 꽃이 품바에게 압도당하는 것입니다. 꽃 축제인지 품바 축제인지 분간하기가 어렵습니다. 축제의 평가를 제대로 판단하지 못하고 단순히 사람 숫자로만 계산하고 있는 것이 혼란을 자초하고 있습니다.

품바가 꽃 축제에 이로울까, 해로울까 생각해 볼 필요가 있습니다. 사람들을 불러 모으는 것이나 찌든 심신을 개운하게 만드는 것이 품바이고 축제의 일부분임에는 틀림없습니다. 다만 문제는 사람들을 웃기고 흥겹게 하는 것은 순간 마취제에 불과할 뿐, 관광객들에게 보여 주어야 하는 축제의 진정한 모습은 다른 데에 있다는 점입니다.

그렇다고 품바가 저질 프로그램이라는 것은 결코 아니고 여기서는 테마에 맞는 중심 프로그램이 아니라는 이야기를 할 뿐입니다. 축제의 화려함보다는 축제가 끝난 뒤가 더 높은 평가를 받아야 하는 이유도 여기에 있습니다.

열매는 꽃이 지고 나서야

이러한 형편은 우리들 가까이서도 찾아볼 수 있습니다. 벚꽃이 진 지금, 조용하기만 합니다. 그토록 시끄럽게 하던 각설이들은 새로 피는 꽃을 찾아 떠난 겁니다. 동학사 하면 무엇이 연상되는지 묻고 싶습니다. 소란스러운 품바와 트로트 가요만 떠올려지지는 않는지…. 이것이 수년 동안 동학사 봄꽃 축제가 만들어낸 이미지가 아니겠습니까?

축제가 끝나자마자 곧바로 벚나무 밑은 내년의 품바 자리로 예약해 놓을 정도라고 하니 그럴 법도 합니다. 당연히 토지 주인들은 공지만 소유하고 있어도 나중에야 어떻든 임대료를 두둑이 챙길 수 있으니 좋을 수밖에 없습니다. 내년 벚꽃 축제만 생각하고 있지, 축제가 끝난 다음 지속적으로 이어지는 후광 효과에 대한 생각은 없는 것입니다.

다행히도 최근 오래된 동학사의 벚꽃 필 무렵의 관행이 무너지고 있습니다. 남들은 그저 바라보고만 있을 때 동학사 상가 번영회가 주축이 되어 '순백의 벚꽃을 보여 주자'는 마음들이 발동한 것입니다. 매일 충돌하고 일부 토지 주인들의 반발이 드세기도 했지만 각 설이패를 차단시킨 것은 큰 성과라고 봅니다.

어느 축제이든 끝난 후에 지역이 어떤 모습으로 오래도록 각인되 었느냐가 축제의 관건입니다. 해마다 계절이 돌아오면 벚꽃은 피지 만 벚꽃이 주는 메시지를 읽지 못하고서는, 계룡산 동학사 가는 길 이 달라 보일 수도 없고 아름다운 풍경을 연상할 수는 더더욱 없습 니다.

이처럼 오월의 꽃들은 사회에서도 가정에서도 많은 축제들을 만 들어 내고 있습니다. 연휴를 맞아 부모님을 찾는 귀성 인파가 골목 을 채우고 마을마다 효도 상을 차리느라 왁자지껄하기만 합니다. 그렇지만 어린이날, 어버이날 등이 막 지난 지금 훈훈한 정이 오래 도록 남아 있어야 할 터인데, 잠깐 요란만 떨다가 그치는 모습으로 는 의미 없는 축제와 다를 게 없는 것입니다.

대부분 사람들은 잘 모르고 지냅니다. 겨울과 여름의 틈새 짧은 봄날, 꽃 축제에 취해 있다 보면 꽃들이 무엇을 좋아하는지를…, 어 느새 꽃 세상이 저만치 가고 있다는 것을….

전직 공무원으로 국장을 지낸 최범수 장로님은 꽃이 진 지금도 주말마다 골목길 독거 노인들을 찾아다니며 반찬 배달, 연탄 배달 등을 하고 말벗을 해 주고 있습니다. 학교를 떠난 조동수 교장 선생 님도 거리로 나가 아침마다 학교 아이들 교통 지도를 하고 있습니 다. 꽃이 진 다음이 더 아름답게 보이는 것도 바로 이런 분들의 선행 때문이라고 봅니다. 꽃은 빨리 집니다. 그러나 나무는 꽃이 진 후에라야 열매를 맺는다는 세상의 이치를 이 계절에 말하고 있는 것 같습니다.

감동의
제59회 백제 문화제

축제는 감정을 끌어내는 것이다

'치솟는 섬광, 타오르는 불꽃', 개막 첫날 밤 불꽃놀이 하나만으로
도 이미 예고된 성공한 축제였습니다. 그렇게 수많은 군중이 한자
리에 모여든 것을 공주에서는 본 적이 없었기 때문입니다. 금강 신
관 공원의 드넓은 축제장은 물론, 제방 비탈면이나 공산성 성안 마
을도 금강 미르섬도 인파로 북적거리고, 석장리 박물관까지 큰 도
로를 달리던 차들이 움직일 수 없을 정도였으니까요.

관념적인 방문객이 아니라 떠밀려 몸을 가눌 수 없는 군중 같았
습니다. 그럼에도 형형색색의 불꽃이 팡팡 터질 때마다 박수를 치
고 환호성을 지릅니다. 각 지역마다 불꽃놀이가 단골 메뉴이고 화
려한 건 공통적이지만, 백제 문화제의 불꽃놀이는 좀 달랐습니다.

백제의 음악인 '서동요' OST의 웅장한 선율에 맞춰 불꽃이 춤을 춥니다. 뿜어 올리는 불꽃 속에서 백제 금동 향로도 나타납니다. 직선의 푸른빛을 발광하는 레이저 멀티도 치솟아 오르는 불꽃 사이를 빠르게 오가며 1500년 공산성의 자태를 끌어내고, 금강에 떠 있는 300여 점의 백제 유등과 100여 척의 황포 돛배들과 어우러져 가을밤의 수만 명의 군중들을 황홀경으로 몰아넣고 있는 것입니다.

하늘과 땅과 사람이 하나일 수밖에 없는 광경입니다. 이런 혼잡한 장소를 비집고 찾아들어 오는 이유가 무엇이겠습니까? 앞 차 따라 가기를 반복하며 거리에 서 있는 차들도 경적 소리를 참아 내고 "와, 와" 하는 소리만 들립니다. 누가 지휘하고 신호를 하는 것도 아닌 무질서한 도로 판인데도 서로 양보하고 스스로 질서를 지킵니다. 지난 축제 때의 분위기가 아닙니다. 모두가 멈추고 모이고 나누고 함께 숨 쉬는 축제 코드로 발전해 가는 과정이 아니겠습니까?

오직 한 가지 갖고 싶은 건, 문화의 힘

아무래도 금번 백제 문화제의 진정한 코드는 웅진성 퍼레이드입니다. 강남 지역 8개 팀이 하루 저녁, 강북 8개 팀이 하루 저녁, 각각 무령로 거리로 나와 흥겹고 신명나게 놀아 보는 행렬입니다. 1등을 하는 팀에게는 푸짐한 상금을 주는 백제 문화제 59년의 근간 프로그램입니다.

불꽃놀이나 금강의 유등은 전시성인 반면, 웅진성 퍼레이드는 주민들이 직접 참여하는 전통적인 프로그램입니다. '유구의 자카드, 신풍의 지게 놀이, 사곡의 모내기, 우성의 상여 소리, 의당의 풍년 놀이, 정안의 밤, 신관의 다듬이 소리, 월송의 통신사, 이인의 금동 대향로, 탄천의 계백 장군, 계룡의 용, 반포의 계룡산, 중학의 사물 놀이, 웅진의 곰 나루, 금학의 우금티, 옥룡의 효자 놀이'가 그것들입니다.

강북에서 유구 자카드 놀이가, 강남에서 반포의 계룡산 놀이가 우승했지만 성적이 중요한 게 아니었습니다. 중동 초등학교에서부터 연문 광장에 이르는 1.8킬로미터 구간의 전시 효과보다는 모두가 흥겨운 축제의 몸짓으로 밤거리를 가득 메웠던 것이 중요합니다. 지난해보다 더 잘 놀더군요. 여자와 남자가 따로 없고 아이와 어른이 다르지 않았습니다.

관중들에게 다가가 가지고 나온 지역의 특산물을 나눠 주고 막걸리를 따라 주고 작은 봉지쌀도 던져 줍니다. 물건을 사고팔기 위해 모여든 시장의 사람들이 아닙니다. 농촌의 일손을 잠시 놓아 두고 거리로 나온 것입니다. 누가 시키지도 않았습니다. 스스로 좋아서 모여들었던 축제입니다.

거리에 앉아 있어도 거지가 아닙니다. 밤이 깊어 갈수록 자기 지역의 단결력을 과시했고 자신감이 넘쳐났습니다. 바삐 스쳐 지나가던 차가운 거리에 뜨거운 온도가 생기고, 차 없는 거리가 너와 내가 아닌 우리들의 광장으로 둔갑한 것입니다. 되돌아보십시오. 불과 10여 년 전 과거를 생각하면 사람들을 동원하여 메웠던 거리에서 미래의 현실이 벌어지고 있습니다. 우리는 그동안 낯선 사람들과 함께 춤을 추고 기쁨을 나누는 행사에 약했습니다. 그러나 모인 군중들은 달랐습니다.

백제 문화제를 보러 온 소설가 황선미 작가도 축제 속으로 빠져들었습니다. 영국에서 직접 건너온 소설가 팀 보울러Tim Bowler, 줄리아 고딩Julia Goding, 캐리 허드슨Kerry Hudson도 금방 축제 속 인파에 동화되더군요. 혼자서 소유하는 기쁨보다 여럿이서 함께 나누는 감동의 접속 문화가 더 크고 귀중하다는 것을 체험하는 백제 문화제였습니다. 자원봉사자들과 공무원, 추진 위원회의 역할이 컸습니다.

그러나 이렇듯 감동적인 이면에는 보이지 않는 아쉬운 점도 많았습니다. 59년간 백제 문화제 하면 얼른 떠오르는 '무엇'이 없다는 것입니다. 메인 프로그램을 키우지 않았던 것입니다. 퍼레이드 팀별 참가 지원금도 부족하다고 합니다. 하지만 지원을 더 타 내기는 어려운 실정입니다. 부교 통행료를 유료화해서 5500만 원의 수익을 올렸다지만, 더욱더 수익형 축제로 나갈 수밖에 없습니다.

그렇다고 욕심만을 앞세워서는 수익화하기가 어렵습니다. 축제의 고급화로 품격이 높아지고 방문객들이 감동할 때 수익형 모델이될 수 있기 때문입니다. 그중 거리의 음향과 조명, 관람석 확충 등도중요한 요소가 아닐 수 없습니다. 퍼레이드 참가자들의 사전 교육,

주제 선택 전략도 필요합니다. 이태리 시에나Siena가 축제 시즌만 되면 귀향 러시가 벌어지는 것처럼 귀향 행렬을 만들어 내는 것도 과제라 할 수 있습니다.

이제 11월의 땅, 거친 욕망과 들뜬 경쟁의 열정을 수평으로 되돌린 그 편편한 원초적 자리에서 다시 그날의 축제를 떠올립니다. 아무렇지도 않은 곳을 그토록 많은 사람들이 찾고 싶어 했을까? 산업주의 문명은 진정한 축제를 왜곡시키고 불구로 만들었습니다. 현대인이 잃어버렸던 순수한 축제 문화의 숨은 얼굴이 다시 고개를 들고 일어서는 부활의 몸짓을 백제 문화제를 통해서 맛보았던 겁니다. 축제는 더 이상 사치품이 아니라 사람들을 모이게 하는 관광 산업입니다.

각 나라마다 큰돈 들여 큰 행사 올림픽이나 월드컵 등을 경쟁적으로 유치하려고 하는 이유도 여기에 있습니다. 하지만 충청남도가 매년 열리던 축제를 격년제로 한다는 이야기도 들리고, 추진 위원회를 해체한다는 여론도 있습니다. 정치적 논리로 접근해서는 안 됩니다. 내년에는 백제 문화제가 갑년을 맞습니다. 백제의 혼을 더욱 높일 때입니다.

백범 김구 선생의 말씀이 생각납니다. "오직 한없이 가지고 싶은 것은 문화의 힘"이라고.

축제 끝나던 날, 살아난 욕심

축제가 끝났습니다. 축제에 사람도 많이 왔고, 장사도 잘 됐다고들 합니다. 공주 백제 문화제가 그렇습니다. 백제 문화제 때 기억에 남는 것은 무엇입니까?

터지고, 또 터지고, 붉게 물들며 폭발하는 개막 불꽃 쇼는 숨죽이고 있다가 한꺼번에 밤하늘로 솟구치는 짜릿한 감동을 느끼기에 충분했습니다. 그렇게 많은 인파는 근래에 보지 못했습니다. 백제의 에너지를 강렬히 나타내기에 이만큼 큰 소리가 없었고, 공산성의 용 같은 자태를 꿈틀거리게 할 강한 빛도 이만한 것이 없었습니다.

하지만 불꽃 쇼나 인기 가수의 쇼는 일회성에 불과합니다. 매년 진행한다는 보장도 없지만, 어디를 가더라도 똑같아 지역 상품을 키워 가는 데는 한계가 있기 때문입니다. 당장 사람들을 모으게 하는 기교일 뿐이지 축제의 근간 프로그램은 될 수 없으니까요.

그렇다면 백제 문화제의 근간은 무엇일까요? 기교보다는 백제의 혼과 땀이 담겨 있어야 합니다. 기교는 일시적인 처방으로 그치지만, 그 지역의 혼과 땀은 오래도록 기억에 남는 특성이 있습니다. 그래서 가장 세계적인 것이 가장 지역적이라고 하지 않습니까?

그런데 백제의 문화유산이 많지 않아 어렵다고들 하는데 그렇지가 않습니다. 웅진성 퍼레이드를 보셨나요? 마을 간 경연 말입니다. 백제 옷을 입고, 가면을 쓰고, 횃불을 들고 거리로 나선 것, 우리의 혼과 땀이 아니던가요. 단순하게 겉치장만을 한 그들일지라도 그들은 우리의 혼과 땀을 살려내고 있는 분들입니다. 열정과 사랑 없이는 축제의 옷을 입지 않았을 것입니다.

축제의 옷을 입었다는 자체만으로도 축제는 성공을 가져오게 되어 있습니다. 문제는 우리의 혼과 땀이 축제 프로그램에서만 연출되어서는 안 된다는 점입니다. 우리가 살아가고 있는 생활 하나하나가 백제의 유산이기 때문입니다. 관광객이 되어 생각해 보십시오. 소박하고 자상한 이야기나 맛있는 음식 그리고 분위기 있는 잠자리가 얼마나 기억에 오래 남는지….

손님의 기대치보다 높은 손님 맞이는 감동입니다. 감동은 가슴에 기억되어 재방문으로 이어지게 됩니다. 품격이 따로 없고, 명소가 따로 없는 감동, 감동은 곧 돈이 되지 않을까요? 그렇다면 상인들도 축제의 옷을 입어야 합니다.

축제 날 불꽃과 가수 때문에 온 사람들도 분명 많았습니다. 축제 방문객들은 무엇을 보고 무엇을 가슴에 느끼고 가느냐가 더 중요합니다. 세계 명품 축제의 기준은 체류형 축제가 되고 있느냐에 있습니다. 어떻게 하면 오래 머물게 하느냐, 어떻게 하면 축제가 끝난 후에도 기억을 갖고 다시 오게 하느냐 하는 것이 관건이지요.

인근 지역들 축제를 보십시오. 머물지 않고 단지 상품 판매로 그치고 있는 게 대부분임에도 축제가 끝나면 관광객들이 많이 와서 성공했다고 자랑합니다. 그러나 관광객 숫자는 중요한 게 아닙니다. 관광객이 그 지역에 머물며 숙식을 하는 것이 중요합니다. 그렇게 머무는 관광객 한 사람이 지역 주민과 비교해 대략 10배의 지출을 한다는 통계도 있습니다.

그래서 관광객을 불러 재워야만 합니다. 그리고 다시 오게 만들어야 합니다. 재우면 여관도 좋고 노래방도 좋고 음식점도 좋은 것 아닙니까? 최근 지자체들이 야간형 축제를 만들려고 하는 것도 관광객 유치를 위한 몸부림입니다. 축제장에서만 봉사하고 연출하는 것 못지않게 음식점이나 여관, 상가 모두가 현 위치에서도 관광객을 맞이하는 것이 중요한 요소입니다.

"바가지 썼다", "속았다", "지저분했다", "불친절했다"는 등의 말들은 축제를 망치는 일이고, 도시 발전을 저해시키는 행위입니다. 관광객들의 가슴에 작동되는 감동의 에너지가 베푸는 크기만큼 저장된다는 것을 꼭 알아야 할 때입니다. 축제 기간이 한 달이지만 일 년 내내 관광 인파로 넘쳐 나는 영국의 에든버러Edinburgh나 이태리의 시에나를 보면 알 수 있습니다.

주민이나 상인들이 축제에 적극 참여하고 있습니다. 해를 거듭하면서 발전하는 백제 문화제도 공주의 경제와 도시 이미지의 일부가 되었습니다. 내년에는 올 축제보다 백제의 혼과 땀이 듬뿍 버물린 감동형 축제가 되기를 기대해 봅니다.

성장 유전자를
잠에서 깨워라

축제 토론회장에서

언젠가 광주광역시 동구청의 축제 토론회에 초청받아 갔던 적이 있습니다. 7080 축제의 발전 방안을 모색하는 자리였습니다. 시민·시의원·구의원·공무원·기자 들로 300여 석 자리의 대강당이 꽉 차 있더군요. 제가 할 일은 '7080 충장로 축제와 백제 문화제의 비교'라는 발표였습니다. 백제 문화제를 배우겠다는 것 아니겠습니까! 긴장이 되더군요.

광주 민주화의 중심 거리에서 1970~1980년대 잊혀져 가는 노래와 복고풍 유행을 흥미 있게 재현하는 축제였고, '7080'이라는 용어도 이 축제가 처음 만들어 냈다는 사실을 알게 되었습니다. 발제가 끝난 뒤 질문들이 쏟아지더군요. 한 시민이 물었습니다. 그렇게 많은 돈을 들여서 축제를 하는 이유가 뭐냐고.

저는 그 시민에게 되물었습니다. 왜 7080 축제를 하는지를. 순간 수십 가지의 생각이 머릿속에서 교차했습니다. '우리 공주 사람도 백제 문화제에 대해 이해하지 못하는 분들이 많겠구나, 그 돈으로 길이나 포장하고 다리나 하나 더 놓고 관광지도 하나 더 만든다면…, 또 어려운 주민들을 위한 복지에 쓴다면 효과가 훨씬 더 클 것…'이라는 느낌 말입니다.

긴장이 어느 정도 풀리고 나서 제가 다시 물었습니다. 함평 나비 축제를 가 본 적이 있냐고요. 대답하시는 분은 다녀왔다고 답하고는, "함평은 100억 원 이상을 써도 그 몇 배의 농산물을 팔 수 있지만, 백제 문화제나 충장로 축제는 혈세만 낭비하는 것 아니냐!"라고 목청을 높이시더군요. 축제에 대한 기본 인식부터가 문제였습니다.

축제는 시민 화합형 축제가 있고 산업형 축제가 있으며, 전통형 축제, 지역 개발형 축제 등이 있는데, 충장로 축제는 당장의 수익을 유발시키는 산업형 축제와는 다른, 도시 전체를 한 차원 끌어올려 최적의 환경을 만들고 지역의 좋은 이미지를 부각시키는 지역 개발형 축제라고 말씀을 드렸지요.

한국 학생이 일본 학생보다 키가 더 큰 이유

우리나라가 선진국 대열에 가깝게 된 것이 '86 아시안 게임과 '88

올림픽 이후인 1990년대부터라고 합니다. 선우종 기자가 쓴 '일본의 힘'이라는 책에서 한국과 일본의 고교생 평균 신장을 비교해 볼 수 있었습니다.

1970년, 일본 학생의 평균 신장이 167.8cm로 한국의 165.9cm보다 1.9cm가 더 컸더군요. 본래 일본은 '왜놈'이라고 하여 키가 작은 민족이 아닌가요. 이런 키가 점점 더 벌어져 1980년에는 일본 학생이 2.3cm 정도의 차이로 더 컸지만, 역전 현상이 벌어진 것은 1993년으로 그때부터 한국 학생들이 0.2cm를 추월하기 시작한 것입니다. 이 속도는 그치지 않고 계속 되었습니다. 2002 월드컵을 치른 후인 2005년에는 한국 학생의 신장이 2.8cm 정도 더 큰 차이를 보이고 있었습니다. 일본과 한국의 청소년 신장 차이가 가장 크게 벌어졌었던 1980년의 그 차이를 넘어선 수치이지요.

이 시기에 이처럼 체격의 큰 변화를 가져온 이유는 유전자가 변한 것이 아니었습니다. 유전자를 자극하는 외부 환경이 달라졌다고 했습니다. 원인은 복합적일 수 있지만 가장 중요한 요소를 '큰 축제'로 보고 있습니다. 1964년 동경 올림픽 후 1971년 7월 도쿄 긴자銀座에 문을 연 일본 내 맥도날드 1호점, 17년 후 1988년 3월 서울 올림픽 때 입구정동에 문을 연 한국 내 맥도날드 1호점은 두 나라에 '풍요'를 알리는 이정표와 같은 것이었습니다.

맥도날드가 진출할 무렵 한국이나 일본이나 쇠고기, 햄, 소시지, 버터, 우유 등이 대중의 음식으로 변한 것이지요. 축제가 한국인의 성장 유전자를 자극하자 한국 청소년들이 단숨에 일본 청소년들의 키를 역전한 것이라고 말하고 있는 것입니다. 물론 학생들의 성장과 국가 발전과의 관련이 별로 크지 않을 수도 있습니다. 하지만 '풍요'라는 환경에서 성장 유전자가 잠에서 깼듯이 최적의 환경이 조성되었을 때 다른 우성優性 유전자도 잠에서 깨어난다는 점은 분명합니다.

세계 사람들이 'Japanese'는 알아도 몰랐던 'Korean'을 알기 시작한 것이나 삼성, LG, 현대 등이 세계 시장에서 최고의 브랜드가 되기 시작한 것도 '88 올림픽 덕분 아닙니까? 영국 작가 조앤 K. 롤링을 끌어 들여 세계 최대 판매 부수를 자랑하는 '해리포터'를 쓰게 만든 것도 에든버러 축제인 것처럼, 축제에 대해 그 성공 여부를 고민할 자격은 있지만 부족하다고 좌절할 자격은 없다고 생각합니다.

역사를 가두어 놓으면 미래가 없다

우리도 2010 세계 대백제전을 9월 18일부터 한 달 동안 개최했습니다. 그리고 백제 문화제를 해마다 개최합니다. 공주는 다른 여느 도시보다도 문화 수준이 높습니다만, 축제를 활용해서 무엇을 얻으려고 준비하는 분들보다는 거액을 퍼붓는다고 걱정하시는 분들이 많았습니다. 하지만 축복 아니겠습니까?

올림픽 축제 하나로 미래의 성장 동력들이 잠에서 깨어나듯이 백제 문화제는 봉황처럼 비상하고 싶어 하는 백제의 꿈을 세계를 향해 펼칠 수 있는 기회입니다. 우리가 먹고 사는 일에만 매달리다 보면 상승 기회가 오지 않을 것입니다. 지역 전체에 꽉 차오르는 에너지를 만들어 내야 합니다. 축제가 새로운 발전 동력의 전환점이 되고 지역 발전의 추동력이 되도록 하는 것이 우리의 과제입니다.

명품 음식점이 곳곳에 있고 온통 거리와 집 들이 꽃으로 뒤덮인 환상의 시가지는 물론 친절과 질서 정연한 골목도 세계 최고의 상품으로 만들면 어떻겠습니까? 뒷골목의 춤들이 세계 최고의 비보이로 탄생한 것도 결코 돈으로 하는 게 아닙니다. 대단한 과거가 미래를 담보해 주지 않습니다. 너와 내가 아닌 우리가 되어야 다른 도시가 부러워하는 미래를 가질 수 있습니다. 올해(2014년) 가을엔 갑년 백제 문화제가 치러질 것입니다. 2010 대백제전 이상으로 백제 정신이 세계 속에 크게 펼쳐지기를 기대해 봅니다.

세계 속의
백제 상품

운동장을 탈출한 축제, 미로를 찾다

———

백제 문화제가 올해로 60년을 맞습니다. 물론 공주와 부여에서 동시에 개최됩니다. 충청남도가 주관하면서 규모도 10배 이상 커졌고, 축제 기간도 3일간에서 1주일 이상으로 늘어났습니다. 충청남도와 공주, 부여 등이 공동으로 재원을 출연하여 축제 추진 위원회를 만들고 축제를 담당하는 공무원도 파견하여 축제의 전문화를 꾀하는 등 백제 문화제 역사상 최대의 변환기를 맞은 때가 2007년입니다.

그동안 다른 지역의 축제들이 뛰면서 앞으로 나아갈 때 백제 문화제는 단지 국내 3대 축제라는 자부심만으로 자만해 왔습니다. 2년마다 공주와 부여가 격년제로 개최하는 것도 문제였지만, 축제

때마다 반복되는 100여 가지가 넘는 프로그램에다가, 적은 예산을 문화 단체들끼리 나눠 먹는 식으로 축제를 치르다 보니 기억에 남는 프로그램이 없는 실정이었습니다.

그러나 이런 점이 오히려 수십 년간 일관해 오던 관행에 대한 대폭적인 수술이라기보다는, 기존의 프로그램을 새롭게 개선·확충하는 기회가 되었던 것입니다. 공주는 축제 장소를 종합 운동장에서 금강과 공산성으로 옮기고 금강에 부교를 놓았는데, 다행히도 두 번째 축제를 치를 때라서 프로그램을 확충하는 것만이 고민이었던 시점이었습니다. 즉석에서 정하던 백제 왕을 전국에서 뽑는 일이 생기고, 학생들을 동원하여 치르던 가장행렬도 16개 지역끼리 겨루는 웅진성 퍼레이드로 바뀌었고, 금강 부교와 금강 유등, 금강교 백제 문양 루미나리에Luminaries 등 새로 등장한 콘텐츠들이 축제의 중심으로 자리 잡기 시작했습니다.

어떤 축제이든 지역 주민의 참여가 없는 축제가 없듯이, 백제 문화제도 공주 시민들의 혼을 보여 주는 축제장이 되도록 한 것입니다. 살아가고 있는 현재의 단면만이 아닌 오랜 세월 동안 켜켜이 쌓아 놓은 문화의 모든 것을 보여 주는 기회가 아닐 수 없습니다. 그러나 단지 축제의 예산을 늘리고 프로그램을 다양화하고 공무원을 증원했다고 해서 결코 성공하는 축제가 될 수는 없습니다.

무엇보다도 중요한 것은 지역민들의 자발적 참여가 절대적인 요소입니다. 행정력은 조연에 불과할 뿐입니다. 그 옛날 백제 왕도로서 훌륭한 문화를 꽃피웠듯이, 그런 역사의 재현은 백제의 후예인 공주 시민만이 할 수 있는 몫입니다.

그동안 백제 문화제하면, 가장행렬 아닙니까? 53년간 중심 프로그램으로 백제 왕과 병사들이 칼과 창을 들고 하는 행렬이 전부였습니다. 학생들을 동원하여 여름방학 끝나고부터 한 달이 넘도록 준비해서 나오는 퍼레이드로, 학창 시절의 추억거리로는 충분했습니다. 하지만 학생들은 수업에 지장을 받는다고 호소를 했고, 농번기와 겹친 시민들은 적극적인 참여를 할 수 없다는 것이 축제가 더 이상 커질 수 없었던 한계였습니다.

이러한 요소들을 감안해서 다시 준비한 것이 웅진성 퍼레이드입니다. 학생들은 물론이고 공주 시민, 사이버 시민, 관광객들 모두가 참여할 수 있고, 야간 시간을 선택하여 단지 보여 주는 것 이상으로 놀이로서 승화시킨 것은 새로운 축제의 발판이자 백년, 천년 이어 갈 방향이라는 점에서 그 의미가 큽니다.

축제로 먹고 사는 이태리 시에나의 팔리오Palio 축제가 그렇습니다. 인구 4만 명에 불과한 도시이지만 말 달리는 경기 하나로 700년 전통을 이어 오면서 수백만 명의 관광객들을 끌어모으고 있습니다. 프로그램이 다양한 것도 아니고 축제의 예산이 넉넉한 것도 아니고 그렇다고 화려한 무대도 아닙니다. 단지 지역민들이 17개 구역으로 나뉘어, 출전하는 말의 경기를 응원하는 과정뿐입니다.

그럼에도 축제 시즌만 되면 이태리 국내는 물론 이웃 나라에 사는 시에나 출신들의 귀향 러시가 이루어지고 밤 새워 노는 과정 자체가 관광거리가 되고 있습니다. 축제 비용도 보조금이 30% 정도이고 대부분은 자발적 경비로 충당합니다. 시에나 팔리오 축제를 보면서 우리 백제 문화제도 못 할 게 없다는 생각을 하게 됩니다.

오히려 이런 방향을 가능하게 할 수 있는 곳이 일본 쪽입니다. 왓소 축제나 무령왕 탄생제 등은 백제를 사모하는 일본의 축제들입니다. 거기다가 최근 오사카에 사는 재일 교포들, 일본 내 공주 역사 모임도 몇 달 전부터 백제 문화제 참여 일정을 잡아 놓고 있고, 해마다 참여하는 무령왕 탄생지인 가라쓰시唐津市에서도 참가 인원을 30명에서 60명으로 늘리는 상황입니다.

공주 사람들보다도 더 적극적입니다. 무령왕릉에 와서 1400년 묵은 심향목을 피워 놓고 절을 하고 간 일본 천황 당숙이 "백제는 우리 조상"이라고 말했던 것을 보더라도, 백제가 일본인의 조상으로서의 혼을 보여 줌으로써 이런 좋은 여건이 될 수 있었던 것입니다. "일본 사람들이 돌아오는 행렬을 만드는 것, 이것이 백제 문화제가 살 길"이라는 이어령 전 장관의 말씀도 이를 뒷받침하고 있습니다.

툭하면 독도를 자기네 영토라고 큰소리를 치며 문제를 야기하고 있지만, 백제만큼은 교과서 왜곡도 없었고 단지 숭배하고 절하는 일본의 모습만 봐도 이미 충분한 방문객을 확보하고 있는 것이 아닌가 싶습니다. 북경 올림픽 때 세계적 자존심을 자랑하는 일본 야구를 두 번씩이나 짓밟은 사람이 다름 아닌 백제 사람 김경문 감독인 것을 알면 일본 사람들도 결코 싫어하지만은 않을 것이라고 생각합니다.

이렇듯 백제 문화제는 밖에서 더 관심이 많습니다. 출향 인사 50만 명의 고향이 공주이고, 일본인의 절반 이상이 백제 문화권에 속하는 인구입니다. 이들의 관심을 사로잡을 수 있는 것은 백제의 혼이 유일한 상품입니다. 백제의 틀 안에서 벌어지는 축제라 생각하고 안주하는 태도로 적당히 하는 자세로는 좋은 상품이 될 수 없습니다. 지역 사람들이 주인 의식 없이 보조금이나 공무원 조직의 힘에 편승하거나, 고향을 찾은 출향 인사들이 구경꾼으로만 전락한다면 또다시 백제 문화제는 형식상의 축제로만 끝날 수밖에 없을 것입니다.

세계 사람들이 몰려오면 막상 보여 줄 수 있는 게 별로 없다고들하지만, 무령왕릉이나 박물관보다도 더 좋은 상품은 오늘날 우리가 살아가고 있는, 생활하고 있는 모습 그 자체입니다. 퍼레이드에 어떻게 참여하고 어떤 식으로 노느냐에 따라 백제 상품으로서의 충분한 가치를 가늠할 수 있습니다. 택시를 타 보고 식당을 가 봐도 백제옷 입고 일하고 있는 우리들 한 사람 한 사람이 백제의 상품이고, 상가마다 백제의 등불을 밝히고 공주의 인심을 내어 놓는다면 축제를 즐기는 인파는 많아질 것이고, 공주에 오래도록 머무르게 되는 것, 이것이 곧 돈이 되는 것이라 생각합니다.

공주 최대의 축제이자, 다른 여느 도시가 아무리 노력해도 따라 잡지 못할 세계적인 문화 상품, 백제 문화제! 그것은 시민들의 참여로 만들어진다는 것을 이 기회에 확실히 심어 놓는 것, 이것이 백제의 혼입니다.

백제 문화제 취소 이후의 한 가지 생각

2009년에 취소되고 나서야 백제 문화제를 되돌아볼 수 있었습니다. 설마 신종 플루가 55년의 전통을 잇는 백제 문화제까지 꼼짝 못하게 할 수 있을까 했었지요. 매일 평균 500여 명씩 감염되고 지금까지 8명이나 사망했다는 뉴스를 들어 보면 어쩔 수 없는 조치였지요. 1000억 원 이상을 쏟아붓고도 입장료 수입에만 의존하고 있는 인천 도시 축전도 방문객이 한산할 정도였으니까요.

유난스럽다 싶을 만큼 위생 상태가 철저한 일본인들도 우리처럼 신종 플루로 행사들을 취소하고, 무령왕릉에 매일 100여 명씩 찾던 일본 관광객들도 뚝 끊어진 것을 볼 때, 잘한 조치라는 생각도 들었습니다. 하지만 아쉽습니다. 취소되던 해, 그 어느 해보다도 풍성한 백제 문화제가 되도록 준비해 왔기 때문이지요.

탈을 쓰고 나아가 한판 겨룰 16개 읍·면·동민들과 사이버 시민들 말입니다. 봄부터 아이디어를 짜 내고 전문가를 모셔다가 벼르면서 준비해 온 열정들이 멈춰선 것…, 그것은 허탈감이었고 자리에 누워 마음이라도 추슬러야 할 지경이었습니다. 전국 동호인들의 작품을 공모해 놓은 단체나 마지막 색칠 작업을 하던 광고업자, 프로그램 운영자 그리고 식당, 여관을 새로 단장해 놓은 분들의 상심이 누구보다도 크다는 것을 실감하고 있으니까요.

이런 아쉬움은 우리 지역 못지않게 밖에서도 크게 들려오고 있습니다. 무령왕릉을 찾은 경주 시청 공무원들로부터 백제 문화제를 부러워하는 이야기를 들었지요. 단순히 인사치레로 건넬 수 있는 이야기라고 치부할 수도 있겠죠. 그렇지만 무령왕릉에 와 있는 자체만으로도 자극을 받은 것 아닐까요? 우리가 즐기려고 하는 축제를 넘어 이제 신라 사람들에게까지 백제 문화의 우수성을 심어 주는 기운이 계속 뻗어 나가고 있는 시점이지요.

일본 사람들의 관심은 더 크지요. 해마다 백제 문화제만 기다리는 사람들이 수십 명씩이나 됩니다. 후쿠오카福岡에 사는 이가유카 상은 지난해에도 왔었지만, 올해는 직장을 다니는 남편까지 휴가를 내서 함께 오려고 한국어 공부까지 준비해 왔다며 무척 아쉬워했습니다. 그 옛날 백제가 다시 살아나고 있는 듯한 분위기가 아닙니까?

솔직히 저의 주변에는 "그렇게 많은 돈을 써 가며 백제 문화제를 꼭 치러야 하느냐?"라며 시큰둥한 반응을 보이는 지역 사람들도 더러는 있습니다. 물론 그렇게 이야기할 수도 있겠지요. 그렇지만 나라마다 도시마다 경쟁적으로 축제를 하는 이유가 어디에 있을까요? 우리와 같은 전통을 지니면서 세계적으로 유명한 역사 축제는 영국의 에든버러 축제가 있어 수천 억을 벌어들이고 있고, 이탈리아 시에나 팔리오 축제는 수백만 명의 관광객을 끌어들이고 있습니다. 이런 걸 보더라도, 다시금 소위 축제가 산업이라는 말을 강변하지 않더라도, 역사의 훌륭한 정신을 계승한다는 의미를 결코 가볍게 여겨서는 안 된다는 생각이 듭니다.

그동안 반세기를 넘긴 백제 문화제가 국내에서 오래된 축제의 하나로 그 명맥을 잘 유지해 온 것은 훌륭한 일입니다. 하지만 큰소리 칠 만한 축제가 되지 못한 것도 사실입니다. 축제로서 외형만 생각했지 어떤 것을 얻을지 생각하지 않았고, 또 축제를 하지 않았을 때는 어떻게 될 것인가 의심도 하지 않는, 아무런 계산이 들어 있지 않은 현상 유지형 축제를 해 왔던 것입니다. 되돌아보면 먹고 살기 어려운 때라서 행정 관서나 시민들의 관심이 적었고, 축제 비용조차 너무 적게 지원해 준 탓이라는 생각도 듭니다.

그런데 일본 사람들은 참 다르다는 느낌입니다. '일본의 힘'이라는 어느 작가의 글에서도 잘 쓰여져 있지만, 일본 해군이 진해 앞바다에서 이순신 장군을 '일본 실패학'의 대상으로 연구하고, 진혼제를 올리고 출병하여 러일 전쟁을 승리로 이끌었다는 것은 이미 잘 알려진 사실이지요.

그 뒤, 일본의 영웅이 된 도고 헤이하치로 제독은 "영국의 넬슨 제독보다 훌륭한 인물이 이순신 장군이고, 그는 나의 스승"이라는 내용의 말을 했습니다. 일본 해군 영웅이 한국의 영웅, 그것도 일본 해군을 때려잡은 한국 해군의 영웅을 경외했다는 것은 일본인들에게는 자존심이 상할 일이지요. 그렇지만 당시 일본 해군이 이순신을 배웠고 그런 바탕 위에서 러일 전쟁을 승리로 이끌었고, 또한 그런 전과를 바탕으로 한국을 병탄한 제국 시대를 열었다는 점은 명백한 진실입니다.

지금도 진해 앞바다를 찾는 일본인들이 많다고 합니다. 일본 해군 사령부의 이순신 장군 진혼제는 연중행사라고 합니다. 무령왕릉에도 일본인들이 그치지 않고 찾아옵니다. 연중 관람객의 5%나 되는 3만여 명이 일본인이라고 하니 상당히 많은 숫자가 아닐 수 없습니다. 백제 문화가 고스란히 살아 있는 규슈九州 지방 사람들이 많습니다. 나라현奈良縣에서는 세 곳의 고등학교가 수학여행을 35년째 무령왕릉으로 오고 있고, 우리가 외면하고 있는 박정자의 이삼평 비를 참배하고 정안 김옥균의 생가지를 찾는 사람들도 일본 수학여행단들입니다.

이번 백제 문화제가 취소됐다고 실망하는 일본인들이 많습니다. 백제 4대왕 추모제라도 참석해서 제를 올리겠다는 일본인도 12명이나 됩니다. 물론 자기 비용이겠죠. 우리처럼 신종 플루가 심각한 일본인데도 말입니다. 참 많은 생각이 들었습니다. 우리는 무령왕이나 이순신 장군의 진정한 위대함을 얼마나 알고 있을까요? 아직도 학생들을 동원하여 사람 숫자를 메우고 있는 제례의 모습을 보면서 백제의 역대 왕들은 무어라고 할까요?

공주나 부여를 찾는 일본인들이 그치지 않는 것도 단지 구경거리 때문만은 아닐 거라고 생각합니다. 일본의 경험에서 보듯 많은 지혜를 얻으려고 하지 않을까요? 백제 문화제가 겉치레 행사로 그치는 것이 아닌, 백제에 관한 한 일본인들보다 더 겸손하고 적극적으로, 현재를 살고 있는 우리들에게 주는 정신이 무엇인지 곰곰이 따져 봐야 할 때인 것 같습니다. 이것이 백제 문화제가 취소된 뒤에 든 생각 한 가지입니다.

백제 문화제의 세계화의 길
———

우선 백제 사람들이 즐기는 축제장이 되어야 합니다. 그동안 우리 백제 문화제가 반세기 동안 고증에 입각한 제례 중심의 축제장을 만들었다면, 이제는 백제 사람들이 몰려와 즐기는 축제장을 만들어 내는 것입니다. 이것이 세계 속의 축제의 방향이기도 합니다.

다행히도 지난 제54회 백제 문화제부터 그 가능성을 보여 주었습니다. 강남과 강북 사람들이 각각 이틀씩 나누어 야간에 펼쳐 낸 웅진성 퍼레이드가 그것입니다. 시민들이 직접 프로그램을 개발하고 백제 탈을 만들어 쓰고 나왔는데 그 자체만으로도 큰 의미가 있다고 봅니다. 백제인의 자긍심을 불어넣어 주는 것도 중요합니다. '백제'라는 브랜드는 지구상에 우리에게만 있는 것입니다. 다른 도시가 결코 흉내 낼 수 없는 자산입니다.

그러나 백제가 말로만 그친다면 의미가 없습니다. 지역민들에게

'소중한 문화'이고 동시에 '돈'이 된다는 것을 인식시키는 것이 큰 과제가 아닐 수 없지요. 이러한 인식 변화는 많은 시간과 노력이 필요할 겁니다. 백제의 우수한 역사를 지속적으로 발굴함과 동시에 방송, 영화, 소설 등 다양한 문화 콘텐츠를 통해 문화 상품을 제작하도록 하는 것입니다.

우리 문화제가 다른 분야보다도 상품화하기에 유리한 여건은 일본이라는 나라가 있다는 점입니다. 한 민족끼리도 한 시대의 문화를 이해하는 것이 어려운 일인데, 더욱이 다른 나라의 사람들에게 관심과 흥미를 유발시킨다는 것은 정말 힘든 과제가 아닐 수 없습니다. 이런 가운데 '백제' 브랜드가 가까운 나라 일본 사람에게는 금방 먹힌다는 것은 큰 장점입니다. '백제'라는 국제적인 소비 시장이 일본인 셈이지요. 우리의 훌륭한 역사를 잘 포장하고 그것을 제대로 파는 것, 그것이야말로 세계 속의 축제 상품일 것입니다.

공주를 매력 있는 도시로 만드는 것도 중요합니다. 공주는 700년 백제의 고도임에도 역사 도시다운 흔적이 별로 없습니다. 역사성을 바탕으로 공공 시설물부터 역사적인 이미지로 바꾸어 나가는 것도 우리가 시급히 해야 할 일이라고 봅니다.

2010
세계 대백제전

백제의 부활을 꿈꾸다

————

2010 세계 대백제전을 앞두고 어느 주민 센터에서 통장님들에게 세계 대백제전을 설명하는 자리였습니다. 한 분이 "부여는 엄청난 돈을 들여 백제 문화 단지를 잘 만들어 놓고서도 롯데 콘도를 끌어들여 축제를 치른다고 하는데, 공주는 어떻게 축제를 치를 거냐?"라고 묻더군요. "공무원들은 지금까지 뭐 했느냐?"라는 질타 같기도 하고, "부여에게는 결코 뒤질 수 없다."라는 경쟁의식의 발현이자 "이것이 바로 향토애구나."라는 느낌도 들었습니다.

그렇습니다. 16년 전부터 6000억 원을 들여 백제 왕궁은 물론 백제 정원과 백제 역사관을 지은 100만 평 규모의 백제 문화 단지와 어떻게 경쟁이 되겠습니까? 축제의 장소로서 수천 년의 시간적 축

적을 지닌 역사적 콘텐츠는 너무도 클 수밖에 없지요. 대단히 놀라운 정보통신의 기술력으로 현실적인 장소를 재현한다 해도 그것은 파편일 뿐이며, 그런 화면으로 우리의 뇌리에 남는 이미지는 결국 환상이 되겠지요.

하지만 뇌리에 오래도록 좋게 기억하게 만드는 것은 잘 지어진 시설들이 아니라고 봅니다. 공산성보다도 못한 아무것도 없는 프랑스의 몽마르트르Montmartre 언덕은 그토록 많은 사람들이 찾아가고 싶어 하는데, 왜 더 아름다운 우리의 것은 알려지지 않았을까를 생각해 보십시오. 그 순간 문화의 힘을 떠올렸습니다. 그렇게나 많은 소설과 영화 속에 그런 장소가 등장하지 않았다면 사람들을 이끌지 못했을 것입니다.

축제는 명품 도시를 만들어 낸다

———

축제도 마찬가지라고 생각합니다. 세계를 놀라게 한 2002년 월드컵 대회의 저력도 잘 세워진 경기장 자체가 만든 것이 아닙니다. 누가 입으라고 하지 않았어도 붉은 티셔츠를 입고, 누가 나오라고 한 것도 아닌데 거리로 뛰쳐나와 온종일 외치고 춤추고 손뼉 치던 대군중. 이웃 간의 일체감을 확인하는 감동의 자리가 아니었습니까?

똑같은 TV 모니터인데도 집에서 혼자 텔레비전으로 보았을 때는 흐르지 않을 눈물이 함께 구호를 연호하고 손뼉을 치고 발을 구르다가 슛이 들어갈 때 뜨겁게 두 볼을 타고 흘러내리는 감동을 맛보았지요. 그럼에도 단 한 건의 폭력 사건도 일어나지 않았고, 불법 주차도 없었고, 쓰레기 하나 떨어뜨리지 않고 떠난 자리, 그것이 운동경기보다도 더 아름다운 축제가 아니었던가요.

그 엄청난 에너지는 어디에서 나온 것일까요? 우리 마음속에 숨어 있었던 흥을 한꺼번에 꺼내 쓴 것 아닙니까? 월드컵이 아니었다면 붉은 악마도, 신바람 문화도, 우리의 성숙된 문화도 일어나지 않았을 것입니다. 그동안 개발주의 문화는 진정한 축제의 의미를 왜곡시키고 불구로 만들어 왔지요. 현대인이 잃어버렸던 순수한 축제 문화가 다시 고개를 들고 일어서는 부활의 몸짓을 붉은 악마를 통해서 맛보았던 것처럼, 세계 대백제전을 통해 그런 신화를 떠올려 보는 것도 환상일까요? 축제 프로그램이나 시설들은 조금도 부족하지 않다고 생각합니다.

세계로 가는 길을 보았다

열정. 그때를 떠올려 보십시오. 고마나루를 가 보면 달라졌습니다. 2만여 평의 논밭을 사서 흙으로 메우고 부지를 닦아 놓기에 바빴습니다. 시작은 조금 늦게 했지만 우리도 할 수 있다는 무한한 가능성을 보여 주고 있었습니다. 무령왕릉과 곰나루 솔밭과 박물관 사이로 한옥들이 꽉 들어차 있고, 하얀 천막들이 불끈 솟아 있었습니다.

중심에 깊게 박아 세운 환두대도와 옆으로 디지털 아트 조경이 보여 주는 '웅진성의 하루'며, 세계 12개 나라가 참여하는 '역사 도시관', 여느 곰이 아닌 곰나루의 곰을 보여 주는 '곰 조각전'과 '공주의 옛 사진전' 그리고 국내 최대의 수상 공연이 옛 나루터에서 펼쳐집니다만, 무엇보다도 마음을 든든하게 하는 것은 곰나루 유적지를 하나로 이어 주고 있다는 점이었습니다.

그동안 박물관과 무령왕릉과 솔밭이 각자 따로 떨어져 멀게만 느껴졌지만, 한옥의 옛 정취와 예술 마당이 분주하게 그 사이에 끼여 한껏 분위기를 높여 주고 있었기 때문입니다. 이제 우리가 해야 할 일은 축제의 열정을 만드는 일이었습니다. 부족하다고 느끼는 열등의식과 배타적인 감정을 버려야 멋진 축제가 피어납니다.

오늘날의 시대는 문화 전쟁의 시대라고도 합니다만 오히려 부여와 경쟁하는 것보다는 함께 상생하고 발전하는 전략이 더 좋은 전략이라고 보기 때문입니다. 우리가 세계의 무대에 선다는 것은 그만큼 어른으로 성숙해졌다는 것이며, 세계의 한복판에서 세계 전체를 내다볼 수 있는 넓고도 높은 안목을 지니게 되었다는 것을 의미합니다.

덩그렇게 큰 건물만이 공주의 저력을 만들어 낼 수는 없는 일입니다. 정치인이나 공무원을 위한 행사가 아닙니다. 우리가 살고 있는 이 시대가 조상으로부터 후손에게 물려줄 자산을 키우는 몸부림일 뿐입니다. 다시 봅시다. 우리나라 최고의 교원 배출 대학과 전국 최고의 학업 능력을 갖춘 미래 인재들이 공부하는 공주 아닙니까? 분명 다른 지역이 부러워하는 인프라를 잘 갖추고 있습니다.

누가 시키지 않아도 그 함성을 거리에서 다시 만들어 낼 수 있다는 말이기도 합니다. 분명 백제는 지역을 넘어 세계 속의 백제가 되고도 남을 수 있는 충분한 인프라입니다.

하룻밤의 기적은 없다

———

2010 세계 대백제전이 끝났습니다. 공주 문화제 역사상 가장 긴 축제였고 가장 많은 인파가 왔었고, 여기에는 웅진성 퍼레이드와 수상 공연이 큰 몫을 해냈지요. 방문객 설문 조사에서도 4%만 불만

족으로 응답한 반면 55.7%가 만족한다고 응답한 것으로 봐서는 분명 성공한 축제임에는 틀림없는 것 같습니다.

그렇다면 대백제전의 성공 요인은 무엇일까요? 아무것도 볼거리 없는 썰렁한 축제가 되지나 않을까 고민했었고, 어떤 프로그램으로 짜야 할지도 막막했었고, 축제가 임박한 8월 한 달 내내 계속되는 비 때문에 행사장이 꾸며지지 않아 시민들까지 함께 나서서 걱정했었지요. 그런데 막상 닥쳐서 축제를 치르고 보니 생각보다 어려운 일만은 아니더군요.

그렇게도 자주 내리던 여름 폭우와 싸워 가며 죽은 꽃을 탓하고 있을 때 새벽에 달려 나와 다시 꽃을 심어 주던 기관 단체와 동료 공직자들이 있었고, 갑자기 상류 지역에서 불어난 금강 물로 손 쓸 틈도 없이 떠내려 가는 부교와 유등을 보며 발을 동동거리고 바라만 보고 있을 때 물에 뛰어들어 붙잡아 매고 끌어올려 다시 부교를 놓고 유등 카페를 만들어 낸 스쿠버 다이버들도 있었고, 예전 같으면 축제 때 부스를 쳐서 기금을 마련하기에 여념이 없었던 사회 단체들도 축제장에서 거리에서 온종일 프로그램 운영과 손님 맞이를 도와주었습니다.

영화배우 이영하 씨 가슴에 심은 사마 이야기

그런 게 뭐 그리 대단해서 축제에 상당하게 영향을 끼쳤다고 말

하느냐고 할 수 있지만, 지역을 위해 봉사하겠다고 나선 자체가 쉽지만은 않은 일이라고 봅니다. 자신감이 부족해서 망설이다 나온 분도 있었고, 때로는 다른 사람의 눈치를 살피거나 생업을 전폐하고 나와 직장이나 가정에서 불화로 이어진 분도 있었고, 게다가 너무 잘난 척한다는 소리가 듣기 싫어 숨어서 봉사한다는 사람들도 봤으니까요.

하루 일당 1만 5000원을 벌려고 나온 분들은 결코 아니었습니다. 축제 때만 되면 불통될 정도로 불만으로 바쁘던 시청의 전화나 홈페이지가 조용했고, 설문 조사에서 큰 문제점이 나타나지 않았던 것도 30일간의 축제장을 어떻게 하면 행복하게 만들까 고민해 주었던 행동들의 결과라고 봅니다. 이와 같은 것들은 당초부터 아무런 계산에도 들어 있지 않았던 일들이었기에 그것은 분명 감동이었습니다.

성공 이야기가 많을 수밖에 없습니다. 여기에 더해 말하고 싶은 게 하나 더 있습니다. 10월 2일 영화배우 이영하 씨와 그 일행 4명이 왔었습니다. 수상 공연을 보러 온 거죠. 오래 전부터 알고 지낸 이장호 감독의 부탁도 있었지만, 웅진성 퍼레이드와 시간이 맞물려 있었고 비가 쏟아져 공연을 볼 여건이 별로 좋지 않았던 시간이어서 안내에 그리 신경을 쓰지 못할 여건이었지요.

하지만 공연이 끝날 시각인 밤 10시쯤 전화가 왔습니다. 잠깐 나와 막걸리나 함께 나누자는 전화였습니다. 비에 젖은 옷이었기도 하고 술값을 내라는 것은 아닌지 의심스러워 마음을 움츠리고 있었지만, 내심 사인이라도 받아야지 하는 생각으로 나가게 되었습니다. 막걸리 테이블에 앉기도 전에 이영하 씨는 "한국이 아름답다는 것을 오늘 처음 봤다."라고 하시더군요. 당황하며 한참을 바라보았습니다. 잘못 안내해 주어 빈정거리는 소리인지 의심을 했었으니까요.

그는 다시 "영화 인생 30년 동안 이렇게 자랑스러운 공연을 보기는 여기가 처음이다", "우리나라의 1500개 축제를 거의 다 가 보았지만 가장 보람 있는 축제"라며 "공주가 대단하다."라고 극찬을 했습니다. "뭐가 그리 대단하냐?"고 물어 봤지요. 고마나루 실경을 활용해서 역사적인 소재를 무대 위에 올려 놨다는 자체만으로도 훌륭했지만, 역동적인 장면과 박진감 넘치는 동작들이 계속되고 환상적인 영상과 음악, 소리 들이 결합된 조명 연출이 세계적인 수준이라는 것입니다.

공연 뒷이야기는 자정 가까이까지 계속되었고 자연스럽게 저의 목소리와 어깨는 점점 올라가게 되더군요. 마치 주인공이 된 것처럼 말입니다. 극구 말렸지만 술값까지 지불하고 서울로 가는 이영하 씨의 가슴 속 뿌듯한 이야기를 듣고 나서 또 하나의 감동을 받았으니까요.

대백제전을 치르면서 손님들에게 행복을 선물해 준 것은 오래도록 준비한 프로그램만이 아니었고 그 많던 볼거리만도 아니었습니다. 생업과 직장을 뒤로 한 채 자원봉사로 만들어 낸 감동과 수상 무대의 걸작으로 만들어 낸 감동, 그 두 가지의 위력이 더 컸습니다.

축제가 끝나면 흔히들 성공이냐 실패냐를 따집니다. 그 잣대로 관람객들은 몇 명이 왔으며, 경제적 수익은 얼마이며, 자원봉사자는 몇 명이나 되는지를 발표하고는 그 크기에 따라 더 잘했다느니 더 못했다느니 하는 평가를 합니다. 하지만 그런 수치가 부질없는 것이라고 생각됩니다. 그보다 더 중요한 요소인 감동의 수치를 따지지 않았으니까요. 가슴속에 오래도록 남아 있고 다시 찾고 싶어지는 감동의 수치 말입니다. 우리가 '88 올림픽과 2002 월드컵 이야기를 지금도 하는 이유도 바로 감동이 아니었던가요.

이제 우리는 해냈습니다. 세계 사람들에게 위대한 공주의 모습을 과시했습니다. 사람과 사람이 섞여 고민하다 보면 어려움도 결국 해낼 수 있다는 것도 보여 주었습니다. 하지만 감동을 만드는 일은 여전히 어려운 일입니다. 지금 우리가 성공을 이야기할 때 걱정하는 분들도 더러는 있으니까요. 상대가 내게 요구하지 않은 마음까지 알아서 이해하고 움직이는 것이 감동이라고 생각하기 때문입니다. 서평가 이현우 선생의 말을 빌리면 "가장 아름다운 사랑 이야기는 사랑의 어려움을 토로하는 이야기"라고 말입니다.

축제로 가는
길목

퇴근 시간이 한참 지난 후 손님 한 분이 찾아왔습니다. 일본 도쿄
東京에 사는 재일 거류 민단 한식 협회 박건시 회장이라고 하더군
요. 교포 2세였습니다. 백만 명의 일본 구독자들이 보는 한식 잡지
에 공주와 부여를 게재하려고 왔다는 것입니다. 늦도록 야근이라도
해야 될 형편인데 사전 통보도 없이 갑자기 들이닥쳐 당황했었지
요. 처음에는 꾀를 내서라도 다음날 만나자고 하려고 별별 생각을
다했지요. 하지만 손님이 맞이하는 것도 당장 하고 있는 일만큼이
나 중요하고 제가 감당해야 할 몫이라고 생각하고 나니 금방 마음
이 편해지더군요.

사실 살아가면서 제가 다른 이들을 대하는 장면을 떠올려 보면
남을 배려한다는 것이 쉽지만은 않은 일이라는 생각이 듭니다. 바
쁘기도 하고요, 한편으로는 귀찮을 때도 있습니다. 꼭 그 사람과 소

통하지 않아도 살 수가 있으니까요. 그러나 저의 마음속의 갈등이 곧 이기적이라는 느낌을 받았지요. 박건시 회장의 눈빛이 가르쳐 주고 있었습니다.

식당에 도착했을 때 식탁에는 이미 수육과 보쌈이 차려져 있었고, 돌솥밥과 막걸리만 함께 들어오고 난 후 종업원이나 주인은 나타나지 않았습니다. 일본에서 이런 식으로 음식점을 경영했다가는 당장 망한다고 하더군요. 음식을 한꺼번에 차려 놓는 것은 손님에 대한 정성과 배려가 없는 것으로 이해된다는 겁니다. 음식은 분위기도 중요하고 맛도 중요하지만, 더 중요한 것은 음식을 먹는 속도에 따라 한 접시 한 접시 나와야 된다는 거지요. 코스 요리가 그렇던가요. 가족들의 따뜻한 체온이 없는 것은 찬밥이라고 했지요. 우리의 전통문화가 그랬습니다. 외국 사람들 눈도 같았습니다.

찬밥은 도시를 망하게 한다

한국은 고유한 문화를 지켜 가면서도 적절히 외래 문화를 받아들여 또 다른 문화를 재창출하는 능력이 뛰어납니다. 유교, 불교, 기독교 등 서로 공존하지요. 세계 어디에도 이런 나라는 없다고 합니다. 전통 의식 속에 상대에 대한 배려심이 존재하기에 가능한 일이 아닌가요. 드라마 '대장금'은 중국을 거쳐 아프리카 짐바브웨Zimbabwe에서도 80%의 시청률을 기록하고 있다고 합니다. 왜 그럴까요? 지나가는 손님을 불러 따뜻한 밥을 먹여 주고 하룻밤을 재워 주고 상대방의 성공을 위해 끊임없이 도와 주는 배려의 코드가 그들을 감동시킨 것은 아닐까요?

그러나 지금은 그러한 분위기를 찾아보기 어려운 세상이 되었습니다. 스위스의 관광 자원도 사실 산 하나를 빼면 볼 게 없다고 합니다. 바다가 있는 것도 아니고, 로마처럼 역사 유적이 많이 있는 것도 아닌 데다가 물가는 아주 비싸다고 그럽니다. 그럼에도 세계 최고의 관광국이라는 명성을 지키는 것은 안전, 청결, 안락 등 소프트 인프라가 잘 발달되어 있기 때문이라는 겁니다. 그곳에 가면 편안하게 쉴 수 있다는 믿음을 상품화하고 있는 것입니다.

영어를 잘하면 세계적인 도시가 될 것 같습니까? 아시아에서 가장 영어 잘하는 나라는 필리핀입니다. 아시아에서 가장 영어를 못하는 나라가 일본입니다. 그런데 어느 나라가 부자인가요? 일본이지요. 차이는 질서가 사회 속에 깊숙하게 깔려 있느냐의 여부입니다. 서로 협동이 일어나고 희생이 일어나는 사회가 되어야 사회적 자본이 축적되고 세계로 또 일류로 갈 수 있다고 봅니다.

우리는 마케팅을 하지 않는다, 다만 찾아오게 할 뿐…

———

우리는 세계 대백제전을 2010년 9월 18일부터 한 달 간 치러 냈습니다. 국내 최대의 금강 수상 무대와 세계 12개국의 역사 도시전,

그리고 금강 등불전과 한국 민속 예술제, 영화제, 연극제 등이 그 중심에 있었지요. 아낌없이 공주를 세계에 부각시켰습니다. 150만 매의 입장권을 팔아 수많은 관광객이 다녀갔습니다. 매년 치러 내는 백제 문화제에도 많은 인파가 다녀가고 있습니다.

하지만 중요한 것은 일회성의 관광객 숫자가 아니라 관광의 질이지요. 공주에 온 사람들이 다시 올 수 있게 만드는 질 말입니다. 아무리 구경거리가 많았어도 관광객들의 마음을 매료시킨 프로그램은 잠시일 뿐입니다. 나머지는 공주 사람 사는 모습을 보러 나설 것입니다. 요즈음에 시가지 단장이 한창인 것도 이 때문입니다. 하지만 매력 있는 도시는 모양이 예쁜 벤치나 도로, 간판, 건축물 등과 물리적인 환경 요소의 개선만으로는 만들어지지 않는다고 생각합니다.

시민의 성숙된 모습을 보여 주어야 합니다. 이것이 진정한 구경거리이고 공주의 가장 큰 상품입니다. 믿음을 파는 스위스나 질서를 파는 일본처럼, 지나가는 객을 불러 밥 먹여 하룻밤 자고 가게 하는 우리의 배려 코드만 가지고서도 세계 상품이 충분히 될 수 있을 것이라고 생각합니다. '88 올림픽과 2002 월드컵이 선진 대한민국의 분수령이었습니다. 그 이전 동북 아시아에는 일본만 있었지 한국의 존재는 없었습니다. 대한민국에 대한 소문이 잘 난 것은 작은 운동장에서 뿜어낸 축제 열기만이 아니었습니다.

국민 모두가 지니고 있었던 본능적인 저력을 끄집어냈기 때문입니다. 누가 시키지 않았어도 나보다 다른 사람들을 먼저 생각하는 배려를 세계 사람들에게 보여 준 것입니다. 삼성, LG 등이 글로벌 기업으로 진입한 것도 결코 우연이 아닙니다. 축제는 끝났지만 매년 보여 주었던 열기를, 도심으로 골목길로 파고들어 가 계속적으로 재생해 내야 합니다. 그렇게 세계인들에게 보여 주었듯이 우리 몸 안에 간직한 배려의 코드를 끄집어 내느냐 내놓지 못하느냐가 공주 발전의 성패 요소가 아닐 수 없습니다.

그 옛날에도 지나가는 나그네들을 위하여 사랑방을 비워 놓고 따뜻한 밥을 차려 주고 재웠던 것처럼, 축제가 그랬던 것처럼, 정성과 따뜻한 온기가 있어야 관광객들이 넘쳐납니다. 몇 사람만 잘 해서도 안 됩니다. 축제의 힘은 우리가 함께 할 때입니다. 우리의 아름다운 배려의 문화를 가지고 세계 상품을 만들어 봅시다. 아름다운 공주에서….

공주의
또 다른 자원

"일본사람들의 조상은 백제인"

———

일본 구마모토현熊本縣의 자매 도시인 화수정和水町, 나고미에 초청을 받아 간 일이 있었습니다. 왠지 이국땅이라는 낯섦이 전혀 없었습니다. 10년 전 방문길이기도 했지만 우리 공주 사람들에게는 너무도 잘 알려진 곳입니다. 해마다 한두 차례 서로 왕래하면서 우의를 다지고 있는 지역입니다. 공주 시장 일행을 맞은 그들의 정성은 정말 대단했습니다. 구마모토 공항에 버스로 마중 나온 사람은 한·일 친선 협회장, 총무 과장, 총무과 직원 그리고 통역원 등 네 사람. 우리 방문단 일행이 여덟 명이었으니 마중 인원만 보더라도 분에 넘치는 규모가 아닐 수 없었습니다.

게다가 한글로 된 환영 피켓과, 버스에 짐을 싣고 내리는 일도 그

들의 몫입니다. 무엇보다도 방문단 일행을 더 감동시킨 것은 올해
로 80세의 고령임에도 3박 4일을 함께한 토미나가 모토하루 회장의
지극한 정성입니다. 여관에 함께 투숙하며 후네야마 고분제에 참
석하는 이들을 일일이 안내하다가 다음날 일정을 수행하는 데 전혀
소홀함이 없도록 챙기고 있는 것입니다. 자매결연의 연륜을 그대
로 말해 주듯 한·일 친선 교류 26년 동안 공주와 인연을 쌓고 있는
분입니다. 백발 노인임에도 흐트러지지 않는 자세며 깍듯한 예의와
행동 하나하나가 마치 백제왕이 신하를 다시 보는 듯했습니다.

　그들 스스로 백제의 후손이라고 스스럼없이 말하고 있는 점과 왜
곡된 역사 교과서를 채택하지 않겠다는 약속이 이어진 것도 우리
일행을 흐뭇하게 했습니다. 이런 약속을 몸소 보여 주듯 버스로 2시

간 거리인 후쿠오카 공항까지 환송을 나온 오사무 정장. 그냥 형식적인 의전이 아닌 공항 검색대까지 손수 짐을 들어 주고 일일이 수속까지 챙겨 주는 배려가 쉽게 잊혀질 수 없었던 순간이었습니다.

왜 이렇게 친분을 싹틔우고 있는 걸까요? 1979년 공주읍과 구마모토현 옥명시玉名市 국수정菊水町이 자매결연을 맺게 된 것은 후네야마 고분에서 출토된 유물이 그 인연이 되었습니다. 칼, 귀고리, 모자, 신발 등이 일본에는 없었던 것으로 의문을 불러일으켰던 것입니다. 의문은 간단하게 풀렸습니다. 1971년 세계적으로 떠들썩했던 공주 무령왕릉 출토품을 보기 위해 내한하여 자세히 살펴본 결과, 일본의 그것과 너무나도 닮았음을 알게 된 것입니다. '우리 조상은 백제인이다', '우리 조상은 공주 사람일지도 모른다.'라고 느꼈을 겁니다.

구마모토가 백제와 인연을 가지기 시작한 것은 5세기부터 6세기입니다. 후네야마 고분은 당시 그 지방 호족의 유적으로 알려져 있습니다. 중국의 무덤처럼 거대한 무덤이 아닌 우리처럼 작고 소박한 무덤이라서 친근감으로 다가설 수 있었고, 우리들의 선조 백제인들의 숨소리가 나지막하게 들리는 듯했습니다. 그뿐만이 아닙니다. 옛날 그들은 구마모토를 '구마'라고 불러 왔다고 하는데, 공주의 옛 이름은 웅진熊津으로 '고마'가 그 어원입니다. 이것은 순수한 우리말 '곰'이라는 말에서 온 것입니다. 옛 구마모토가 백제로부터 얼마나 많은 영향을 받았나 하는 것은 가히 짐작하고도 남습니다.

우리에게 일본은 무엇인가

———

엊그제 광복절을 맞았습니다. 광복절만 되면 우리는 일본을 생각합니다. 온 나라에 반일의 담론이 무성합니다. 일본에서도 일부 극우 세력들이 반한反韓 운동을 벌이고 있습니다. 우리에게 일본은 무엇인지 되돌아보게 합니다. 가깝고도 먼 나라라고 일컬어 오고 있는 것이 양국에 있어 과거 역사의 흐름을 두고 하는 말입니다. 그러나 우리는 단순하게 반일反日의 논리에 함몰되거나 친일親日의 굴레에 빠져서는 안 됩니다.

우리에게 필요한 것은 일본을 알고 일본의 현실을 냉철하게 직시하는 지일知日의 자세입니다. 이제 새로운 한일 관계를 여는 가치의 잣대는 상호 이익의 호환성이라고 볼 수 있습니다. 부끄러운 일본의 모습을 끄집어내는 데 집착할 것이 아니라, 국제적인 상식과 보편적 가치에 기반을 두고 협력을 펼쳐 나가야 합니다. 이것이 치열한 경쟁 속에서 국제적이고 지방적인 공주의 힘입니다. 왜냐하면 백제가 전파한 문화와 문물의 유적들은 지금도 일본에서 찬연히 빛나고 있기 때문입니다.

관광객은 느끼는
감동만큼 지갑을 연다

제가 과거에 시청에서 하던 일로는 관광객들을 공주로 모셔 오는 일도 있었습니다. 아니, 공주에 와서 돈을 쓰고 가게 하는 일이라고 표현하는 것이 더 적절할 것 같습니다. 외국 관광객 한 명을 유치하는 것이 자동차 한 대 수출하는 것보다 낫다고들 하니까, 중책이 아닐 수 없었지요.

하지만 관광객을 모시는 일이 그리 쉬운 일은 아니었습니다. 전문적인 소양을 갖추고 있는 것도 아니고 서울, 부산, 대도시는 물론 외국을 찾아다니며 홍보를 하고, 오는 손님마다 선물을 퍼 주는 것도, 관광객들이 깜짝 놀랄 만한 유희 시설 하나를 만들어 내는 것 모두 쉬운 일은 아니지요. 다행히도 우리 시는 지난해보다 10% 가량 관광객이 늘었습니다.

물론 국민들이 경제적 어려움으로 해외여행을 가려다 국내 여행으로 발길을 돌린 탓도 있었지만, 다양한 축제를 사계절 내내 펼치고 사이비 시민들을 모집해서 도시 사람들에게 주말 쉼터를 만들어 제공했기 때문입니다. 그런데 저희 사무실을 가끔 들리는 영화 감독 이장호 씨로부터 중국 계림에서 펼쳐지는 오페라 '인상리장印像麗江'의 이야기를 전해 듣고는 2012년 2월에 중국 계림을 직접 가 봤습니다. 그때 관광객 숫자는 별로 중요한 게 아니라는 생각을 하게 되었죠.

우리 돈으로 6만 원이나 드는 비싼 입장료임에도 매일 2000여 석의 자리가 사전 예약 없이는 들어갈 수 없을 정도로 5년째 세계 각국의 사람들이 몰려들고 있다고 합니다. 바라다보일 만큼의 들녘과 강을 무대로 활용하고 있는 것이나, 그 동네 농민들 자체가 배우가 되어 그들의 눈물겨운 삶의 이야기가 무대 위에 올려진 것이 그 비결이었습니다.

그러다 보니 산골에 4만여 명 인구의 신도시도 생겨났더군요. 공연이 끝난 후 공연장 옆의 도심지는 쇼핑과 음식, 술로 밤새는 줄 모르고 불야성을 이루고 있었습니다. 제 주변의 많은 사람들도 다녀와서 다시 가 보고 싶을 정도로 돈이 아깝지 않다며 권유할 정도니까요. 그러니 예술 작품 하나가 관광객들을 더 많이 머물게 할 뿐 아니라 더 많은 돈을 쓰게 하는 것은 당연한 것이지요.

관광객은 숫자가 아니다

관광지를 다시 방문한다는 건 결코 쉽지 않은 일입니다. 부존자
원賦存資源을 활용한 그들만의 소재이기에 가능하다는 말도 전해 들
었습니다만, 천편일률적인 관광지에다가 모방하거나 베낀 공연 등
을 가지고서 세계의 사람들을 찾아오게 한다는 것은 상상할 수가
없는 일입니다.

어느 석학이 쓴 글을 봤습니다. 앞으로 기술은 똑같아져 결국 미
래는 예술적 독창성에서 판가름이 난다는 말이었습니다. 예술이란
무엇일까요? 얼른 생각에 세상을 아름답게 만드는 것이 예술 아닐
까요? 제가 어릴 적에는 예술을 사치라고 생각했죠. 없어서 못 먹고
안 줘서 못 먹던 배고픈 시절 보통 사람들은 예술이라는 말조차 꺼
내지 못했으니까요.

오늘날은 어떻습니까? 풍요로 넘쳐 나는 시대 아닙니까? 소비자
들에게 감동을 만들어 주어야 돈을 벌 수 있는 시대로 바뀌었지요.
'지갑을 열 만큼 감동시켜 봐.'라고 말입니다. 그렇다면 생활의 근본
이 소비자를 설득시키는 일이고, 설득시키는 가장 좋은 방법이 소
비자를 감동시키는 일이라고 봤을 때 감동의 최고의 기술은 예술인
셈이죠.

오늘날 기업에서도 예술을 끌어들여 예술 경영을 할 정도니까요.
저는 지난 주말 정안 마곡사 길에서 예술을 봤습니다. 구불구불한

아스팔트 길을 따라 이십 리 길 양쪽 푸른 들판에 세워 놓은 허수아비들과 이 동네 노인들 말입니다. 길을 가다 보면 나무숲도 있고 마을 집들도 수없이 많이 나타나지만, 그 사이로 시원하게 탁 트인 들판에는 허수아비들이 꼭 서 있었습니다.

모자를 쓴 채 팔을 크게 벌리고 다리 하나로 반듯하게 서 있는 모습은 예전과 똑같은 형태이지만, 허수아비 한 개로는 외로웠던지 세 개에서 많게는 십여 개가 모여 날아가는 광경이나 원을 그리며 뛰어 노는 모습이 그전에 없었던 광경이더군요. 노인들이 만들어 내는 예술 작품입니다.

허수아비도 돈을 만든다

엄마, 아빠, 아들로 한 가족을 이룬 허수아비 앞에서 당장 쫓아내야 할 새들이 예쁜 짓을 하고, 손오공 허수아비나 말 타는 장군 허수아비들 앞에서도 백로들이 도망치기는커녕 허수아비 곁으로 사뿐히 내려앉는 풍경이 그것들이지요. 들판 무대의 아름다운 연출이었습니다.

나무로 뼈대를 만들고 볏짚으로 머리, 팔, 몸통 등을 뚝딱 만들어 옷 입혀 세우는 일이 무슨 예술이냐고 반문할 수도 있겠지요. 하지만 들판에 적당히 숫자만 채우는 전시용이 아니라, 무섭게 할 것인지 예쁘게 할 것인지 또 어느 곳에 배치할 것인지, 어떤 형태의 테마로 의미를 만들어 갈 것인지를 계획하고 연출하고 있는 것을 볼 때, 이 동네 노인들이 허수아비를 만들어 세우는 행위 자체가 예술인 셈이죠.

중국 계림의 그 동네 농민들도 '인상리장'의 배우들인 것처럼 정안의 허수아비 들판의 노인들도 분명 예술 활동을 하고 있는 것입니다.

이는 예술인이 따로 있는 게 아니라 마음만 먹으면 누구나 예술인이 될 수 있다는 얘기이기도 합니다. 자기 마을 들판을 활용한다는 것과 스스로 좋아서 고민하고 땀 흘리는 자체를 보러 사람들이 몰려오고 있습니다. 관광거리를 만들어 내고 있는 것이죠.

당연히 노인들은 자긍심이 솟아나게 되고, 주변 상가, 음식점들이 많지는 않지만 그래도 돈을 벌고 있지요. 이게 예술의 힘입니다. 관광객 모시기도 마찬가지라고 생각합니다. 관광 명소는 국가나 자치 단체의 많은 돈으로만 조성되는 게 아니라 지역 주민의 아이디어만 갖고서도 더 유명한 명소가 될 수 있는 것입니다.

관광객 유치를 공무원들의 몫으로만 여기지 마십시오. 마을, 상가, 음식점의 대표와 종업원, 그리고 공무원 할 것 없이 각자의 위치에서 감동을 만드는 예술인이 되어야 합니다. 틀림없이 관광객들은 느끼는 감동만큼 지갑을 열게 되어 있습니다. 이것이 관광 명소가 되는 지름길이라고 생각하기 때문입니다.

음식이 강해야
백제가 뜬다

박찬호 효과

몇 해 전 KBS 2TV에서 방영하는 '1박 2일'이라는 프로그램에 출연한 박찬호의 효과는 컸습니다. 방송에 등장한 식당은 문의 전화가 끊이질 않았고 매출도 꽤 올랐다고 합니다. 예전과 달리 이름나고 소문난 음식만 있다면 어디든 찾아가는 여행자들의 단면이 아닐 수 없습니다.

그런데 우리 공주를 많이 찾는, 무령왕릉에 여행차 온 기사들에게 점심 장소를 물어 보면 대부분 공주가 아닌 다른 곳을 댑니다. 그뿐만 아니라 특색 있는 업소가 열악하다고 얘기합니다. 단순히 칼국수나 고기 등을 먹을 수 있는 집은 관광객들이 즐겨 찾는 곳이 아닙니다. 식당은 많지만 관광용은 그리 많지 않은 공주입니다. 당장

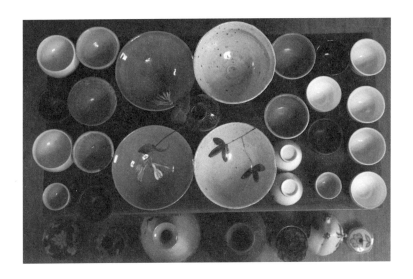

4월에 일본 나라현 나라 고등학교, 와카야마 고등학교 등 3개 학교 수학여행단 600여 명이 무령왕릉에 올 예정이지만, 유성에서 머물고 점심도 유성에서 해결하고 온다는 겁니다. 공주에는 대형 식당도 없고 또한 환경이 열악하다는 이유입니다.

지난해 백제 문화제 때 '무슨 음식이 좋았냐?'라는 설문에, 부여는 '쌈밥'이고 공주는 '축제 음식'이라는 답이 나왔습니다. 축제 음식은 축제장 내의 임시 가설 부스 음식이라고 보면, 공주다운 음식을 먹어 보지 못했다는 이야기를 이 사실이 뒷받침하고 있는 것입니다. 우리도 여행을 많이 다니고 있지만 음식이 지역 이미지로 기억되는 것은 자명한 일입니다. 문화 유적도 적고 아름다운 경관도 없는 전주가 우리보다 관광객이 훨씬 많습니다. 비빔밥, 한정식, 콩

나물국밥과 동동주를 먹으러 외국인까지도 포함한 많은 인파가 전주를 찾는다는 것은 이미 다 아는 사실입니다. 관광에서 음식이 차지하는 비중이 얼마나 큰지를 말해 주고 있습니다.

세계의 음식 시장을 보아라

세계의 음식 시장을 보면 단연 일본이 앞서가고 있습니다. 지금 일식이 세계 음식이 되고 있는 중입니다. 뉴욕 관광지 주변의 일식당 '마사'는 세계 최고의 비싼 레스토랑이랍니다. 저녁 메뉴만도 400달러짜리가 있는데 자리가 없을 정도라고 보도된 바도 있습니다. 한국의 바비큐가 일본 음식으로 바뀌었고, 서양의 포크커틀릿도 돈가스로 일본화된 데 이어 이젠 관광 국가 이탈리아 사람들이 일본에서 음식과 요리를 배운다고 합니다. 자그마치 150년간이나 음식 세계화를 노력해 온 일본인들 아닙니까?

그렇듯 적당히가 통하지 않는 게 일본 식당들입니다. 큰 식당이든 작은 식당이든 정원定員만 예약이 가능하고, 통상 입구에는 전통 술통을 쌓아 놓고 홀 안에는 일본 전통의 빨간색 오뚝이 인형이 있습니다. 몇 번이나 쓰러져도 다시 일어난다는 것이고 액운을 막는다는 의미입니다. 카운터에는 행운과 번창을 비는 고양이 장식물이 있고, 벽에는 도시 풍경이나 병풍이 빠지지 않습니다. 또 방바닥에는 다다미를 깔고 기모노 차림의 여성들이 정성을 다하여 서빙을 하는데, 도자기와 목기 등에 담은 음식과 문화를 함께 선보이고 있습니다.

대를 이어서 식당을 운영하는 것이나 인테리어, 식기, 음악, 조명, 친절함까지 최고의 질적 수준을 지향하는 것만 봐도 음식 맛을 대충 낼 수 없게 되어 있습니다. '일식＝고급'이라는 이미지를 심어 주면서 일본 문화를 관광으로 연결시키고 있는 그들입니다. 맛을 즐기러 관광객들이 몰려듭니다. 이렇듯 식당은 이미 도시 경쟁력이자 국력이 아닐 수 없습니다.

혀끝에 음식 맛을 심어라

그렇다면 우리는 어떤가요? 관광지 주변만 살펴봅시다. 관광용이 아닌 차량 정비, 교회, 조합, 사회 단체 사무실, 예식장 등 여타의 업종들이 많이 차지하고 있어 안타깝습니다. 음식 가짓수만 잔뜩 늘어놓고는 자신 있는 주무기가 많지 않은 점도 문제입니다. 사람만 많이 받아 많이 팔려고만 하지, 여기저기서 소리를 지르며 찾아도 서비스는 뒷전이고, 또 가격마저 비싸다면 누가 다시 찾겠습니까?

물론 잘하고 있는 업소도 많습니다. TV나 신문에 났다고 좋아할 수도 있지만, 막상 속이 텅 비어 있는 업소는 다시 오질 않습니다. 마땅히 일이 없다고 '식당이나 한번 차려 볼까?' 하는 준비 없는 생각은 실패하기 십상이고, 유명세만 믿고 왔다가 느낌 없이 가면 지역에 좋지 않은 이미지만 남기게 되는 것도 넘어서야 할 과제가 아닐 수 없습니다.

관광이란 문화를 파는 것입니다. 외국 관광객 1명을 유치하는 것이 자동차 1대를 파는 것보다 낫다고 합니다. 관광 산업에서 음식이 차지하는 비중은 절반이 넘는다고 생각합니다. 금강산도 식후경이라고 하지 않았습니까? 이제 우리 음식이 최고라고 말만 할 게 아니라 음식에 투자해야 됩니다. 사실 역사 유적지만 갖고는 돈이 안 됩니다. 역사 도시들을 보면 음식 문화를 자연스럽게 함께 가꾸어 왔습니다.

우린 그런 과정이 없었지요. 이제부터라도 음식을 공부하는 풍토를 만들고 아이디어를 모아야 합니다. 누가 해 줄 거라고 생각하십니까? 일본 식당들이 오래전부터 음식에 주력하고 있는 것은 지원의 힘이 아닙니다. 외부 지원만 갖고는 성공할 수 없다는 이야기입니다. 우선 음식에 대한 자부심과 가치 철학을 스스로 심는 일이 필요합니다. 그리고 강한 파워 브랜드를 보여 주어야 합니다. 역사 깊은 도시에는 유명 식당들이 즐비하듯이 역사와 음식이 어우러진다면 매력적인 도시가 될 수 있는 것입니다.

경제적으로 어려운 때라도 관광객들은 오게 되어 있고, 오면 밥을 사 먹지 않을 수 없는 구조라고 볼 때, 식당에 대한 투자를 서슴지 말고 우리 함께 적극 나설 때입니다. 마침 공주시에서도 공산성과 중동 시범 음식 거리 조성에 나섰습니다. 외부 사람들에게 소개

할 업소 '공주 맛집 100집'도 선정해 관광객들에게 소개하고 있습니다. 공주에는 백제 역사가 있고 유명한 공주 맛집이 있다는 것을 한번 멋지게 보여 줍시다. 그러면 분명히 뜹니다, 공주가!

자연
미술

　최근 각 도시마다 문화 도시를 성장 동력으로 내세우고 있습니다. 각종 공해와 더불어 공동화 현상空洞化現象을 불러일으키며 산업주의의 한계가 현실화되면서, 더 이상 굴뚝 산업으로는 도시 자체가 발전할 수 없다고 판단하고 있기 때문입니다. 세계적인 기업이나 그에 따른 수많은 인력이 유입될 수 있는 것도 매력적인 주변 환경과 예술적 기반을 갖춘 문화 도시가 그 중심에 자리 잡고 있기 때문입니다.

　이런 점에 있어 우리에게 시사점을 일찍이 안겨 준 것이 유럽의 도시들입니다. 산업주의 시대 유럽의 도시들은 공업화의 한계에 골머리를 앓고 있었습니다. 도심의 외곽을 중심으로 발전하기 시작한 공단들은 유럽 도시들의 성장의 상징이자 산업주의 문명을 선도하는 것들이었습니다. 그러나 1970년대 이후 공해가 사회적 문제로 대두되기 시작하면서 더 이상 산업주의로는 발전할 수 없다는 의구심이 현실로 다가옵니다. 그 결과 유럽 도시들은 과감히 공단을 변화시키고 도시를 재생시키고자 하는 새로운 산업 구조로의 전환이 제기되었고, 이에 문화 도시는 자연스러운 결과로 서서히 조망받기에 이릅니다.

이처럼 유럽의 도시에 있어 도시의 재생은 문화 도시에 그 초점이 맞추어져 있는데, 다시 말해 문화를 활용한 도시의 재생과 생태적인 환경의 조성이었습니다. 문화 도시란 무엇일까? 역사와 전통을 갖추고 있어야 하지만 사람과 사람들이 만들어 내는 도시의 미학도 녹아 있어야 되지 않을까요? 우리나라에서는 도시의 발전을 산업적 관점에서 문화적 관점으로 접근하기 위한 그런 노력들이 2000년 이후에나 벌어집니다. 국민적인 생활 수준 향상과 함께 문화에 대한 관심을 갖게 하는 구조입니다.

그러나 공주에서는 그러한 문화 운동이 싹트기 시작한 것이 이보다 훨씬 빠른 시기인 1970년대입니다. 바로 자연 미술 운동입니다. 일찍이 유럽과 동일한 시기에 공주의 금강에서 시작한 자연 미술은, 자연에다 사람을 예술로 접목시킨 국제적으로 유일한 문화 운동인 셈입니다. 그 옛날 구석기 역사와 백제 역사를 잉태시켰던 부흥의 금강이었지만, 산업화의 병폐로 죽어 가고 있었지요. 그러한 금강에 1980년대부터 예술을 접목시켜 아름다운 금강을 다시 흐르게 만들고 있는 사람들은 다름 아닌 지역의 자연 미술가들입니다.

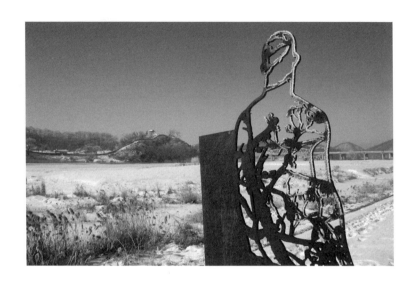

그들의 활동에 힘입어 상당수의 국제적인 예술가들이 공주를 찾는 것은 물론 수많은 관광객들이 찾아들어 새로운 명소로 떠오르고 있고, 문화 도시 공주의 품격을 국제적으로 한껏 높여 주고 있습니다.

여러 해 동안 국가나 지자체의 무관심과 더불어 자연 미술 공간이 확보가 되지 않아 우여곡절을 겪기도 하고 방황도 하였지만, 지역을 넘어 국제적인 운동으로 발전되기까지는 끝까지 참고 포기하지 않았던 자연 미술가들이 있었기 때문입니다. 이들의 강한 집념이 없었더라면 이루지 못할 문화 운동이었습니다. 30여 년의 인고의 세월 속에서도 꺾이지 않은 20대의 푸른 꿈들 자체가 자연 미술입니다.

하지만 더딘 자연의 변화처럼 지역의 활력화 측면에서 아직은 부족한 점도 없지 않다고 봅니다. 지역의 작가 외에는 자연 미술에 대한 대중적 관심이 크지 않은 것이 문제점으로 작용하고 있는 것을 지적하지 않을 수가 없습니다. 자연 미술이 인간과 자연이 공존하는 것을 예술로 표현하는 장르이듯이, 지역 주민들의 참여도 있었으면 좋겠습니다. 지역 사회적인 공공성과 관광 산업 차원에서도 자연 미술의 관심을 유발시키는 방안도 적극적으로 마련되어야 된다고 생각합니다.

공주시가 자연 미술에 지원하고 있는 재정도 예술가들의 순수 예술 활동비라는 성격이 크다고 볼 수 있지만, 시민들의 예술 창작 욕구를 실현하는 기회의 장이 되는 것은 물론 도시 미관을 살려 도시의 활성화를 기대하고 있는 측면도 있음을 부인하기 어렵습니다.

제3부

사 람 사 는 이 야 기

일류 도시로
가는 길

아름다운 도시는 일류 도시가 되기 위한 필요조건은 될 수 있어도 충분조건은 될 수 없습니다. 어떤 도시가 아름다운 도시일까요? 멋진 거리가 있고 배들이 떠다니는 강이 흐르고 있다면 아름다운 도시라고 말할 수 있겠지요. 전국의 지자체들이나 우리 시도 봄만 되면 꽃을 심고 페인트칠 등으로 도시 미관 가꾸기에 바쁩니다. 하지만 아름다운 도시가 일류 도시가 되기 위해서는 미관만 가지고서는 안 됩니다.

지금의 서울시 교육감인 문용린 교수는 우리가 일류 도시가 되느냐 못 되느냐의 잣대는 그 도시의 기초 질서의 확립 여부라고 했습니다. 해마다 1000만 명 이상의 국민이 해외에 나가는데 많은 사람

들이 여행지에서 보고 느끼는 것은 자유롭되 질서가 있다는 사실입니다. 관공서는 무법, 불법, 탈법 등을 관대하게 봐주고, 떼쓰는 시민이 넘치는 도시는 일류 도시가 될 수 없다는 것입니다.

한번 보십시오. 횡단보도 신호 위반이나 자동차의 난폭 운전, 불법 주정차 등의 현주소가 어떤지를…. 국가 브랜드 가치가 국가 경쟁력을 좌우하는 요인인 것처럼, 공주의 브랜드 가치가 공주의 경쟁력을 높이는 중요한 요소가 됩니다. 공주의 브랜드가 개선되면 공주 지역의 기업에서 만들어진 제품들의 가치도 올라갈 것이고, 공주에서 생산되는 농산물의 가치도 올라가는 것은 물론, 관광객들이 늘어날 것은 뻔한 일입니다.

브랜드 가치가 중요한 이유는 무엇인가요? 그것이 곧 경쟁력이기 때문입니다. 그러나 브랜드 가치를 돈으로 살 수가 없습니다. 사람들이 오랜 기간 동안 구축해 놓은 유무형의 가치이고 이미지이며, 사회적 동의를 구하는 데 수많은 시간이 걸리기 때문입니다. 미래는 국가의 시대가 아니고 도시의 시대입니다. 성공한 도시들의 경쟁력이 곧바로 국가의 경쟁력으로 이어질 수 있고, 세계인들의 시선을 모으는 매력적인 도시의 이미지는 관광객 유치라는 측면에서의 효과뿐만 아니라 그 지역 상품의 중요한 마케팅 요소가 되고 있습니다.

매력 있는 도시는 모양이 예쁜 벤치나 가로등, 간판, 승강장과 거대한 건축물 등 물리적 환경 요소의 개선만으로는 만들어지지 않습니다. 언급된 것에다 시민들의 성숙된 모습도 함께 담겨야 합니다. 그 도시 속에 사람들의 따뜻한 인간미가 배여 있을 때 도시의 가치는 더욱 올라가게 되어 있습니다. 우리는 도시 경쟁력을 키우기 위해 부단히 노력하고 있습니다. 그동안 도시 경쟁력이 공공 시설물과 건축물이었다면, 이제는 삶의 가치를 얼마만큼 창출하느냐에 달려 있습니다.

실제 관광 국가로서 위상을 높이고 있는 나라들을 떠올려 보면 하나같이 호기심을 자극하는 이야기들로 멋지게 포장되어 있습니다. 이탈리아는 선조들이 만든 수많은 건축물에 스토리를 담아 관광객들의 이목을 집중시킵니다. 반면, 외국인들은 한국 하면 잘 떠오르는 게 없다고 합니다. 우리의 문화유산에 대해 우리 스스로가 잘 모르는 것 또한 문제이지만, 전문 인력이 부족한 것 또한 그런 상황을 야기하는 요인이 아닐 수 없습니다.

융합의 시대에 순응해야 일류 도시가 된다

한 도시는 모든 사람이 더불어 사는 사회적 장소입니다. 타인은 없고 오직 나만 존재하는 이기주의를 시급히 버려야 일류 도시가 될 수 있습니다. 한국인의 급한 성정은 산에서도 어김없이 드러납니다. 산길에만 들어서면 누구랄 것 없이 정상을 향해 돌진하듯 내뺍니다. 누가 지적하지 않아도 우리 모두는 다 압니다. 뒤처짐은 곧 패배라는, 태어날 때부터 체득한 무한 경쟁 의식 때문입니다.

양보와 희생과 신뢰 문제도 그렇습니다. 형제끼리 싸우고 동네 안에서 싸우고 직장에서 싸우면 발전하지 못합니다. 21세기는 융합의 시대라고 합니다. 에펠탑도 15센티미터짜리 못 2만여 개가 모여 만들어 내고 있습니다. 작은 못 하나가 구조물의 지탱 요소가 되고 있는 겁니다. 혼자 잘난 체해서는 안 되는 이유를 알려 주는 것이기도 하고, 자기 힘만으로는 살 수 없는 사회를 보여 준다고도 말할 수 있는 것입니다.

오늘 우리 주위를 둘러보아도 스마트폰의 등장으로 전화와 컴퓨터, 사진기 등은 이미 하나가 되어 가고, 연일 관객 몰이를 하고 있는 최신 영화들은 어디까지가 배우 연기이고 어디부터가 컴퓨터그래픽인지 구분이 되지 않을 정도로 예술과 기술이 융합되어 있습니다. 이제 첨단 의료 장비를 만들기 위해서는 의사와 공학도가 공동으로 작업을 해야 하며, 새로운 금융 상품을 만드는 데에도 경제학자와 수학자의 협력이 필요한 시대가 된 것입니다.

이러한 시대에 지금 자기의 이익과 자기 사람들만 챙기려는 이분법적 사고가 판을 치고 있습니다. 하지만 21세기는 분명 융합融合이라는 트렌드가 세계를 지배할 것입니다. 우리의 후손들을 이러한 시대를 헤쳐 나갈 수 있는 인재로 키우기 위해서는, 상대방의 입장을 이해하려는 포용의 정신과 남의 사소한 잘못을 용서해 주는 관용의 정신이 필수적이라고 문용린 교수는 말하고 있는 것입니다.

어떤 도시가 아름다운 도시입니까? 아름다운 도시의 전제에는 기초 질서와 서로 양보하고 협동하는 정신이 있어야 합니다. 우리가 도시의 겉모습을 꾸미는 데 온통 관심을 집중하고 있는 이때, 겉보다 속이 아름다운 도시를 만들어 가야 하지 않을까요? 이것이 공주를 일류 도시로 부각시킬 수 있는 기회 요인인 것입니다.

왕자와
거지

신관동 대학가 주변에는 대학생들로 모처럼 활기가 가득합니다. 요즘은 새내기의 철입니다. 식당마다 꽉 들어찬 젊음은 밤이 깊어질수록 더 살아납니다. 하지만 여자 옷, 남자 옷 서로 바꿔 입고 길거리를 활보하고는 어느새 취객이 되어 토해 내는 광경이 어색하기만 합니다. 성숙한 사람들의 모습이 아닙니다. 거리로 나온 새내기들의 활력이긴 하지만 말입니다. 이런 새내기들을 보면서 '왕자와 거지' 이야기가 생각납니다.

아주 먼 옛날, 왕자가 되고 싶어 하는 거지가 살고 있었습니다. 그러던 어느 날 거지는 왕자를 만납니다. 둘은 나이도 똑같고 얼굴도 똑같습니다. 왕자는 거지의 소원을 들어 주기 위해 옷을 서로 바꿔 입기로 했습니다. 왕자와 거지의 운명이 서로 뒤바뀌어 버립니다.

왕자는 도둑과 거지 패거리에 섞여 온갖 수모를 다 겪게 되면서 자신이 왕자라고 외쳐 대지만 아무도 믿어 주지를 않았습니다. 거지도 그토록 소원하던 왕자의 생활을 즐기며 백성들을 위한 처치를 한다고 하지만 왕가의 법도와 격식이 무엇인지를 알지 못합니다.

나중에 가짜 거지와 가짜 왕자의 역할이 밝혀지고, 백성들의 생활을 직접 체험한 진짜 왕자는 왕위에 올라 백성들에게 관대한 정치를 펴게 되고, 진짜 거지는 귀족으로 신분이 상승되면서 이야기는 끝이 납니다만, 동화 속의 이야기가 우리에게 많은 생각을 갖게 합니다.

그렇게도 왕자가 되고 싶어 했던 거지는 꿈이 이루어진 것이지요. 용기가 대단했지요. 젊음의 도전을 높이 살 만합니다. 하지만 막상 왕자의 지위에 오르고 보니 아무것도 몰라 왕실의 생활이 감옥처럼 느껴졌고, 거지가 된 왕자 역시 배고픔이 무엇인지를 절실히 느끼게 됩니다.

치졸한 옷을 보지 마라, 감춰진 내면을 보아라
———

사회적 편견도 문제가 아닐 수 없습니다. 옷을 바꿔 입었을 때 다른 사람들은 겉으로만 그들을 판단하지, 진짜 내면에 있는 그들의 모습을 잘 알지 못합니다. 거지가 아니라 왕자라고 호소해도, 심지어 왕자가 아니라 거지라 해도 이미 군중들은 그의 의견을 받아들이려고 하지 않습니다. 거지가 왕자의 옷을 입고 하층민의 습성을 드러내지만 사람들은 외모 속에 감춰진 진실을 여전히 보지 못하는 폐쇄된 사회를 고발하고 있는 겁니다.

하루아침에 거지가 왕자로 된다면 얼마나 좋겠습니까? 왕자가 거지가 되었다가 마음대로 되돌아갈 수도 있었다면 이보다 더 좋은 체험이 어디 있겠습니까? 우리 공주도 백제 때 왕이 살았던 왕도입니다. 그러니 공주로 유학 온 학생들에게도 왕자가 될 수 있는 꿈을 꾸게 해 주어야 합니다. 그렇다고 학생들이 거지라는 얘기는 아닙니다. 서울에서 제주도까지, 멀리는 중국, 일본, 러시아, 몽고 학생들까지 3만여 명이나 됩니다. 따져 보면 한 사람 한 사람이 한 가정의 귀여운 자녀들이기도 하고, 부푼 꿈을 가지고 공주로 유학 와서 영원한 공주 사람이 되고자 작정한 사람들이지요.

단순히 학생들을 소비 주체로만 보아서는 안 되는 이유이기도 합니다. 공부는 안 하고 길바닥에서 옷 바꿔 입어 가며 술 취해 거리를 활보하는 것이 추태가 아닙니다. 유학 보내 놓고 책값, 등록금, 하숙비, 용돈 등을 쥐어 주고 몰래 한숨만 내쉬는 부모님을 떠올리다가도 낯선 환경에 적응해야 하는 몸부림일 것입니다. 졸업 이후 뭐가 될 거냐고 걱정만 듣던 학생들 같지만 여전히 전국에서 가장 많은 선생님을 배출하는 대학의 전통이 계속되고 있습니다.

그동안 열악했던 학교 주변 환경은 많이 좋아졌습니다. 원룸도 많이 생겨났고 대중교통 여건도 많이 개선되었지요. 부족한 것은 새내기들을 따뜻하게 맞아 줄 사랑입니다. 그동안 집에서나 교실에서 응석 부려 가며 공부하던 것에 익숙해진 새내기들, 낯선 환경의 착잡함과 새로운 친구들을 사귀는 것이 밤새워 공부하는 고민보다 더 큰 고민이 될 수도 있습니다.

그러나 어디를 돌아봐도 한겨울의 학교 주변 분위기는 넉넉하지가 못할 겁니다. "어느 곳에서 왔습니까?" "공부하느라 얼마나 고생합니까?" "공주는 인심도 좋고 주말마다 구경 거리가 많아서 지내기가 좋아요." 이런 작은 말 한마디의 관심이 그것입니다. 3월 한달 '새내기 세일' 행사도 사랑의 방법일 수 있습니다. 이들 가슴에 담아 줄 따뜻한 심정을 공감하게 만든다면 아마 그 상점이나 그 식당은 장사가 훨씬 더 잘 될 겁니다.

투자 없이는 미래도 없다

공주 대학교 자유 게시판에 "곰나루 전설을 아시나요?"라고 쓴 글도 봤습니다. 백제 속에 섞이고 싶은 심정 아닙니까? 백제 역사를 가르쳐 주는 것도 공주 사람들의 몫이라고 봅니다. 역사를 전공하는 학생이든 역사를 전공하지 않는 학생이든 간에 백제 역사는 공주인이 되기 위한 자격증이 되게 해야 합니다. 호적은 바꿀 수는 있어도 학적은 바꿀 수 없다는 말로 볼 때, 백제 역사의 DNA가 학적에 박히도록 한다면 영원한 공주인이 될 수 있다는 말이기도 합니다. 매주 토요일 무령왕릉에서 백제 문화 학교를 여는 것도 이 때문입니다.

새내기들에게도 전하고 싶습니다. '왕자와 거지'에서 보듯이 옷이 날개일 수 있습니다. 외모 지상주의로 인해 사람들이 외모나 스펙들을 중요시하며 겉멋을 부리는 행위가 많아지고 있어서 이런 사람들에게 '거지 왕자'라는 신조어도 생겨났다고 합니다. 뭔가 내면보다는 외형적인 것만을 추구하는 사람들을 가리키는 말인 것입니다. '이상한 나라의 앨리스'가 열심히 뛰었는데 제자리에 서 있는 것을 발견한 레드 퀸은 이렇게 말합니다. "도로가 뒤로 가고 있기 때문에 그보다 더 빠른 속도로 앞으로 가지 않으면 뒤처지고 말지."라고 말입니다.

세상은 어려움에 도전하고 자기를 극복하는 인내심을 갖고 앞으로 뛰기를 요구하고 있습니다. 더 직시해야 할 것은, 꿈의 실현은 이보다 더 빨리 뛰어야 한다는 사실도 알아야 합니다. 새내기들이 많아졌습니다. 공주로 유학 온 새내기들에게 베푸는 사랑이 가득해져야 대학은 우리에게 훌륭한 대학이 될 수 있습니다. 새내기들도 외형이 아닌 내공을 깊이 쌓을수록 큰 꿈을 펼칠 수 있다는 것을 '왕자와 거지' 이야기로 대신해 주고 싶은 계절입니다.

미운
오리 새끼

누가 나를 위로해 주나

지난 주말 초등학교 선생님을 하는 한 친구를 만났습니다. 요즈음은 조기 교육으로 아이들을 가르치기가 어렵지 않아 얼마나 좋으냐고 물었지요. 그랬더니 "뭔 소리냐?"고 하더군요. 부모가 이혼한 자녀들이 늘어나고, 다문화 가정 아이들 때문에 수업하기가 힘겹다는 겁니다. 대도시에서 태어났다가 갑작스런 부모의 이혼으로 시골에서 근근하게 사시는 조부모에 맡겨져 학교 오는 아이들은 이미 오래전 이야기이고, 외국인 엄마 품에서 주변과 어울리지 못하고 자라고 있는 아이들이 한 반이면 상당수가 된다고 하니까요.

사랑이 그리운 아이들입니다. 다문화 가정이 뭡니까? 다른 나라 민족과 함께 가정을 이루며 살고 있는 것 아닙니까? 2000년 이후

미혼 남성이 늘고 외국인 근로자가 대거 들어오면서 증가하고 있다고 합니다. 우리 지역에도 현재 591세대, 474명의 자녀가 있다는군요. 동남아에서 시집 온 여성들이 대부분이라지요. 더 이상 우리 사회에서 다른 문화를 가진 사람을 만나는 것이 어려운 일이 아니지요. 이런 사회적 변화를 겪으면서 생활이 어렵게 되고 피부색이 달라 열등감을 느끼고 장기 결석하는 어린이가 문제이더군요.

비행 청소년으로 성장하지 않을까 하는 걱정입니다. 더 심각한 것은 다문화 가정의 자녀들이 자기 엄마를 무시까지 한다는 점입니다. 한국말도 잘 못하고 피부색이 달라 자기 엄마를 창피한 존재로 여기기 때문이라는군요. 동화 '미운 오리 새끼'가 생각납니다. 동화 속 이야기는 형제들과 다른 모습으로 태어난 오리가 형제들로부터 따돌림을 받으며 자라다가 나중에는 자신이 백조였다는 것을 발견한다는 줄거리입니다. 우리에게 많은 교훈을 던져 주고 있는 이야기가 아닐 수 없습니다.

세상을 버무려 가는 힘은 사랑
———

미운 오리 새끼가 외모로 고민한 것은 열등감에서 비롯된 것입니다. 갓 태어난 오리가 어떻게 형들처럼 깃털이 나 있을 리가 있겠습니까? 또 미운 오리 새끼가 철부지 취급을 당한 것은 살아가는 방향을 알지 못하고 있었기 때문이 아닙니까? 이야기 속에서 암탉과 고

양이가 미래의 희망을 심어 주려고 했고 허황된 꿈을 버리고 물속에서 살아가라고 했지만 잘 알아차리지 못한 오리입니다.

진정한 깃털이 나오고 자신이 예쁜 백조였다는 것을 알게 되기까지는 온갖 어려움을 겪고 난 뒤였습니다. 미운 오리 새끼가 그릇된 자아를 버리고 나갔다가 진정한 자아로 성장하는 과정이 아닐 수 없지요. 이처럼 외모를 무시하고 자신의 꿈과 희망을 갖고 살아가기란 결코 쉽지 않을 것입니다. 세상 사람은 누구나 외모로 상대를 평가하는 데 너무도 익숙해져 있습니다.

그렇지만 오랜 시간 서로에 대해 알아가고 생활하다 보면 상대의 외모는 별로 중요하지 않다는 것을 서로 깨닫게 됩니다. 얼굴 잘 생긴 유명한 탤런트가 잇달아 자살하고 있는 이유도 외모가 아니라 자신을 잃어버린 탓일 겁니다. 자신을 이해하고 다른 사람을 이해하고 모든 사람을 이해하려고 노력한다면, 나 자신을 발견하고 행복을 얻을 수 있을 것입니다. 찰스 다윈Charles Robert Darwin도 '종의 기원'에서 "결국 살아 남는 종은 강인한 종도, 지적 능력이 뛰어난 종도 아닌 역경에 가장 잘 적응하는 종"이라고 했습니다.

세계는 바야흐로 다문화 시대가 열리고 있습니다. 그동안 우리는 세계 유일의 단일 민족이라는 자긍심을 가지고 있었지요. 하지만 이 말은 부적합한 말이 되어 버렸습니다. 이제는 좀 더 열린 마음으로 우리와 다른 문화를 가지고 다른 피부색을 가진 사람들과 어울려 살아갈 준비를 해야 합니다. 나와 다르다고 해서 멸시하거나 냉

대하는 편협함에서 벗어나야 합니다.

함께 살아가야 할 세상, 일류로 가는 길, 그 중심 에너지는 나를 세상과 버무려 가는 사랑이 아닌가 싶습니다. 그렇다면 지금 우리에게 중요한 건 마음속에 스스로 파 놓은 사랑의 방해물을 찾는 일이고, 그것을 자신에게서 멀리 보내는 일이라고 생각합니다.

촌아,
힘내라

유구의 한 초등학교 졸업식에 다녀왔습니다. 졸업식장에 눈물은 없더군요. 6년 동안 정들었던 교정, 정든 친구와 헤어질 때 흘리던 눈물 말입니다. 졸업하는 아이들을 축하해 주고 격려해 주는 자리였지요. 늦지나 않을까 발 빠르게 달려간 교정은 엄청나게 컸지만 이상할 정도로 조용하더군요. 졸업생과 학부모들은 보이지를 않았고, 운동장 한 켠에 주차되어 있는 차량도 10여 대밖에 보이질 않았습니다.

교문에 걸려 있는 현수막을 다시 확인했죠. 분명 졸업식 날짜와 시간은 틀림이 없었습니다. 예전의 시끌벅적했던 졸업식 풍경이 달라졌다는 것을 식장에 가 보고서야 알 수가 있었지요. 졸업생은 21명 그리고 학부모들…. 두 시간 가까이에 걸쳐 졸업식을 지켜보았습니다.

일일이 졸업장을 주고, 읍내 기관장들의 상까지 합하여 적어도 몇 개씩 상을 받고, 동창회와 관내 기업까지 나서서 푸짐하게 장학금도 주더군요. 상을 주는 기관과 단체장 들이 상을 받는 졸업생보다 많았던 것도 보기 좋았습니다. 그러다 보니 졸업생이 적어 빨리 끝나겠구나 했던 졸업식은 예상보다 길어지더군요.

저는 한참 동안 오신 분들을 바라다볼 수 있었습니다. 학부모석에는 젊은 엄마들보다는 할머니들이 많이 앉아 있었는데 젊은 엄마들은 꽃다발을 든 채 밝아 보였고, 할머니들은 굳은 표정으로 지켜만 보더군요. 졸업생과 재학생석에는 웃옷을 벗었다 입었다 하는 학생, 친구와 장난치다가 여러 번 눈이 마주친 학생도 있었고, 졸업식 노래를 부를 때 휴대폰 게임을 하다가 선생님께 지적을 받는 학생도 보이더군요.

어릴 적 저의 학창 시절을 떠올리게도 한 순간, 도시 학교 졸업식장도 저럴까 하며 여러 생각을 떠올려 봤지만 아무래도 그 모습은 '지금 농촌의 어려운 단면'이라는 느낌을 받았습니다. 그런데 살기 어려운 농촌은 그렇다 치더라도 "빛나는 졸업장을 타신 언니께…"라는 노래를 부를 때에는 감정에 젖어 훌쩍거리며 울 나이일 텐데 눈물조차 볼 수 없었던 것은 무엇일까요?

세월이 변해 버린 걸까 의문스럽기도 했거든요. 교장 선생님께 물어 봤습니다. "생활이 어려운 학생들이 많다."라고 말씀하시더군요. "결손 가정이 30%나 된다."라고도 하시고요. 더욱이 심각성을 더해 주는 것은 이러한 수치가 이 학교만 그런 것이 아니라 농촌 지역 학교 대부분이 그런 실정이라는 것입니다.

아이들에게 있어 부모 가운데 한쪽이라도 사망하거나 이혼, 별거 등과 같은 사유로 완전한 부모와 함께 살지 못하는 가정을 결손 가정이라고 합니다. 더러 조부모 밑에서 자라는 경우는 조손 가정이라고 합니다. 부모가 없거나 도시에서 살다가 갑작스럽게 생활이 어렵게 되자 농촌의 조부모에게 맡겨진 아이들입니다. 이렇게 결손 가정, 조손 가정 등에서 자라는 아이들은 여러 가지 문제점을 지닐 수 있습니다. 이런 모든 것들이 우리 사회의 급속한 산업화 속에서 무책임한 어른들이 빚어 낸 산물입니다.

돈은 별로 없었지만 든든한 가정의 버팀목이 되어 온 옛날의 생활상을 생각나게 했습니다. 졸업식장을 나오면서 한 여자아이에게 "누구랑 왔느냐?"고 물었더니 "할머니."라고 짧게 답하더군요. 더욱 궁금했습니다. "엄마, 아빠는 왜 안 오셨냐?"고 했더니, "아빠는 없어요. 엄마는 가끔 전화만 와요."라고 답하더군요. "엄마, 아빠 안 보고 싶냐?"라고 재차 물었더니 눈물을 흘리면서 말 없이 도망치더군요.

그 아이가 가진 눈물은 졸업식 때 흘리려고 했던 눈물이 아니라 부모를 만날 때 흘릴 눈물이었을 겁니다. 불안함과 막막함이 누구보다 클 수밖에 없는 10대 아닌가요. 부모 품이 아니고서는 풀어 줄 수 있는 방법이 없어 찾지 않았지만 못내 마음이 아팠습니다. 뻔하죠. 조부모 밑에서 때때로 논밭에 나가 일손을 도와야 되다 보니, 도시 아이들처럼 게임이나 학원은 꿈도 못 꾸고, 친구들과 어울려 지내지도 못하고, 먹고 싶은 것도 제대로 못 먹게 되어 정서적으로 불안정한 모습을 보여 줄 법도 합니다.

어느 선생님도 아이들 일기장을 지도하다 보면 "어른에 대한 불신과 증오, 빈곤에 대한 원망으로 상처가 너무 깊다"면서 "수업에도 어려움이 많다."라고 말하더군요. 분명 정상적인 아이들 눈에 비친 부모님의 모습은 자랑스럽고 포근했습니다. 당장 파고들 품이 없는 아이들의 눈은 어둡고 굴절되어 있었습니다. 그러니 결손 가정 아이에게 졸업식은 좋은 추억을 쌓는 기회가 될 수도 없고, 정들었던 감정을 드러낼 겨를도 없을 것입니다.

어린 나이에 부모로부터 버림받고 사랑받지 못하는 것은 성장 과정에서도, 우리 사회에도 큰 문제가 아닐 수 없습니다. 이들에게 사회적인 따뜻한 사랑과 격려가 필요하지만 치유될 수 있는 것은 오직 부모님 사랑밖에 없다고 봅니다. 하지만 어쩌겠습니까? 충격을 극복하는 방법을 '너도 하늘말나리야'라는 동화책으로 말해 주고 싶습니다.

엄마 없는 아이, 아빠 없는 아이, 부모 없는 아이가 나옵니다. 이들은 다른 친구들과 친해지지 못하고 자신에게만 갇혀 있다가 아빠의 재혼, 할머니의 죽음으로 또 다른 상처를 받지만, 점차 타인들과 소통하고 교감하는 방법을 터득해 갑니다. 이렇게 하늘을 보며 피는 하늘말나리꽃처럼 꿋꿋이 자라가는 결손 가정의 세 친구 이야기입니다. 장편 동화를 통해 자신의 마음속을 들여다볼 줄 아는 사람만이 다른 이의 마음도 넉넉히 감싸안을 수 있음을 일깨워 주고 있습니다.

저는 그날 졸업식에서 잠깐 만났던 학생의 이름도 모릅니다. 그 아이 이름을 그냥 '촌'이라고 부르고 싶습니다. 작은 힘이 되기를 기대해 봅니다. "새봄 새 학년이다. 촌아, 힘내라!"

아버지의
부엌

큰 추위를 물리친 4월입니다. 이 계절에도 두 어깨를 축 늘어뜨리고 있는 분들이 농촌에는 꽤 많습니다. 혼자 사시는 독거 노인들 말입니다. 유구에도 한 마을에 10명 중 3명 정도가 독거 노인들이니까요. 대부분 이분들은 금실 좋게 평생을 의지하며 사시다가, 두 분 중한 분이 갑자기 돌아가셔서 이 세상에 한 분만 고아처럼 남으신 경우입니다. 우리네 아버지들이 먼저 가시면 그래도 괜찮으련만 어머니들이 먼저 가시면 당장 큰 문제가 아닐 수 없지요. 어느 책 이야기에 이런 내용이 나옵니다.

울고 싶어도 울지 못하는 아버지들

"어머니가 돌아가셨습니다. 당장 조석을 끓여 드시는 일부터가

234

막막합니다. 어머니가 계실 때는 하루 세 끼 입에 저절로 들어오던 밥이 없어져 버렸으니, 아버지는 당황하고 막연했습니다. 딸 넷에 아들 하나가 있긴 하지만 저마다 가정이 있고 생활이 있어 도회지로 나가 함께 살 수 없는 사연이 있었습니다. 여든 셋의 늙은 아버지가 앞치마를 두르고 부엌에 설 수밖에 없었습니다. 된장국을 끓일 때는 큰 스푼으로 한 스푼 된장을 넣고 물의 분량은 2인분으로 두 대접 정도 넣어야 합니다. 죽은 쌀을 한 시간 정도 물에 담갔다가 쌀 하나에 물 셋의 비율로 냄비에 담아 약한 불로 천천히 끓여야 합니다. 아버지는 화장실 가는 것부터 잠잘 때 문 단속, 가스 단속 하는 것까지 하나하나 해야 할 순서대로 번호를 매겨 커다란 종이에 써 붙여 놓고 멀리 사는 딸들의 지시를 받아 가며 실천하고 계십니다."

눈물겹도록 분투하는 아버지의 홀로서기 모습이 '아버지의 부엌'이라는 책에 나옵니다. 그렇지만 이것은 결코 남의 일이라 넘겨 버릴 수 없는, 코앞에 닥쳐온 고령화 사회를 사는 우리네의 현실입니다. 저 역시 그런 형편입니다. 6년 전 어머니가 돌아가시더니 3년 전 장모님이 돌아가시고, 90세의 아버지와 77세의 장인만 남아 처절한 분투를 하고 계시니까요. 아이러니하게도 두 분 어머님 모두가 살아 계실 때 이따금 농담처럼 하신 말씀이 "아버지를 먼저 보내 드리고 죽어야 하는데…"였습니다.

지금 생각해 보면 집안일을 다 배우지 못한 아버지들을 보고 하신 말씀입니다. 돌아가시기 직전까지도 살림살이나 세수, 대소변까지도 자신이 처리하신 깔끔한 어머니, 장모님이셨으니까요. 어머님은 병이 깊어지니까 체념하신 듯 자신의 건강보다는 가정 살림을 더 많이 걱정하시고 고민하셨습니다.

정작 불행한 일을 겪고 보니 형제자매 사이의 따스함이 서로의 가슴속에 녹아들면서 주말마다 5남매의 주말 당번제가 유일한 대안이었지요. 허둥지둥 자녀들이 함께 왔다가 돌아갈 때 아버지 혼자 남아 있다고 하는 냉엄한 현실은 처음부터 생각조차도 할 수 없는 아픔이었습니다. 하지만 농토와 정든 집을 버리고 자녀들 집으로 옮겨 사시는 것보다는 혼자 밥 짓고 집안 살림 한다는 것이 아버지로서는 더 나은 선택이었습니다.

사람이 늙는다는 것은 변화를 멈추기 때문

———

결국 연로하신 관계로 노인 병원에 계시다가 주말마다 자식들과 함께 하시고 계신 아버지였지만, 아버지마저 지난해 11월 그렇게 사시다가 돌아가셨습니다. 장인어른의 혼자 살기 또한 또 다른 시작입니다. 밥을 짓고 반찬 만들고 부엌 청소나 빨래는 그냥 되는 줄로 아셨지, 농사일과 바깥일밖에 모르시던 장인으로서는 하나하나가 큰일이 아닐 수 없습니다.

저도 이미 어머니를 통해 겪었지만 장모님의 존재가 얼마나 컸던지 다시 느끼고 있으니까요. 그래서 유구 읍내 마을 회관에 가면 혼자 사시는 분들을 그냥 스쳐 지나갈 수 없게 되더군요. 혼자 사시는 분들의 한결같은 공통점은 체념한 듯 말씀이 별로 없으신 것 같지만, 대화 없는 고통이 가장 참기 어려운 점이라는 것을 알 수가 있었지요.

자녀들이 이따금 반찬을 해 가지고 찾아와도 모두들 아버지가 생활하는 데 필요한 자질구레한 얘기만 하고 얼른 돌아가 버리는 세태를 지적하고 있는 것입니다. 자고 갔으면 좋겠지만 그건 애비의 희망 사항일 뿐, 남는 건 허무 그 자체였습니다. 아버지 하고 나누는 얘기는 여자들끼리 나누는 생활 얘기보다 재미가 있을 수 없고, 자녀들이 교대로 찾아와 아버지를 돌봐 드리고 말 상대가 되어 드리고자 해도, 각자의 생활에 쫓겨 그것조차 잘 안 되는 상황일 겁니다.

"여보, 더우니까 내복 벗고 이 셔츠 입고 가세요." 날씨 변화에 따라 인형처럼 말씀하시는 어머니 따라 움직였던 아버지들은 마음을 지탱해 주는 상대를 잃으신 것입니다. 칭찬해 주는 사람, 야단치는 존재가 모두 잘 조화가 되어야 훈훈한 가정이 유지된다는 걸 통감하고 계신 듯합니다. 자식들은 너무 바빠 아버지를 생각해 볼 새가 없다고 하지만, 아버지들은 하루 종일 시간이 자유롭다 보니 아이들에게 둘러싸여 가정이 가져다 주는 따스함이 크게 맛보고 싶은 심정이 아닐까요?

우리 곁에는 지금 독거 노인들이 점점 늘어나고 있습니다. 도회

지보다 농촌이 더 심각합니다. 그 차이의 원인은 복지 환경의 부족입니다. 책 이야기와 현실을 겹쳐서 생각해 봅니다. 아무리 노력하고 잊으려 해도 혼자서는 힘들기만 합니다. 자녀들 또한 상처 난 가정을 메우려 해도 늘 부족할 수밖에 없습니다. 세상사 다 그렇습니다. 혼자 사는 외로움의 처지는 빨리 끝내야 합니다. 함께 살아가야 하는 엄숙한 현실 앞에서 어떻게든 무력감을 떨쳐 내는 것이 필요합니다.

새봄입니다. 겨우내 움츠렸던 노인 분들에게도 봄은 활력입니다. 세월을 지키기는 어려워도 행복을 얻기는 쉬운 순간입니다. 저는 분명히 말할 수 있습니다. 어머니 없는 부엌에 아버지들이 당당하게 설 때 행복은 다시 재생된다고…. 저도 지금부터 부엌 연습을 해야겠습니다. 부엌은 이제 옛날의 부엌이 아닙니다. 건강 연령이 높아지면서 이제 부엌은 여자만이 요리하는 공간이 아니라, 온 가족이 함께 행복을 나누는 현장이 될 테니까요.

단칸 옥탑방의
겨울

우리 사회의 시련은 외면
———

　생각해 보십시오. 단칸 옥탑방에 사는 한 가정이 있습니다. 주인 공의 아버지는 꼽추이고 각설이가 직업입니다. 어머니는 필리핀 사람이라고 듣긴 했지만 어디에 살고 있는지 모릅니다. 엄마 품도 알지 못한 채 아버지와 삼촌 따라 다니며 어려서부터 보고 자란 게 춤판입니다. 당신이 주인공이라면 어떤 심정이겠습니까? 지난주 제가 본 영화 '완득이' 이야기가 그렇습니다. '완득이' 이름만 들어도 말썽꾸러기 같지요.

　그 소년은 역시 말 그대로 문제아 고등학생이었습니다. 아버지와 삼촌은 지방을 떠돌고, 완득이는 학교에서 주는 밥을 가져와 집에서 먹어야만 했습니다. 당연히 공부는 뒷전이고, 수업 시간마다 옆

드려 잠자고 주먹질만 하는 싸움꾼입니다. 선생님도 감당하기 어려워하는 것 같았습니다. 미술 시간에 밀레의 이삭 줍기 그림을 놓고 "아줌마 셋이서 엎드려 있는 것은 벼 이삭을 빼앗으려는 수작"이고, 이삭 줍는 손은 "싸우기 위해 주먹을 불끈 쥔 손"이라고 말하는 완득이.

어찌 보면 닥친 그대로의 현실적 표현이 아닐까요? 자신을 낳아만 놓고 헤어진 어머니가 필리핀 사람이고, 지금 식당에서 일하고 있다는 것을 고등학생이 될 때까지 몰랐던 것을 보면, 더 이상의 불행이 없을 정도의 열악한 환경만 가지고 있었던 완득이 입장이 이해됩니다. 그런데 다행히도 영화는 시종일관 코믹한 분위기로, 담임 선생님의 구출 작전이 전개되더군요. 해피 엔딩을 예고한 것이라고나 할까요.

완득이네 옆집 옥탑방으로 담임 선생님이 이사를 옵니다. "공부 하지 마, 어차피 세상은 특별한 몇 명이 끌고 가는 거야."라며 담임 선생님이 아버지와 삼촌 그리고 완득이와 술잔을 기울이는가 하면, "얌마, 네 엄마는 필리핀 사람이야."라며 놀리기도 합니다. 완득이에게는 오히려 그 자리가 괴로움과 좌절의 자리로 다가오게 되고, 교회에 가서 기도도 해 보고 가출도 해 보려고 합니다만 모두 실패합니다.

번번이 제자리로 돌아오게 만드는 것은 담임 선생님이었고, 완득이가 좋아하던 킥복싱을 할 수 있게 도와준 것도, 어머니를 만나게 해 주고 어머니의 처지를 이해하게 하는 것도 역시 담임 선생님이었습니다. 또 비천한 직업이지만 아버지를 존경스럽게 멘토해 주는 역할도 담임 선생님이었습니다. 물론 학생에게 공부는 안 가르치고 소주잔을 권하는 장면이나, 순간순간 완득이에게 욕설을 해대는 장면은 선생님의 자질을 의심하게 하기도 했습니다.

하지만 다문화 가정의 밑바닥 정서를 펼쳐 보이는 것 같았고, 우리 사회의 관심을 촉발시킬 수 있는 의미 있는 영화였습니다. 만일 완득이에게 공부만 강요했더라면 어떻게 성장했을까요? 비록 영화지만 다문화 사회로 가는 우리 사회의 시련이 아닐 수 없습니다.

나는 누구의 연탄인가

———

우리 주변을 돌아보십시오. 중국 교포나 이북에서 넘어온 새터민 그리고 외국에서 시집 온 결혼 이주 여성들이 많이 살고 있습니다. 전남 영광의 한 병원에서는 새로 태어나는 아기의 3분의 1이 다문화 가정 자녀들이라고 합니다. 2020년에는 한국 어린이 9명 중 1명이 혼혈아이고, 그 혼혈아가 농촌 인구의 절반을 차지할 것이라고도 합니다. 그럼에도 아직 우리 사회는 그렇게 다문화 가정에 대한 관심이 호의적이지 못한 편 아닙니까?

만약 차별한다고 해 보세요. 차별로 그치는 게 아니라 사회의 전체적인 포용 지수를 떨어뜨리고, 포용력이 떨어지는 것은 배려심이 적어지고, 그럴수록 거칠고 험악한 사회가 되는 거죠. 자기 자신만의 결점이 하나도 없는 사람이 어디 있겠습니까? 그런 사회가 제대로 발전할 수 있을까요?

계몽주의 시대의 철학자 볼테르Voltaire는 문명의 가장 중요한 자산이 상대방의 인정과 존중, 즉 관용이라고 했습니다. 다른 사람, 내 생각과 다른 생각, 우리와 다른 문화 등 타자를 인정하고 존중하는 것이 관용입니다. 관용의 또 다른 가치는 공존입니다. 히틀러의 순혈주의 나치즘Nazism이 공존을 거부한 야수가 되어 유럽 문명을 초토화시킨 위험성을 보면 잘 알 수 있습니다.

단일 민족이라는 말도 곰곰이 생각해 봐야 합니다. 우리가 단일 민족으로 생각하기 시작한 것은 일본에 나라를 빼앗기고 난 이후라고도 합니다. 나라를 잃어 버린 백성들이 붙잡을 수 있는 유일한 희망의 끈이 단일 민족 개념이었으니까요. 그러나 작가 정현천은 책으로 말하고 있습니다. 우리가 단일 민족이 아니라고. 역사적으로 동아시아 끝 한반도에 고립되어 바깥의 넓은 세상과 연결 고리가 끊어진 채 살아온 민족이 아니라는 점입니다. 한반도는 원래 다양한 사람들이 건너와서 서로 어우러지고 섞이면서 살아온 곳이 아닐까 싶습니다.

그렇다면 이제 우리가 단일 민족이라는 말은 적절치 않은 말이 되었고, 우리의 다문화는 피할 수 없는 용어가 되었습니다. 영화 속의 다문화 가정, 결코 남의 일이 아니라고 봅니다. 1990년대 정부의 문호 개방으로 결혼 이주 여성이 늘면서 우리 공주에도 현재 683세대의 다문화 가정이 있습니다. 이미 이들 자녀 가운데 360여 명이 초등학교에 재학 중이고, 대부분 농촌 지역에 거주합니다.

여기서 염려스러운 점이 많습니다. 한국어 능력이 부족한 외국 출신 엄마들의 학습 뒷바라지는 그래도 큰 문제는 아니라고 봅니다. 남편과의 나이 차가 많고 열악한 농촌 환경에 대한 열등의식이 더 큰 문제입니다. 이제 우리 사회가 변하는 방법밖에 없습니다. 잡종이니 또는 혼혈이니를 따지는 것은 의미 없는 짓 아닙니까? 역사가 그랬듯이 세계로 나가는 한국 아닌가요? 우리가 한때 배고플 때 독일로, 브라질로 살러 나간 적이 있었습니다. 그 후 먹을 것, 옷 보따리 싸서 이따금 고향을 찾아오는 것을 보고 얼마나 부러워했던지 기억이 나시나요?

그 시절처럼 마찬가지로 우리 동네 다문화 가정도 그런 향수를 누리고 싶어 하는 게 그들의 꿈일 겁니다. 다문화 가정은 점점 늘어만 가고 있습니다. 노령화되고 줄어 드는 농촌 인구에 활력을 불어 넣어 줄지, 혹은 지역 사회에 동화되지 못하고 겉돌면서 불안 요소가 되지 않을지는, 지금부터 우리가 어떻게 하느냐에 달려 있다고 봅니다. 제대로 교육받고 제대로 성장한다면 그들은 모국과 우리 지역을 왕래하면서 많은 역할을 할 수 있는 훌륭한 인재들이 될 것입니다.

이들이 사회에 잘 정착할 수 있도록 관심을 쏟아 주어야 합니다. 꿈과 희망도 만들어 주어야 합니다. 저도 이 겨울에 단칸 옥탑방과 소통하며 작더라도 좋은 기운 하나 더하는 조그마한 연탄과 같은 사람이 되고 싶습니다.

박필규
입니다

이상하지요. 기초 생활 수급자가 거금 1000만 원을 이웃 돕기 성금으로 내놓겠다고 하니까요. 제 정신일까요? 사곡면寺谷面 가교리佳橋里에 사시는 82세의 박필규 할아버지가 그렇습니다. 그분은 한해를 마감하는 12월에 돈 보따리를 들고 시장실 문을 두드렸습니다. 모자와 점퍼, 털신을 신은 용모로 볼 때 여유 있는 모습은 아니었습니다. 이윽고 주섬주섬 풀어 놓은 돈은 자그마치 1000만 원. 더크게 놀란 것은 그분이 생활이 어려워 생계비를 지원받는 기초 생활 수급자라는 점입니다.

세상살이는 돈이 아니다
———

의심할 수밖에 없었지요. 시에서 더 도와 드려야 된다고 접수를 사양했지만, 그분의 강한 의지를 꺾을 수가 없었습니다. 이유는 간단했습니다. "국민의 덕을 갚겠다."라는 뜻이더군요. 지난주 그분의 집을 찾아가 뵈었습니다. 어떻게 사시는지를 보고 싶었기 때문입니다. 마침 병원에 가시고 집에 안 계셔서 이웃 아주머니의 도움으로 집 안을 살펴볼 수 있었습니다. 예상은 빗나가지 않았습니다.

단칸 슬레이트집과 헛간채 그리고 녹슨 철대문 옆으로 속이 훤히 들여다보이는 나무판 쪽 재래식 화장실이 재산의 전부이더군요. 방문이 나 있는 부엌은 온돌 아궁이와 양은솥 한 개로 타다 남은 재와 나뭇가지가 식어 있었고, 케케묵은 누런 창호지 방문을 열고 들여다 본 세 평 남짓한 단칸방 안은 온통 산나물과 시래기로 널려 있더군요. 잃어버린 시절이 멈춰 있는 듯했습니다.

게다가 부인을 사별하고 1남 4녀를 키웠지만, 제각기 생활이 어려워 왕래조차 안 되고, 하나밖에 없는 아들마저 대전에서 하루하루 노동일로 생계를 꾸려가고 있었는데, 설상가상으로 지난해 6월 자부까지 잃었다고 하더군요. 새 문명이라고 하는 것은 사륜 오토바이 한 대와 철대문 기둥에 붙어 있는 국가 유공자 안내판 한 개. 자식에게서 부양을 받아야 함에도 오히려 산나물을 팔아서 학비를 보태는 형편이라는 이웃 사람들의 이야기도 집을 가 보고서야 알 수 있었습니다.

그렇다면 그가 무슨 이유로 이런 환경 속에서도 거금 1000만 원을 내놓았는지, 더욱 궁금해졌습니다. 처음에는 자식들과 싸우고서

기부한 것인지, 치매나 정신 질환이 발작된 것은 아닌지 의심도 해 봤습니다만 다른 목적은 없었습니다. 남들처럼 기름 보일러를 설치해 놓고 추운 겨울에 밥 하고 세수할 뜨거운 물도 나오는 욕실과 화장실도 만들 수 있었을 돈입니다. 또 어렵게 사는 아들의 생활비나 손자들의 학자금에도 보탤 수 있는 돈이기도 하고, 큰 병원 가서 6·25 전쟁 때 백마 고지 전투로 다친 엉덩이뼈 치료를 할 수 있었을 돈이기도 합니다.

그러나 그분에게는 그런 유혹들이 한낱 사치에 불과했습니다. "나는 30년 동안 국가 덕으로, 동네 덕으로 살았습니다. 진 빚을 갚아야 할 때이고, 저승에 가서도 영혼이 편치 않을 것 같아서, 몇 년 동안 모은 돈으로 그 빚을 이제야 조금이라도 갚으니 행복하고, 이제는 오토바이 타고 다니며 평생 습득한 농사 기술을 가르쳐 주는 일이 여생에 할 일"이라고 말씀하시더군요. 박필규 님의 영혼, 참으로 위대하시지요.

저승 가서도 영혼이 편하고 싶다
——

스티브 잡스의 매력도 돈이 아니지요. 편리한 컴퓨터 세상도 아니고, 끝없는 혁신도 아닙니다. 그의 매력은 영혼입니다. 죽음 앞에서 생명의 꽃, 영혼의 깨달음을 얻었던 인간 중의 인간이었지요. "남들처럼 살지 말라, 오로지 나를 바라보고 살아라."라고 말한 것이 그것이었습니다. 늙었다고 낡은 코드이고 젊다고 신세대 코드인가요?

낮에는 지역 일꾼임을 자처하다가 밤이 되면 이권 청탁하는 두 얼굴의 사람들에게, 정부 돈은 먼저 보는 사람들이 임자라며 떼쓰는 데 익숙한 사람들에게, 박필규 님의 영혼은 마음을 씻어 주고 오염된 사회 공간을 빨아 줄 수 있는 우리 지역에서 가장 향기로운 비누라고 말할 수 있지 않을까요?

생각해 보세요. 기초 생활 수급자, 독거 노인, 국가 유공자, 6·25 참전 상이 군인 그리고 노인 회장이라면 면이나 시에 요구 사항이 많았을 법도 합니다. '만인에 대한 만인의 투쟁'이라는 홉스Hobbes의 사람이 아니라 '하늘에 있는 별, 마음속에 있는 도덕률이라는 신비한 힘'에 이끌리고 있는 칸트Kant 같은 사람 같지 않은가요?

그렇다고 서당에서 익힌 힘이 아닙니다. 애국 전사들이 얻으려고 했던 야생의 힘이 있었던지 모르지만, 당신이 선택하고 만든 행로임에는 틀림이 없습니다. 우리에게는 배고픈 것은 참아도 배 아픈 것은 못 참는다는 말이 있고, 못 먹는 감 찔러나 본다는 속담도 있습니다. 놀부의 심술 문화에 익숙하게 살아왔습니다. 이제 그런 풍토는 버려야 합니다.

그런 잔존 문화로는 미래 선진 도시로 진입할 수 없기 때문입니다. 박필규 코드로 날려 보내야 합니다. 인생은 가지고 있는 것보다는 나누어 줄 때 행복이 만들어진다는 것을 가르쳐 주고 계십니다. 다행히도 공주시가 충청남도 내 불우 이웃 돕기 성금액이 1위입니다. 12만 도시가 60만 도시인 천안을 앞질렀습니다. 큰 기업이 적은 공주인 데도 말입니다.

박필규 코드로 통하고 있다고 생각합니다. 그분은 지금도 이 추운 한겨울에도 아픈 몸으로 아궁이에 불을 지피고 있을 겁니다. 그것은 당신의 단칸방을 데우는 게 아니라, 우리 지역의 사랑의 온도를 높이는 것이 분명합니다. 정성을 보자기에 싸면 영혼을 만드는 보따리가 되고, 보자기를 풀면 행복으로 돌아가는 보따리가 된다는 것을 앞서서 실천하고 있는 분이십니다.

이런 박필규 영혼들이 올 한 해 가득 모아졌으면 좋겠습니다. 독일의 로렐라이Lorelei를 위해 하이네는 시를, 슈베르트는 음악을, 기업인들은 관광지를, 지역민들은 사랑을 투여했습니다. 함께 혼을 모으니 보잘 것 없던 언덕 하나가 연간 수천만 달러를 벌어들이는 관광지가 되었습니다. 새해에는 세종시의 탄생과 함께 과학 비즈니스 벨트, 도청 이전 등의 외적 요인들이 우리를 자극할 것입니다.

스티브 잡스가 아니더라도, 로렐라이가 아니더라도, 올 한 해 네 탓 내 탓 하지 말고 서로 화합하고 에너지를 모아야 합니다. 박필규 할아버지는 이제 여생에 할 일이 농업 기술의 보급이라고 합니다. 이처럼 큰 꿈이 아니더라도 소박한 꿈과 영혼이 모아진다면 분명 천안보다도 더 큰, 세종시보다도 더 큰 공주가 될 수 있다고 확신합니다. 그런 영혼을 깨우쳐 준 그를 이제부터 박필규 선생님이라고 부르고 싶습니다.

5월의 슬픈 이야기
"나는 엄마다"

이보다 더 슬픈 노래는 없다

———

지난 어린이날, 어버이날 그리고 스승의 날, 무슨 선물을 받으셨습니까? 주는 사람이나 받는 사람이나 부담되지 않고 서로 마음이 통했을 때, 선물의 가치는 높아지게 됩니다. 그런 선물이 없었다면 얼마나 허무했겠습니까? 하지만 5월의 잔치는 그저 내 한 몸 성한 것만으로도 감사하다고 해야 될 것 같습니다. 지난주 토요일 밤 SBS 의 '스타킹'이라는 프로그램을 보고 느꼈습니다. 사랑하고 싶은데 사랑할 수 없는 몸. 얼마 살지 못할 생명을 눈앞에 두고 사랑하는 사람에게 바치는 노래 이야기를 가슴속으로 들었기 때문입니다.

산소 마스크를 쓰고 가슴에 '나는 엄마다'라는 명찰을 달고, 휠체어에 앉은 채 출연한 사람은 41세 변혜정 씨. 두 아들의 엄마이자 남편의 여인이기 전에 한 어머니의 딸이었습니다. 점점 근육에 힘이 빠지게 되는 증세로 현대 의학으로는 고칠 수 없는 희귀한 병, '중증 근무력증'이라고 하더군요. 당연히 그런 몸으로 방송에 나온 이유가 궁금했죠. 그녀의 마지막 소원이 방송 무대에 서 보는 것이라고 하더군요. 8년의 세월을 병원에서 TV만 보고 지내다가 이제 더 이상 살 수 없을 것 같다고 예견한 것 같았습니다.

그런데 이게 웬일입니까? 마이크를 대는 순간 활짝 핀 얼굴로 변하더라고요. 검은빛 얼굴이 사라지고 병이 다 나은 것처럼 말입니다. 금방 꿈이 실현된 것입니다. 모든 패널들도 힘찬 격려를 보내기 시작했습니다. 남편과 두 아들(10살, 12살) 그리고 그녀, 서로 환한 웃음을 나눈 건 아주 오랜만이라며 기뻐서 어쩔 줄 모르더군요. 방송 분위기는 점점 달아오릅니다. 그는 자기가 사랑하는 사람이 있다고 말하자 갑자기 시선이 집중됩니다. 누굴까요? "남편? 아들? 아니고요. 이 자리에 있는 연예인, 가수 은지원."이라는 거예요.

놀라는 기색들입니다. 그러나 그가 "히트곡 없는 가수이지만 세상에 굴하지 않고 계속 같은 음악만 부르는 가수라 좋아하고 있다." 해서 모두가 안심하는 분위기가 되더군요. 그 더듬거리는 목소리가 오히려 은지원을 꼼짝 못하게 했습니다. "히트곡 없는 가수"라는 한 마디입니다.

함께 노래까지 합니다. "오오오 오오 내게 돌아와 줘, 오오오 오오 날 버리지 말아 줘…" 남아 있는 감정의 찌꺼기까지 모두 쏟아내는 순간, 은지원도 울고 두 아들과 남편도 울고 사회자 패널 모두가 울더군요. 이보다 더 아름다운 노래는 세상에 없을 것 같았습니다. 그러면서도 둘째 아이 승원이에게 "남자는 우는 게 아니야."라고 타이르는 장면도 감동적입니다. 백혈병으로 죽어 가는 여인이 이루지 못한 사랑의 남자 주인공에게 "사랑은 결코 미안하다고 하는 게 아니야."라고 말하는 영화처럼, 러브 스토리의 한 장면이 되기에 충분했습니다.

더욱이 가슴을 찡하게 한 것은 힘겨워하는 그가 제작진의 만류에도 세상의 엄마들에게 드리고 싶다는 말입니다. "공부, 물론 잘해야죠. 그러나 건강하게 살아갈 수 있는 것만으로도 감사하면 좋겠습니다", "아무리 고통스럽더라도 아이들에게 끝까지 포기하지 않고 밝은 모습을 보여 주는 것, 이것이 이 세상에서 가장 따뜻한 엄마의 품."이라고 말한 후, 다시 몰려드는 고통을 참지 못하고 퇴장하면서 방송은 끝납니다만, 참으로 많은 것을 느끼게 했습니다.

이 세상에서 가장 강력한 힘은 슬픔의 힘

운명의 갈림길에서 서 있는 심정이 어떻겠습니까? 병마와 싸우는 동안 가정도 가진 것도 자존심도 무너질 수밖에 없습니다. 이 세상에서 가장 강력한 것이 슬픔의 힘이라고 합니다만, 슬픔의 힘을 만들 수 없는 저런 어려운 몸을 하고 방송에 나갈 수 있었던 힘은 어디에서 나왔을까요? 남편과 두 아들 앞에서 가수 은지원을 차마 쳐다보지도 못하면서 사랑하는 사람이라고 스스럼없이 말할 수 있었던 용기나 노랫소리는 어디에서 나왔을까요?

남들처럼 따뜻한 밥 못 먹이고, 행복한 가정을 제대로 꾸리지 못한 것을 세상 사람들에게 한꺼번에 고백하고 용서받고 싶었을 것입니다. 두 아들로부터 "나는 엄마다."라는 것도 간절하게 인정받고 싶어서 그랬을 것입니다. 나이로 볼 때 두 아이를 낳자마자 병은 시작되었고, 엄마 노릇을 할 겨를도 없었기 때문에 "나는 엄마다."라고 어디서 소리 한번 못 질러 봤을 것입니다. 그러나 그날 이야기를 통해 본 그녀는 분명 이 세상에서 가장 아름다운 두 아들의 엄마였습니다.

방송이 가져다 준 한 장면이었지만, 이런 일들은 화제성으로만 그칠 일이 아닙니다. 억지로 흥행을 만들어 대는 여느 프로그램과는 달랐습니다. 한 가정의 불행을 있는 그대로 의연하고 침착하게 보여 주고 고통의 산을 넘어가는 이야기로 끝나지만, 결코 남의 이야기만 될 수 없습니다.

유구의 농촌 마을에서 올해 노인 잔치를 열지 않는 이유도 여기에 있습니다. 매년 5월이면 푸짐한 선물 사들고 마을 회관까지 찾아오던 아들, 며느리가 못 온다는 연락 때문입니다. 건강에 이상이 생겼다는 것입니다. 고향에 계신 늙으신 부모님들은 늘 자식의 건강만을 걱정하고 있습니다. 인간이 살아가면서 가정처럼 소중한 것은 없습니다. 몸이 건강해야 일도 열심히 하고, 공부도 열심히 할 수 있고, 사랑도 듬뿍 나눌 수 있는 게 현실입니다. 가족 중 한 사람이라도 아프게 되면 행복은 깨지게 되어 있습니다.

깨진 아버지의 사랑은 새로 만들어 가면 되지만, 엄마 품은 하늘나라에서나 느껴 볼 수 있다고 생각해 보십시오. 카네이션은 한낮 풀잎일 수밖에 없고, 효도 잔치는 부질없는 짓에 불과할 겁입니다. 가정의 달 5월의 잔치는 아직 끝나지 않았습니다. 슬픈 이야기는 싫습니다. 잘 차린 잔칫상이 아니어도 좋습니다. 가장 큰 선물은 자신의 건강이 아닐까요? 자신 있게 "나는 엄마다."라고 말할 수 있는 건강 말입니다.

12월에 보내는
편지

며칠 전 인턴 공무원 3명과 함께 막걸리 한잔을 했습니다. 이들과 작별하는 자리였죠. 계약된 10개월의 기간이 다 지났기 때문입니다. 사무실 직원들과 섞여 식당 뒷방 한편을 젊은 혈기로 꽉 메우고 있었지요. 비록 짧은 기간이었지만 공무원인지 인턴인지 구분이 잘 안 될 정도로 정이 흠뻑 들었으니까요.

관광학, 사회복지학, 외국어 등을 전공한 사람들로 축제장을 뛰어다니고, 관광객 맞이와 컴퓨터그래픽까지 척척 해내던 그들입니다. 하지만 그런 일들은 감추고, 복장이 단정치 못하다며 또 전화를 잘못 받아 혼쭐난 일들만을 다시 끄집어내어 익살스럽게 털어 내는 자리가 되더군요.

이런 게 요즘 젊은 사람들의 패턴이구나 하는 생각이 들면서 부럽기도 했지요. 하지만 막걸리가 분위기를 뜨겁게 달구지는 못했습니다. 무언가 힘에 지쳐 보였지요. 근무하는 동안 가장 힘든 게 무엇이었냐고 물어 봤습니다. 힘든 것은 없었다고 하더군요. 다만 걱정스러운 것은 아무리 열심히 일해도 공무원으로 채용될 수 없다는 절망감, 다시 사회에 나가서 더 공부해도 취직할 수 있을까 하는 불안감, 성인이 되었음에도 여전히 가정에 짐이 되는 죄책감 등이고, 무엇보다도 힘든 건 어디로 가야 할 것인지를 정하지 못한 채 시간에 떠밀려 가는 것이라고 했습니다.

결코 순탄하거나 즐겁지만은 않았던 저의 20대를 떠올리게 하는 순간이기도 했지요. 사람이 가장 못 견디는 것은 닥친 불행이 아니라 내일의 불확실성이라고 합니다. 이제 막 사회에 첫발을 디딘 20대라면 불안하고 답답한 심정은 누구보다도 클 수밖에 없을 것입니다. 하지만 한편으로는 무한정의 기회이기도 합니다. 무엇이든 될 수 있는 청춘 아닙니까?

힘든 것은 닥친 불행이 아니라 불확실성

그들에게 마음의 전쟁에서 결코 지지 말라고 하고 싶었습니다. 세상은 성공하기 어렵다는 마음을 가지면 실제로 성공하기 어렵고, 평범한 삶을 생각하면 그런 삶이 펼쳐지게 되어 있습니다. 젊은이에게는 꿈이 있어야 합니다. 목표를 향해 더 열심히 살아갈 수 있는 큰 꿈 말입니다. 성공한 사람들의 가장 큰 특징은 반드시 꿈이 있고,

"틀림없이 잘 될 거야. 나도 할 수 있어!"라는 강한 용기와 집념을 태우는 데 있다고 들어 왔기 때문입니다.

마거릿 미첼Margaret Mitchell이 10년이나 걸려 '바람과 함께 사라지다'를 완성해 놓고도, 무명 작가라는 이유로 출판사마다 책으로 만들어 주길 거부해 7년이란 세월 동안 그 원고가 너덜너덜 닳아 버렸습니다. 하지만 뜻을 굽히지 않고 미국에서 제일 큰 뉴욕의 맥밀란Macmillan 출판사의 사장을 용기 있게 찾아간 것이 기회가 되었답니다. 그녀는 원고 뭉치를 전해준 데에 그치지 않고 "꼭 한번 읽어 주세요."라는 전보를 여러 차례 보내고서야 비로소 인쇄가 되었다는

데, 출간되자 마자 1600만 부나 팔렸다고 하네요. 20여 년의 용기와 끈질긴 집념의 결과가 아니었더라면 결코 세상에 태어나지 못했을 소설 아닌가요?

우리 고장 사곡 양조장 임헌창 사장님도 참으로 좋은 본보기가 되고 있지요. 15년 전 남들은 대학 나와 도시로 나갈 때 그는 시골로 들어가 양조장을 입수했습니다. 술 유통 시장에서 맛으로나 물량으로 당해 낼 수 없던 막걸리는 사양길로 접어든 때라서 가족들이나 주변 친구들도 실패가 뻔하다며 극구 만류했지요. 하지만 그는 빚을 얻어 허물어진 건물을 고치고 술독을 다시 만들어 놓고 전국의 저명한 식품 전문가와 교수 들을 찾아다니며 '트림 안 나는 막걸리, 골이 아프지 않은 막걸리, 공주만의 막걸리'를 목표로 수년간의 실험을 거듭하다가 '밤막걸리'를 개발했다고 합니다. 이젠 연간 1억여 원 이상의 순수익을 내는 양조장이 되었지요.

막걸리가 들판이나 목로 주점에서조차 점점 밀려나고 잘 포장된 전통술과 소주, 맥주 등에게 내어 준 그 자리를 다시 새로운 막걸리로 차지하게 되기까지의 시장 변화는 그냥 저절로 이루어진 일이 아니었습니다. 부도 위기를 여러 차례 넘기기도 하고 젊음을 막걸리통을 잡고 지내다가 혼기도 놓쳐 버린 그이기도 했지요. 그때 나이 사십, 늦은 결혼식이 있었습니다. 여느 결혼식과는 달리 눈부신 결혼식이란 느낌을 받았지요. 신부에게 이문세의 '그대와 영원히'라는 곡을 색소폰으로 불어 주고 신부의 손을 잡고 만세 삼창을 하더군요. 단지 한 여자를 얻었다는 기쁨보다는 막걸리에 걸었던 인생 역정의 승리의 노래라고 보았으니까요.

지금 젊은이들에게 필요한 건 고통을 견디는 교육

어느 방송인이 말한 이야기가 생각납니다.

"20대는 고민할 자격은 있지만 좌절할 자격은 없습니다. 실수는 할 수 있지만 실패는 하고 싶어도 할 수 없는 나이입니다. 학창 시절을 느슨하게 보낸 탓에 다른 친구보다 뒤처진다고 느끼더라도, 처음부터 부자로 태어나지 못해 인턴 공무원으로 연명해도 실패가 아닙니다. 태어나자마자 본능적으로 일어나 초원을 달리려는 새끼 영양의 몸부림과 넘어짐을 실패라고 부르지 않는 이치와 마찬가집니다. 운전 면허 시험에서 몇 번 떨어졌다고 영영 운전에 실패한다는 이야기는 아니지요. 실패가 아니라 실수이므로 그때마다 새롭게 배운 것을 꽉 움켜쥐고 일어난다면 머지 않아 꿈을 이룰 수 있습니다."

한 해의 끝자락입니다. 불황은 계속되고 취업 문은 좁아 힘겨워하는 젊은이들이 우리 주변에 많습니다. "신은 다시 일어서는 법을 가르치기 위해 넘어뜨린다."라는 장영희 교수님의 말씀을 믿고 싶습니다. 자신감을 잃지 말아야 합니다. 꿈을 키워야 합니다. 그리고 도전해야 합니다. 도전 없는 젊음은 향기 없는 꽃과 같습니다.

소통 코드
발전 코드

지역 발전은 소통이다

어느 가정이든 어느 마을이든 번성의 구심점은 사람들 간의 소통입니다. 소통은 서로 믿고 이해할 수 있는 진정한 관계를 의미합니다. 한 인생이 메마른 나뭇잎처럼 매달려 있다가 눈물도 없이 외롭게 사라지는 단절과는 상반된 입장입니다. 소통은 칭찬과 배려와 위로에 그치지 않고 용기와 꿈의 에너지까지 창출합니다. 그런 소통의 바람은 우리 공주시의 '5도 2촌 마을'에서 불고 있습니다.

마을 회관이 겨우내 먹을 김장 김치를 담가 놓고 이 마을 사람들 모두 모여 점심과 저녁을 먹는 식사 장소로 바뀐 것은 어느 마을에 가도 낯설지 않은 마을 살림살이지만, 신풍면新豊面 대룡리大龍里 마을은 좀 다릅니다. 신풍 고추가 가락동 농수산물 공판장의 최고의

상품이 되고 있는 것, 매년 늦가을마다 도시 사람들을 모셔다가 '김장은 이렇게 하는 거야.'로 농촌을 다시금 알려 주는 것, 또 대통령상을 탔다고 도시 사람들을 다시 모셔다가 돼지를 잡으며 마을 잔치를 연 것, 모두가 이들에게는 단절이라는 용어가 전혀 어울리지 않습니다.

하지만 이 마을도 몇 해 전까지만 해도 자식들 왕래가 이따금 있을 뿐, 이웃집들의 무관심 속에 긴 겨울을 견뎌 내야 하는 노인들이 많이 살고 있던 마을이었고, 마을의 애경사 때에도 젊은 층과 노인 층이 제각각 어울렸고, 목소리 큰 사람이 마을을 이끌어 가는 전형적인 농촌 마을이었습니다. 그러나 평가를 통해 '5도 2촌 시범 마을'이라는 자격이 주어진 후부터는 달라지기 시작했습니다.

이 마을 사람들이 고추 하나하나에 정성을 쏟고, 잠자리와 논도랑과 물고기 등이 추억의 상품으로 소문이 나면서 젊은 도시 사람들이 몰려든 것입니다. 마을 사람들에게는 돈이 되고 도시 사람에게는 즐거움이 됩니다. 젊은이든 늙은이든 따질 것 없이 마을 사람 모두가 마을 회의에 참석해야 하고 모든 일은 마을 회의에서 결정합니다. 결정이 나면 모두가 따라야 되는 것, 명문화되지는 않았지만 소위 '소통법'이 제정된 것이 그 까닭입니다. 마을 유지 몇 사람들에 의해 좌지우지되는 의사 결정이 아닌 마을 사람 모두의 의견을 모아 사안을 결정하는 방식의 소통법입니다.

향수(鄕愁)를 팔아라

그런 소통의 바람은 안방 TV에서도 불고 있습니다. 지난주에는 김경호, 박완규, 신호범, 거미, 이영현, 이현우 등 7명의 가수가 출연했던, 일요일마다 7등까지 등수를 매기고 꼴찌를 탈락시키는 MBC의 '나는 가수다'라는 프로그램이 있습니다. 그리고 비슷한 프로그램으로 제아, 홍경민, 이정, 성훈, 지오, 신용재, 나비 등 7명이 출연하여 일대일 경연을 벌이며 우승자를 뽑는, 토요일마다 방영되는 KBS2의 '불후의 명곡'이라는 프로그램이 그것입니다.

높은 시청률과 함께 인터넷에 넘쳐나는 네티즌들의 글을 보면 10

대, 20대뿐만 아니라, 4·50대 청중 평가단까지 똑같은 비중을 차지하고 있으니까요. 노래 선정 방식이 다르고 탈락이 있고 없다는 점이 서로 다르긴 하지만, 가수들 간의 실력을 겨루고 있는 점은 같습니다. 도대체 왜 사람들이 이런 서바이벌 오디션 프로그램에 열광하는 것일까요? 언젠가 탈락 위기를 맞은 김건모에게 재도전의 기회를 주었다가 누리꾼들의 질타에 의해 담당 PD가 교체되었고, 김건모 역시 자진 하차를 했습니다.

정과 의리와 기존 명성이 보장되지 않는 공정한 평가 방식의 룰이 작동되고 있는 것입니다. 그동안 듣도 보지도 못했던 음지의 무명 가수가 당당히 TV에 나와 실력을 인정받고는 하룻저녁에 쟁쟁한 유명 가수를 제칠 수도 있고, 청중의 마음을 움직이지 못하면 아무리 유명한 가수라도 탈락할 수밖에 없는 것입니다. 인간 감정의 총체적 집합이 긴장으로 연결된 경연으로, 그런 방식에 모두들 흥미로워 하고 있습니다.

더욱 흥미를 자아내고 있는 것은 젊은 가수들에 의해 잊혀졌던 흘러간 옛 노래가 다시 무대 위에서 불려진다는 점입니다. 젊은 가수들에게는 기성세대들로부터 실력을 인정받는 기회가 되면서 다시 편곡해 부를 경우 명곡이 될 수 있다는 가능성을 보여 주고 있고, 기성세대들에게는 문학적인 가사와 과거의 노래들을 다시 들으면서 감성적인 향수를 새삼 느낄 수가 있습니다.

대중문화에 큰 변화가 일어난 것이고 음악에 대한 수요가 다소

변형된 모습으로 폭발했다고 볼 수 있는 새로운 가치의 창출입니다. 당연히 이러한 홍행이 방송사들 입장에서는 광고 수입을 크게 올릴 수 있는 상품이 되고 있습니다. 이렇듯 현대와 과거의 접점은 결국 소통이라는 것을 증명해 주고 있는 것입니다.

이처럼 어려움에 처한 농촌에 도시 사람들을 끌어들이지 않으면 새로운 활력을 찾을 수 없다는 위기의식을 느낀 대룡 마을 사람들의 전략이 바로 옛 향수를 자극시키는 소통의 전략이었고, 치열한 노래 경쟁을 하며 안방에서조차 부모 자식 간 TV 리모컨 다툼을 끝내게 한 방송사의 전략도 옛 향수를 자극하는 소통의 전략이라고 볼 때, 소통을 하지 않으면 찾는 사람들 없이 마을은 꽁꽁 얼어 붙은 채 발전을 기대하기 어렵고, 안방 TV는 세대 간의 갈등의 전유물로 켜져 있을 수밖에 없다는 말이기도 합니다.

시대가 변하고 있습니다. 어느새 밖에서 누르는 강압적인 힘으로는 어느 누구도 다스리기 힘든 세상입니다. 자기 안에서 느껴야 움직이고 매력이 있어야 따르는 소프트 파워 시대가 다가오고 있습니다. 라인Rhein 강변을 보십시오. 그리고 우리의 K-POP을 보십시오.

마을 사람들이 물론 남보다 튀는 화려한 플레이어는 아닙니다. 거짓말 잘하고 잘난 척하는 왕자병, 공주병의 인스턴스식 위선자보다는 못 났어도 남의 눈치 보지 않고 진실하게 살아가는 마을 사람들, 유능한 사람보다는 당당하게 자기 몫을 다하고 주어진 일에 열정을 다하는 사람들입니다.

지금 한창 빌딩 숲을 만들고 있는 세종시도 결국은 옛 향수를 그리워할 것이라고 확신합니다. 사람과 사람이 소통하고 가정과 가정이 소통하듯, 도시와 도시가 서로 소통하며 상생·발전하는 길이 세계로 가는 길입니다. 공주의 옛 모습, 향수를 지피기 시작한 고도 아카데미 그룹들의 선도적인 역할을 기대해 봅니다.

이야기꾼
이야기

세월에 묻혀 있는 이야기를 찾아라

―――

　가끔 할머니가 들려주시던 옛날이야기를 떠올릴 때가 있습니다. 구수한 할머니의 목소리를 듣고 있노라면 나도 모르게 이야기 속으로 빠져 버리곤 했었죠. 신기하게도 할머니의 옛이야기는 듣고만 있어도 신이 났었지요. 지금으로 치면 TV 드라마나 영화 한 편을 보는 순간이었던 셈이죠. 할머니는 어떻게 이야기꾼이 되었을까요? 동화 구연을 배운 것도 아닐 텐데 말입니다.

　생각해 보면 할머니에게서 듣던 이야기는 듣는 사람의 마음을 편안하게 해 주었던 것 같습니다. 꾸밈이나 기교는 별로 없었지만 할머니 목소리에서 무서운 도깨비가 나오고 간사한 여우도 나옵니다. 여느 구연가들처럼 다양한 목소리로 변조를 하지 않았는데도 말입니다. 구연가들의 목소리는 다소 인위적인 느낌이 들지만 할머니의 목소리는 차분하고 친근하여 듣는 이의 마음을 편하게 해 줍니다. 그래서 할머니의 목소리에 더 쉽게 빠져 들곤 했었지요.

어쩌면 지금도 멋진 이야기에 매료되었던 경험 없이 성장하는 아이는 거의 없습니다. 아이들이 커 감에 따라 좋아하는 이야기에도 어떤 패턴이 있다는 걸 느끼곤 했으니까요. 어릴 적에는 무섭거나 재미있는 이야기에 빠져들다가도 학교에 들어간 후에는 제법 기승전결이 있고 드라마틱한 이야기를 좋아하는 것 말입니다. 그때마다 아이들은 이야기를 통해 공감하고 유머, 슬픔, 동정 등의 정서를 발달시켜 가지요.

역사 유적지나 드라마 촬영장에서 요즘 말하는 스토리텔링이 관광객들에게 강력하게 다가가는 것은, 관광객들 마음 안에서 뜨겁게 끓고 있는 것을 말로써 표현해 주는 것일 뿐만 아니라 이야기를 듣는 사람의 마음에 연결되어 지워지지 않는 인상을 만들어 내기 때문입니다. 스토리텔링은 결국 이야기꾼의 일이죠. 우리가 이야기꾼이 될 때 듣는 사람은 그 의미를 자유롭게 탐색하고 활용할 점까지 발견하게 됩니다. 상대방에게 필요한 멋진 이야기를 들려주는 것만으로도 코칭이 될 수 있다는 것입니다. 사람이 누군가를 만나 영향을 받고 누군가와 사랑에 빠져 더 아름다워지듯이 이야기도 그런 것 같습니다.

이야기의 힘이 도시를 살린다
____

저는 공무로 오랜만에 통영, 남해, 외도 등을 다녀왔고요, 진주 촉
석루에도 올라가 봤습니다. 갈 때마다 정말 이곳들이 그렇게나 유
명한 만큼 아름다운 곳일까, 하고 생각해 봅니다. 질투하는 마음인
가 싶어 다시 바라보았지만 아무리 봐도 우리 금강과 공산성보다
더 아름답다고 말할 수는 없는 일입니다. 물론 외도나 통영은 그동
안 어떻게 달라졌나 하는 높은 기대치를 갖고 20여 년 만에 갔기 때
문에 더 허탈한 마음도 있었겠지요.

하지만 너무 인위적으로 만든 섬이 눈에 거슬렸고, 이순신 장군
의 전쟁터를 생생하게 전해 주는 이야기꾼이 없었던 것도 공주만
못한 이유로 보였지요. 이야기꾼이란 문화 관광 해설사를 말하는
것입니다. 그러나 다행히도 허기진 마음을 채울 수 있었던 것은 청
마 유치환 문학관이었습니다. 겉으로 보기에는 언덕 위에 작은 전
시관과 생가 두 채에 불과했지만 "소리 없는 아우성"의 공감각적
이미지를 떠올리게 한 것은 무엇보다도 문화 관광 해설사의 몫이었
습니다.

'깃발'을 펄럭이지 않더라도 청마가 남편과 사별한 동료 학교 여
선생님을 사랑하다가 "그리운 이여 안녕, 설령 이것이 마지막 인사
가 될 지라도 사랑하였으므로 나는 진정 행복하였네라."라는 말로
마감한 러브스토리를 듣는 이도 마치 시인이 된 것처럼 가슴 뭉클

한 어릴 적 시절로 돌려 놓는 것 같았습니다. 청마 유치환 문학관을 다시 와야겠다는 마음까지 만들어 놓고 있으니 이야기의 힘은 끈질긴 생명력인 것 같습니다.

우리 공주에도 문화 관광 해설사가 16명이나 있습니다. 하루 밥 값 정도만 받고 무령왕릉 속에서, 공산성 성곽 위에서, 석장리 금강 변에서 사시는 자원봉사자들이지요. 전직 교장 선생님과 공무원 출신도 있습니다. 전국에서도 가장 실력 있는 사람들이라는 평가를 받고 있는 분들입니다. 남들이 쉬는 주말에 맞춰 현장에서 근무하다 보니 가정도 직장도 개인 일들은 언제나 뒷전일 수밖에 없을 것입니다. 왜 이들은 봉급 없는 문화 관광 해설사를 자처하고 있는 걸까요? 통영을 돌아보고서야 공주의 문화 관광 해설사들의 힘을 다시 생각했습니다.

공산성이나 무령왕릉이나 석장리 등에 이야기꾼이 없다면 통영에서 실망했던 것과 다를 게 없을 것이라는 말입니다. 다른 사람들 앞에서 말한다는 것은 어렵고 힘든 일이 아닐 수 없습니다. 더구나 역사 공부를 하지 않았다면, 재미가 없다면 상대방을 감동시킬 수가 없습니다. 관광객들이 공주를 떠날 때까지 먹고 싶은 음식까지 예약해주고 버스 시간과 노선도 안내해 주는 일 또한 그들의 일입니다. 자기실현을 하고자 하는 의도도 있지만, 내 고장 공주에 애정이 없이는 할 수 없는 일들이지요.

관광객들이 다시 몰려드는 새봄입니다. 해를 거듭할수록 관광지에서 막연한 지식을 듣는 것보다는 가슴 속 이야기를 듣고자 하는 것이 요즘 관광객들의 취향입니다. '워낭 소리'가 수많은 관람객을 끌어 모은 것도 할머니가 들려주던 이야기처럼 포근하고 편안하게 다가오기 때문일 것입니다. 문화 관광 해설사의 설명에 따라 관광객들이 느끼는 감흥은 분명 다르다는 것을 알 수 있습니다. 앞으로 미래의 사회는 정보 사회에서 이야기 중심 사회로 옮겨 갈 것이라고 합니다.

이제 수려한 풍광이나 빼어난 경치만 가지고는 안 됩니다. 특정 이미지가 떠올라야 하고 거기에 이야기와 사연이 어려 있어야 합니다. 그 이야기와 사연은 그립고 애틋하고, 특별히 예술가나 예술 작품과 관련된 것일수록 좋습니다. 희망의 새봄에는 식당 주인도 여관 주인도 관광객을 맞는 할머니 같은 이야기꾼이 되어 보면 어떨까요?

눈감은 역사는
미래가 없다

우리에게 이웃은 누구인가

저의 아버지는 가끔 징용 보상금이 언제 나오냐고 물으십니다. 90세 노인이 무슨 돈이 그렇게 필요하겠습니까? "죽기 전에 일본 놈들 비는 모습을 보고 싶다"는 겁니다. 일본에 끌려가서 병을 얻어 가며 얼마나 고생하셨는지 평생을 두고 한을 품고 계시기 때문입니다. 그러나 흉흉하게 돌아갑니다. 최근 일본 정치권이 그렇습니다. 독도가 자기네 땅이라고 하더니 위안부 문제까지도 독설을 뿜어 가며 부정하는 일본 정치인들을 보고 무엇을 느끼셨는지요? 누가 그러대요. 마치 임진왜란과 일제 강점기의 망령이 되살아난 것 같다고요.

그동안 쌓아 놓은 협력과 우정 그리고 동맹, 그런 것들은 모두가 뒷전으로 밀리고 그 자리에 막가파식 정치나 천박한 야성이 기승을 부리는 것 같지 않나요? 몸에 밴 친절과 배려의 문화는 가식의 문화였던가요. 마치 약육강식의 정글 문화 같지요. 냉전 시기에 소련은 설득이 아닌 강제에 의존하는 바람에 실패했다죠. 반면에 미국은 강제력보다는 설득력으로 국제사회를 이끌어 왔고, 독일은 일찍이 무릎을 꿇고 화해해 나가고 있기에 강대국으로 성장할 수 있었던 것 아닙니까?

일본은 동북 아시아의 강국이 되기 위하여 자신들 나름의 기준을 세우려 하지만 그리 쉬운 일이 될 수 없다는 것을 강대국들의 역사가 말해 주고 있습니다. 우리 대통령이 우리 땅 독도를 방문하고 일왕에게 과거사를 사과하라고 한 점에 대해, 사죄하고 발언을 철회하라고 한 것이야말로 아직도 한국을 일본의 식민지로 착각하고 있는 것 같습니다. 분명 국제사회에서 일본의 위상과 평판이 추락하는 것은 뻔합니다. 사실을 올바르게 가르쳐 주는 것이 역사 교육임에도 역사를 부정하는 일본 아닙니까?

"한일 합방은 한국이 원해서 한 것이고, 조선을 침략한 것이 아니라 진출한 것이며, 위안부를 강제로 취한 게 아니라 스스로 돈벌이한 것이고, 독도는 원래부터 일본 땅"이라는 저들의 주장. 우리나라에서 약탈과 학살, 징용, 위안부 등 그 생생했던 과거의 자취를 점점 없어지게 하고, 그 빈자리를 점차 왜곡으로 채우려는 수작이 아닐까요? 그러나 철없는 꿈입니다.

우리가 미워하는 것은 철들지 않은 일본인

────

일본 속담에 "역사는 거울"이라는 말이 있듯이 양식 있는 인사들도 많이 있습니다. 일본 간사이關西 지방의 명문 사립인 지벤 학원의 후지타 테루키오 이사장이 바로 그런 분입니다. 해마다 나라 고등학교, 와카야마 고등학교, 나라 칼리지 등 3개 학교 600여 명의 학생들을 이끌고 무령왕릉에 수학여행을 와서는 관람하기 전에 학생들과 함께 1분간 묵념을 올립니다. 일제 강점기 때 가루베가 다 도굴해 가면도 끝내 못 찾았던 그 무령왕릉 앞에서 말입니다.

저도 처음에는 평범한 일본 사람들의 인사법이구나 했지요. 깜짝 놀랄 얘기를 들은 것은 2009년 봄날이었어요. "처음에 한국으로 수학여행을 온 건 아스카 문화의 중심인 나라 지방의 문화가 한국으로부터 전래된 사실을 학생들에게 직접 보여 주고 싶어서 시작했는데, 일본의 침략 만행이 있었다는 것은 여기 와서 알았고, 그 속죄의 묵념을 35년간 하기로 하고 1975년 시작한 것이 오늘까지 이르렀다."라고 하더군요.

자기네 나라가 한국을 강탈한 역사를 배운 적도, 알지도 못했다는 사실에 주목하지 않을 수 없었습니다. 역사는 교육이 중요하다는 것을 느꼈습니다. 가르치는 데로 역사는 흘러 가게 되어 있기 때문입니다. 문제는 진실성의 여부입니다. 후지타 이사장이 훌륭한 것은 바로 여기에 있습니다. 자기네 조상들이 저지른 만행의 세월

만큼 속죄하기로 결심하고, 그 세월만큼 올바른 역사를 학생들에게 심어 준 것입니다.

"예전에는 한국의 어느 식당에 가면 보리밥이 나와 황당한 적이 있었고, 또 호텔에서 물이 안 나와 학생들이 씻지 못한 채 이동했던 적도 있었고, 그뿐만 아니라 최루탄 가스 때문에 눈도 못 떴던 때도 있었지만 35년의 세월이 흐르면서 한국도 많이 발전했고 일본 아이들도 많이 달라졌다."라고 하더군요.

지금은 일본 어디서든 한국 요리를 먹을 수 있지만 예전에는 일본인들에게 김치도 낯설어 한국에 온 학생들이 컵라면으로 식사를 대신하거나 굶기도 했다고 합니다. 지금은 아이들이 자기보다 불고기, 비빔밥, 고추장 등을 더 좋아한다고 하더군요. 그해 후지타 이사장은 80세를 일기로 타계했지만, 지금도 3명의 아들들이 각각 교장이 되어 그 뒤를 이어 무령왕릉 수학여행을 계속하고 있습니다. 학생들에게 이처럼 올바른 역사를 가르칠 때 큰 인재로 성장할 수 있다고 확신하기 때문일 것입니다.

역사란 무엇일까요? "현재와 과거의 끊임없는 대화"라고 누군가 답했습니다. 역사적 사실들은 현재의 눈을 통해 교훈과 지혜의 원천이 되고 미래를 위한 밧줄이 될 수 있다는 말이기도 합니다. 일본 사람에게는 실패와 잘못, 불의와 참혹한 사건조차도 역사적 진보의 씨앗이 될 수 있고, 한국 사람들에게는 그날을 결코 잊지 말자는 정신을 일깨워 주는 기회가 되기도 합니다. 그러나 서로 모르고 있는 숨은 사실을 밝혀 함께 역사의 아픔과 부끄러움을 나누어 씻는 노력도 후손들에게 보여 주어야 할 과제입니다.

일본 가라쓰시가 새 행성의 이름을 '무령왕'이라고 명명하게 한 것도 결코 우연이 아닙니다. 계속 싸움만 할 수는 없는 일입니다. 지방 도시들이 긴밀하게 교류해 강한 유대감을 쌓는다면 중앙 정부가 외교로 풀지 못하는 문제도 점차 해결해 나갈 수 있다고 봅니다. 이어령 교수의 말로 마무리합니다. "철든 사람들이 역사에 앞장서야 합니다. 상호 의존적인 이 시대의 변화 속에서 우리가 미워하는 것은 일본인이 아닙니다. 철들지 않은 일본인, 철모르는 행동을 하는 일본인"입니다.

속죄의
무령왕릉 35년

저희 아버지는 지금도 일본 사람들을 "일본 놈"이라고 부르고 있습니다. 젊은 시절 일본으로 끌려가 온갖 학대와 굶주림에 강제노역으로 시달리다가 늑막염과 위장병까지 얻어 지금까지도 그 후유증에 몸서리치고 계시기 때문입니다. 사실 우리에게 '일본 놈'이라는 의미는 부정적인 말로, 일본을 떠올릴 때마다 한이 맺혀져 고유명사처럼 쓰이는 용어입니다.

그럼에도 불구하고 몇 해 전 역사적인 현장을 죽기 전에 다시 보고 싶다며 어머니와 함께 남양 군도南洋群島, 태평양 제도를 다녀오신 아버지이지만, 제가 이해할 수 없는 것은 일본에 다녀오신 후 그들의 만행을 용서하시기 시작한 점입니다. 세월의 두께와 망각 증세 탓으로 돌릴 수도 있겠죠. 하지만 자식들에게 증오의 유산을 남겨주는 것보다는 오히려 죽지 않고 돌아온 것에 대해 감사하는 것과 과거를 극복해 나가고 새로운 미래를 설계하는 것이 이 시점에서 더 중요하다는 말씀으로 바뀌셨습니다. 살아 계신 우리네 아버지들이 다 그럴까요?

무엇보다 2차 세계대전 중 군대로 노동자로 강제 동원되었던 우리네 아버지들이 100만 명에서 800만 명에 달한다는 것은 엄연한 사실임에도, 그러한 사실을 지시했다는 문서가 없다는 이유를 들어 인정하지 않고 있는 일본 정부의 자세가 문제입니다.

일본 학생들에게 물어라, 역사가 무엇이냐고

역사란 무엇일까요? 어쩌면 제가 쓰는 이 글도 역사가 아닐까 생각해 봅니다. 싫든 좋든 훗날 제가 살았던 세월과 생활들의 단면을 글자로 차곡차곡 쌓아 놓은 것을 보게 될 테니까요. 그저 살아온 누군가의 작은 발자국조차 역사가 된다는 사실입니다. 그 작은 움직임들은 그 자체로만 쌓이는 것도 아닙니다. 다른 요소들에게 영향을 주기도 하고, 미래의 가치 창조에 기여하게 되어 있어 사실 자체를 틀어 대거나 마음대로 조작할 수도 없는 게 또한 역사의 속성이기도 합니다.

일제 강점기의 상처가 아직도 아물지 않은 시점에서 엄연한 진실을 감춘다고 감춰질 수 없는 게 현실이기 때문에 역사를 사실대로 하루 빨리 받아들이는 게 현명한 자세일 것입니다. '역사란 무엇인가'를 쓴 에드워드 카Edward Hallett Carr는 "현재와 과거의 끊임없는 대화"를 역사라고 말했습니다. 대화라는 것은 가치와 관점에 따라 언제나 다르게 해석될 수도 있다는 얘기라고 볼 수 있지요. 국악이 서양 음악을 만나 퓨전 음악이 되고 한복이 양복을 만나 개량 한복이 되듯 말입니다. 그러나 저는 솔직히 동의할 수 없습니다. 역사와 대화할 수 있는 것은 진정성이 전제되어야 가능한 일이라고 보기 때문이죠.

요즈음 무령왕릉을 찾는 일본 사람들이 무척 늘었습니다. 제가 만나 본 일본 사람들 면면을 보면 일본 국가와는 달리 한국 사람들에게 죄를 많이 지었다고 인정합니다. 무령왕이 태어난 가라쓰 사람들도 그랬고, 매년 이삼평 도조 고향을 찾은 아리타 수학여행단도 그랬습니다. 지난 4월 21일과 22일 양일간 일본 나라현의 나라 고등학교와 와카야마 고등학교, 나라 칼리지 학교 등에서 632명이 무령왕릉으로 수학여행을 왔는데 그들 역시 그랬습니다.

공주시에서는 해마다 이들을 맞는 환영 행사를 열어 주고 있지만, 그간 솔직히 연례적인 행사로만 일관해 왔습니다. 왜냐하면 이미 과거에 대한 뉘우침과 진정성이 없는 일본 사람들이라고 단정해 버렸으니까요.

세계를 이끌 아시안 웨이를 찾아라

그런데 2009년부터 그들이 방문할 때 그 느낌이 달랐습니다. 나라 고등학교 후지타 교장 선생님이 "처음에 한국으로 수학여행을 온 건 일본 문화의 뿌리를 찾기 위해서였습니다. 아스카 문화의 중심인 나라 지방의 문화가 백제로부터 전래된 사실을 보여 주고자 했지만, 그 후 과거 강점기에 일본의 만행이 잘못된 것을 알고 나서 속죄의 뜻으로 시작한 35년간의 수학여행을 올해 마쳤습니다."라는 인사에 놀랐습니다.

그런 말을 듣고 나서부터 이들 일본 간사이 지방의 사립 지벤 학원 학생들이 명문임을 깨달았고, 1975년부터 지금까지 공주를 매년 다녀간 학생이 무려 1만 8000명이 넘는다는 것도 그냥 통계 숫자로 넘길 수 없는 사안이라고 생각했죠. 그 당시 속죄의 수학여행을 만들어 낸 건 다름 아닌 3개 고등학교 교장의 부친인 후지타 이사장이라고 합니다. 여행지를 바꾸자는 학생과 학부모들의 의견이 분분했지만 그의 강한 카리스마로 물리쳤고, 교장인 아들들을 통하여 역사가 진 빚 35년을 학생들에게 무령왕릉 참배 35년으로 속죄하는 교육을 가르쳐 왔다는 것을 비로소 알아차리고 나서야, 저의 아버지가 징용으로 입은 깊은 상처를 조금이나마 대신 용서할 수 있었습니다.

일제 강점기가 36년의 기간임에도 일본에서는 35년이라고 말하고 있었던 것은 1년이라도 죄 지은 기간을 줄이려는 의도 같기도 하지만, 그럼에도 불구하고 일본 국가가 속죄하기까지는 아무래도 시간이 오래 걸릴 것 같습니다. 증오와 용서 그리고 속죄하는 광경을 보면서 저는 이러한 꿈을 꿉니다. 속죄하는 학생들을 그냥 돌려보내지 말고 영원한 공주인들로 만들어 내는 사랑 말입니다. 역사도 그렇듯이 변화할 수밖에 없는 현실이라고 보면 한 사람 한 사람 투자한다는 논리라고도 말할 수 있겠죠.

속죄하고 간 일본 학생들이 곧 일본 국가를 경영할 인재들이 될 것이기 때문입니다. 이것이 국제화 시대에 우리가 살 길이 아닐까요? 다시금 진심으로 한국, 북한, 일본 민중들의 화합과 우애를 기원합니다.

백제야
솟아라

"쉿, 보안을 지켜야 해요. 완전 공개하기까진 정말 우리끼리만 알고 있어야 됩니다." 2003년 말 의당면儀堂面 수촌리水村里 유물 발굴 현장에서 있었던 이야기입니다. 충남 역사 문화원이 생기기 이전입니다. 충남 발전 연구원 관계자들과 공무원들 모두가 흥분을 감추지 못하는 순간이었습니다. 그러나 이 순간의 약속들은 불과 며칠 만에 깨지고 말았습니다. 워낙 사안이 큰지라 감당하기 어려운 지경에 이르러 폭발해 버린 것입니다.

급기야 매스컴들은 '백제 역사 다시 쓸 국보급 문화재 무더기 발굴', '무령왕릉 이후 최대 경사'라며 연일 앞다투어 지면을 톱기사로 장식했고, 일본에서도 주요 일간지들이 많은 지면을 할애할 만큼 중요한 사안이었습니다. 무령왕릉 발굴 이후 30년 만에 맛보는 우리 공주인들의 쾌거였습니다. 응달지고 비탈진 수촌 초등학교 뒷면

에 이런 보물들이 잠들어 있을 줄이야…. 이것은 분명 농공 단지 조성을 위한 발굴 현장에서 농장 짓는 소음이 싫어 깨어난 백제의 영혼이었습니다.

백제의 금동관모 2점, 금동 신발 3켤레, 환두대도(고리 모양의 손잡이가 달린 큰 칼), 토기, 이형 철기 등의 대량 국보급 문화재와 중국제 청자 3점. 1600년 전 백제가 환생한 것 같은 감동 그 자체였습니다. 백제의 고도 공주, 그동안 우리는 찬란한 백제라고는 했지만 공주나 부여 그리고 400년 역사의 한성(서울 송파)을 모두 합쳐도 신라(경주)에 비해 볼거리가 미약했던 게 사실입니다. 하룻밤을 머물러도 모자란 경주와는 달리, 공주에서 무령왕릉 모형관을 둘러보고 부여 부소산이나 금동 향로를 보고 나도 하루해가 길게 남는 백제 땅. 반나절 관광일 수밖에 없는 실정입니다.

우리는 백제라고 하면 무엇을 떠올리나요? 고구려 하면 광개토대왕, 을지문덕 같은 용감한 영웅들을 떠올리고, 신라라고 하면 화랑도와 김유신 등을 떠올리는데, 백제라고 하면 누구나 멸망했던 역사를 먼저 떠올리게 됩니다. 그러면 과연 백제는 보잘 것 없는 나라였을까요? 그렇지 않습니다. 일찍이 신라가 황룡사 구층탑을 지을 때, 백제인 아비지에게 부탁해서 지은 것만 봐도 백제의 건축 기술이 뛰어났음을 짐작할 만합니다.

백제가 일본 문화를 만들어 냈고, 일본이 가장 자랑스럽게 여기는 법륭사法隆寺를 지은 것도 백제 사람 왕인王仁과 아직기阿直岐였습니다. 더구나 일본과 중국으로 가는 해상로를 장악하고 중국을 아우르던 왕국의 면모가 수촌리 발굴 현장에서 유물을 통해 입증되고 있는 중입니다. 이같이 훌륭한 조상과 역사를 가지고 있음에도 백제는 그동안 일제 강점기 시절 일본에 의해 많은 역사 왜곡을 당했습니다. 일본에 가장 많은 영향을 주었던 나라이자, 일본 황실의 원류라는 점에서 일본의 자존심을 건드렸다는 이유에서였습니다.

우리나라의 '삼국사기三國史記'도 그렇습니다. 이 책을 쓴 김부식金富軾은 경주 사람이어서 신라 중심으로 편파적인 기록을 한 반면, 백제나 고구려는 상세하게 기록하지 않았습니다. 신라와의 싸움이 심했던 백제에 대해서는 활발한 해상 활동이나 아시아의 남서쪽이나 중국 진출 등의 강성했던 모습은 의도적으로 삭제하고, 가뭄, 장마, 태풍 등 천재지변에 대한 내용을 많이 실어서 백제가 멸망할 수밖에 없었다고 기술하고 있는 겁니다.

그래서 역사는 만드는 자의 것인가 봅니다. 그러나 역사는 결코 숨길 수가 없습니다. 백제 역사가 다시 수촌리를 통해 드러나고 있음을 봅니다. 우리는 늘 공주를 백제의 왕도라고 외치고 있지만 막상 멀리서 와 보면 입장료만 비싸다는 말을 귀가 따갑게 들어 왔던 터였습니다.

지금 일본에선 백제 열풍이 계속 불고 있습니다. 백제를 연구하는 학자만도 5000명이 넘는다고 합니다. 그토록 우리 역사를 짓밟고 왜곡하려고 용쓰던 일본입니다. 이제 그들도 백제를 바라보는 시각이 바뀌고 있는 겁니다. 한·일간 외교 갈등에도 무령왕릉과 수촌리 고분군을 찾는 일본 관광객들이 줄지 않고 있습니다. 백제 문화제 때 일본 가라쓰시와 화수정, 야마구치 사람들도 변함없이 찾아오고 있습니다.

그동안 무령왕릉 하나만으로 버텨 오던 백제. 이런 빈약한 터에 수촌리 유물이야말로 또 한 번의 백제 왕도로 기상을 떨칠 수 있는 계기가 되고 있다는 점에서 큰 경사가 아닐 수 없습니다. 수촌 들녘의 공단 조성으로 드러난 유적, 이것은 분명 공장의 기계 소리는 싫다고 외치는 백제의 조상님들의 숨소리입니다.

자연 미술은 그리는 것이
아닌 표현하는 것

야투野投 자연 미술 운동의 시작은 임동식 선생으로부터입니다. 김종길 씨의 글에 의하면, 그는 1970년대에 이미 전시장 밖에서의 작업에 관심을 가졌고, 이는 금강에서 1980년 8월에 20~30대의 미술인 20여 명이 개최한 미술제로 이루어졌습니다. 그가 전시장에서 현장으로 나간 것에는 예술가로서의 특별한 의미가 담겨 있다고 합니다.

임동식 선생은 자연 미술이란 "기존의 다른 미술처럼 한 단계 걸러서 자연의 아름다움을 표현하는 것이 아니라, 자연의 현장에서 있는 그대로의 느낌이나 혹은 여과되지 않은 순수한 자연의 모습을 다양한 방법을 통해 예술적 행위를 동원, 표현하는 것"이라고 말했습니다. 이를 통해 야투 자연 미술 운동이 야외 현장의 미술에서 태동하였음을 알 수 있습니다.

재미있는 것은 야외 현장 미술이 곧 자연 미술로 인지되었던 것은 아니라는 점입니다. 무엇보다 야투 자연 미술의 예인들은 처음부터 자연 미술이라는 명칭을 사용하지 않았다는 것 또한 이를 통해 알 수 있습니다. 1980년 이후로 현재까지 활동하고 있는 회원으로는 고승현, 강희준, 이응우, 김해심, 정장직, 이종협, 신남철, 이선주, 허강, 정원길, 조충연, 강전충 등이고, 창립 당시의 멤버들인 임동식, 유동조, 나경자 등은 회원의 연장자로서 중요한 역할을 하며 국제 교류를 담당했습니다.

야투(野投)란 무엇인가

야투는 자연 미술가 그룹의 명칭입니다. 야투의 문자적 의미는 '야(野)+투(投)'로, '야(野)=들=자연'이며, '투(投)=던지다=표현하다'라는 뜻입니다. 1981년 창립 당시 20대의 젊은 작가들이었던 회원들은 지금까지 자연과 더불어 작업을 하고 있습니다. 야투라는 이름은 '자연 미술 운동'이라는 의미를 이미 그 안에 함축하고 있는 것입니다. 자연의 자연성이 그대로 유지되는 가운데 인간의 생각을 부족함 없이 받아 내는 상호 작용의 구조를 지닌 것이 야투의 중요한 특성이라고 할 수 있습니다. 야투의 자연 미술 운동은 창립 이후 지금까지 정기적으로 열리는 '사계절 연구회'를 통해 발전하고 있습니다.

세계 최초의 용어 '자연 미술'

1980년대 초 '야외 현장 미술'이라는 말로 야투의 회원들에 의해 사용되다가 1983년 1월 제6회 '야투'의 정기 연구 발표회에서 고승현, 고현희, 신남철, 이응우, 전원길 등의 회원들이 처음으로 '자연 미술'이라는 용어의 사용을 제안하였습니다. 이는 "그룹 내 연구 활동의 성격이 야외 현장성과 그 논리에 국한된 문제라기보다는 끝없이 변화하고 숨 쉬는 순수 자연에 관해 보다 근본적인 관심을 가졌기 때문"이라고 고승현 선생은 말하고 있습니다. 그러나 정작 자연 미술Nature Art이란 용어의 표기는 일부 회원의 반대에 의하여 미루어지고 있다가 1986년에 이르러서야 정식으로 사용하게 되었습니다. 이는 자연과 미술이라는 두 단어를 합성하여 사용한 예로는 세계 최초로, 그 후 야투가 개최한 여러 번의 국제 자연 미술전과 활발한 해외 교류 활동 등을 통해 점차 일반화되었습니다.

야투의 작가들은 아무런 준비 없이 빈 몸과 빈 마음으로 자연 안으로 들어가 자연과 더불어 작업하기를 좋아합니다. 그들의 작업은 자신의 몸을 이용한 절제된 행위로 시작할 때가 많습니다. 야투의 작품들이 최소한의 행위나 설치 그리고 간단한 드로잉을 통하여 이루어지기 때문에 현장에서 그 작품을 실제로 본 사람이 많지는 않습니다. 쌓고, 연결하고, 긋고, 끼우고, 던지는 등의 일상의 단순한 행위가 자연 속에서 곧바로 미술 작업의 방법이 됩니다. 따라서 야투의 작업들은 작품을 보는 사람들을 수동적인 감상자의 위치에 머물게 하기보다 그들로 하여금 자신도 한번 해 보고 싶다는 적극적인 마음을 불러일으키는 매력을 지니고 있습니다.

야투 회원들의 작업은 많은 제작비를 들여서 시도하는 대지 미술이나 야외 조각 혹은 설치의 범주에 머무르는 작가들의 작업 유형과도 구별됩니다. 또 이들은 자연 속에서 환경 문제의 이슈를 직접적으로 드러내는 행동주의 작가들도 아닙니다. 야투의 작업들은 살아 있는 자연과 인간 사이에 보이지 않던 미적 연결점을 찾아 사람들에게 전해 주는 한편, 이를 통해 자연과 인간의 평화로운 관계를 회복할 수 있는 길을 말 없이 제안하고 있습니다.

공주의 금강에서 시작된 '자연 미술'은 곰나루와 원골 마을, 공산성 등의 장소에서 개최하다가 1986년 독일의 '평화의 비엔날레'에 참가했고, 1988년 스위스에서 발간되는 미술 전문지에 야투 소개가 실렸으며 1989년 독일 함부르크 초대 전시 등 일련의 굵직한 사건들이 연속적으로 이어졌습니다. 특히 함부르크 미술 대학에서 개최된 야투의 그룹 전시는 처음으로 국제적인 행사를 유치하는 '1991 여름 금강 국제 자연 미술전'의 결정적 계기가 되었습니다.

공주의 자연 미술 운동은 1995년 두 번째 국제 자연 미술전을 개최, 전 세계 24개 국가에서 온 150여 명의 예술인들이 약 한 달 동안 합숙하며 창작과 토론을 병행하였습니다. 회원 개개인들의 다양한 경험을 쌓는 초기 야투의 자연 미술전이 1981~1990년의 미술제라면, 국제화의 초석을 마련한 제2기의 야투전은 1991~2000년이라고 볼 수 있으며, 보다 더 큰 관심을 불러일으키고 있는 제3기인 2001~2012년까지는 금강 자연 미술 비엔날레에 새로운 계기를 마련해 주고 있습니다.

2004년 시작된 금강 자연 미술 비엔날레는 문화 체육 관광부와 충청남도, 공주시의 지원으로 개최되는 행사로 프레 비엔날레와 더불어 격년제로 개최되며 세계의 작가들이 참여하고 있습니다. 모든 초대 작가들에게 작품 제작에 필요한 재료를 제공함과 동시에 작가 수당이 지급되며, 작품 제작 기간 중에는 숙식이 제공됩니다. 약 3주의 작품 제작 기간 중에는 각자의 작품을 소개하는 작가 프레젠테이션이 매일 저녁에 열리고 국제 학술 세미나도 개최됩니다.

비엔날레를 통해 제작된 작품들은 연미산 자연 미술 공원에 상설 전시되어 자연에 대한 새로운 관점과 예술적 감흥을 제공합니다. 금년에는 연미산 자연 미술 공원에서 벗어나 금강 둔치까지 작품이 설치되어 있어 강물과 조화를 잘 이루고 있고, 관람 동선에 있어서도 관람객들의 차량이나 자전거의 접근이 용이해서 그 어느 해보다도 주민 속으로 한층 다가가는 진전된 모습이 아닐 수 없습니다.

영국에 공공 미술이 있다면 한국에는 자연 미술

'예술'과 '문화' 그리고 '운동'이라는 의미는 그 도시에 사는 기술을 지닌 전문가들이 만들어 내는 '문명'을 한 지역에 사는 사람들이 닮아 가려는 과정에서 생겨나는 결과물일 수도 있고 지향점이 될 수도 있습니다. 과거 권력을 지닌 사람들 중심에 있는 사람들을 위한 근대적 도시 형성 정책과는 전혀 다른, 탈근대적인 문화 도시로 가기 위한 시대적 현상이 아닐 수 없습니다. 결국 국가나 지자체가 지원하는 문화 도시 전체도 전문가들만의 경제적 측면과 심리적 측면만을 고려한 것이 아니라, 문화 소비자들의 편에 서서 지역 활성화 정책을 입안한 결과입니다.

그렇다면, 최근의 자연 미술 역시 자연 미술가들만의 활동은 아닌지 생각해 볼 일입니다. 시민 입장에서는 괜히 이상한 외지인들이 많이 출입하여 복잡하고 불편하기만 하다고 여길 수 있습니다. 지역 주민들의 실제 삶과는 동떨어진 채 자연과 예술에만 집중하여 자연 미술 공간을 조성할 경우, 죽어 있는 미술관이나 박물관처럼 전락할 가능성이 많습니다. 그것이 지역 주민의 입장에서 보면 얼핏 보아 지역을 바꾸고 돈을 끌어올 것처럼 보입니다. 하지만 입장료조차 받지 못하고 그 외의 직·간접적인 소비도 일어날 가능성이 희박합니다. 그래서 주관 단체는 자연 미술이 가져다 주는 새로운 개념의 지역 활성화를 꾀하는 전략을 세워야 한다고 본 것입니다.

남에게 보여 주는 전문가들만의 예술이 아니라, 지역 주민들이 즐길 수 있는 프로그램이 필요합니다. 당연히 자연 미술을 찾는 잔치의 손님 중 우선시되어야 할 사람은 지역 주민입니다. 따라서 새로운 문화적 도시의 인프라는 주민들이 호스트가 되는 것에 목표를 두고 계획을 세워야 합니다. 주민들이 가장 좋아하고 가장 잘하는 일들을 알아야 그들이 호스트 입장에서 자랑스러워하며, 사는 재미를 마음속에서 우러나오는 목소리로 이야기할 때 당연히 손님들도 찾아오지 않겠습니까?

지역 활성화는 주민이 호스트로서 스스로 즐기고 그것을 소문으로 들은 게스트들이 머물고 싶은 도시가 될 때 가능해집니다. 그 과정에서 게스트들이 머물면서 다양한 형태로 도시에서 소비를 하게 되고, 그러면 지역 경제 역시 활성화됩니다. 오늘날 경제적 개선이 가장 최우선에 있을 수밖에 없는 지역민들의 입장에서 볼 때, 주민 스스로 자연 미술 운동에 앞장설 수 있는가는 지역 활성화를 이루어 내는 데에 가장 중요한 관건이 아닐 수 없습니다. 신풍면 원골 마을에서의 자연 미술은 어디로 갔을까요?

오늘날 영국에서는 공공 미술이 일종의 산업이 되었습니다. 공공 미술은 어디에서나 찾아볼 수 있습니다. 지난 몇십 년 동안 수많은 자칭 '공공 미술가들'이 생겨났고, 미술 대학에 공공 미술 전문 학과가 개설되고, 무엇보다도 전국에 걸쳐 많은 수의 공공 미술 작품들이 만들어졌습니다. 영국 대부분의 도시와 지방 지역 사회의 공공 장소에는 공공 미술 작품들이 들어섰으며, 현대적 도시 개발에 있어 자연스러운 요소가 되었습니다. 이러한 공공 미술 작품의 경우 평범한 것도 있고, 매우 뛰어난 것들도 있습니다.

오늘날 영국에서 가장 잘 알려지고, 아마도 가장 사랑받는 공공 미술 작품은 영국 북동부 게이츠헤드에 위치한 안토니 곰리Antony Gormley의 '북쪽의 천사The Anegel of the North'일 것입니다. 이 작품은 20미터 높이에 점보 제트기만큼 넓은 날개를 가진 거대하고 상징적인 조형물입니다. 이 작품 하나를 보러 오는 관광객이 연간 300~400만 명이나 되며, 검색 엔진 구글을 통해 나열되는 항목이 1600만 개에 다다릅니다. 이를 보면 대중이 지난 14년 동안 이 작품에 대해 나타낸 유례없는 큰 관심을 알 수 있습니다.

이러한 많은 공공 미술 작품들은 엘리트주의적인 기존의 미술 시스템에 반대하는 움직임으로 생겨난 것입니다. 즉, 많은 공공 미술은 관습적인 전시 공간과 전시 문화의 엄격한 요구에 속박되길 원치 않는 작가들과, 예술을 일상의 거리와 건물, 공공장소로 확장해 모두에게 접근이 가능하도록 만들기를 원하는 문화 활동가들에 의해 촉발되었습니다.

이 같은 사례에서 보듯 영국에 공공 미술이 있다면 한국에서는 자연 미술이 있다고 봅니다. 공공 미술과 자연 미술이 갖는 정체성은 각기 다르지만 기존의 틀을 벗어나 대중의 참여나 영역을 넓히고자 하는 점 등은 비슷하다는 것을 많이 느낄 수 있습니다. 우리 자연 미술도 소수가 아닌 다수를 위한 활동이라고 볼 때 과거 미술의 일방적인 방식보다는 지역을 특화하기 위한 방향으로 나아가면 어떨까요? 예를 들면, 금강 둔치나 연미산에서 나무꾼과 곰을 소재로 한 작품이라든지, 도심 속으로 들어가는 자연 미술의 설치 등이 있을 수 있습니다.

자본주의 시장의 현대 미술은 과도한 엘리트주의와 상업적 가치를 전제로 하고 있습니다. 그러나 자연 미술은 상업적 가치를 전제로 하지 않는 프로젝트로서 예술 엘리트주의를 견지하지 않습니다. 자연 미술의 정체성에는 자연의 자연스러움과 인간의 인간다움이 미술을 통해 만나면서 이를 통해 자연의 생명력과 인간의 창의적 상상력이 살아 숨 쉬는 정신이 있습니다. 권력화되고 상업화된 기존 미술계의 세력과는 거리를 유지합니다.

하지만 작품 활동이나 자연 미술 운동도 재정 없이는 헤쳐 나갈 수 없는 것이 현실입니다. 정부나 지자체에 의존하고 있는 보조금 지원도 국·내외적 경제 변동에 따라 불확실한 관계이고, 기업체들의 후원금도 기대하기 어렵습니다. 이렇듯 점점 어려워지는 재정 구조로써는 자연 미술 운동의 순수성의 완성도를 높일 수가 없다고 봅니다.

지속 가능한 문화 산업으로 살아남기 위해서는 점차적으로 스스로 자생할 수 있는 자연 미술 운동의 다원적 기능에 눈을 돌려야 합니다. 자연 미술 체험 거리는 자연과 더불어 자연을 닮은 삶을 살아가는 때 묻지 않은 곳에서의, 금전적으로는 환산할 수 없는 무한한 가치를 제공하고 있습니다.

이러한 장소에서 고품격의 자연 미술 카페 운영이나 자연의 소리 음악 감상실 운영 등은 관람객들로부터 수익을 발생시키는 매력 덩어리가 될 수 있다고 봅니다.

지역 주민들의 참여가 자연 미술을 키운다

───

공주는 분명 국제적인 문화의 도시입니다. 공주에서 처음 시작한 자연 미술은 자연 속에서 자연을 소재로 한 예술 창작 활동으로 지역적 한계를 넘어 국제적인 미술 운동으로 발전하게 되었기 때문입니다.

주류 미술계의 환경으로부터 새로운 미술 세계로의 태동, '야투'와 '자연 미술'의 명칭 제정과 정체성의 차별화 그리고 원골 마을에서부터 5회에 걸친 국제적인 자연 미술 비엔날레까지. 이토록 수많은 작품전을 만들어 낸 것은, 그동안 재정적인 한계와 더불어 개최 · 장소 등의 갈등으로 우여곡절을 겪으면서도 끝내 포기하지 않았던 자연 미술가들의 끈질긴 집념 없이는 이룰 수 없는 큰 성과라 하겠습니다.

이러한 노력에 힘입어 해마다 여름이면 수많은 국내외 예술가들이 공주로 모여들고 연간 수만 명의 관광객들이 공주를 찾아 자연과 어우러진 작품을 감상하곤 합니다. 하지만 자연 미술이 자연 미술가들만의 잔치가 되어서는 안 된다고 봅니다. 지역 주민들이 호감을 갖고 참여하게 하는 지역 주민의 호스트 전환 전략이 우선적으로 필요하고, 자연 미술이 지역을 특화시키는 공공성 전략과 함께 스스로 자생할 수 있는 수익 구조로의 전환이 시급한 실정입니다.

새 신을
신고

　새봄입니다. 해마다 돌아오는 봄이지만 그 어느 해보다 좋은 느낌이 듭니다. 지난해 봄 같았으면 살포시 내밀던 꽃들이 잔인하게 얼어 죽어 버렸을 쯤, 아파트 창문을 캔버스로 삼아 예쁜 목련을 피워 올려 놓고 꿀벌들을 즐기게 하고 있는 것만 보아도 새봄은 분명 우리에게 역동감을 주는 것만 같습니다.

　우리의 동요에 "새 신을 신고 뛰어 보자 팔짝, 머리가 하늘까지 닿겠네."라는 노래가 있습니다. 새 신을 신고 뛰어 보면 머리가 하늘까지 닿을 수 있다는 내용으로 새 신을 사회가 권장한 측면이 있을 정도로 '새 신'의 의미는 전보다 잘 살게 된 지금도 그렇지만, 옛날이 더 대단했던 것 같습니다.

새 신을 신고 뛰어 보자

변화가 거의 없을 적, 적게 먹고 아껴 쓰던 궁핍했던 시절, 고무신 한 켤레라도 덜 닳게 해야 했던 것이 당시 생활이었다고 보면 아마도 '새 신'은 지금의 '새 차' 정도였다고나 할까요? 그러니 '새 신'은 동네 아이들의 자랑거리가 되기에 충분했고, 새 신을 신고 뛰면 세상 모두가 내 것 같아 머리가 하늘에 닿을 정도가 될 수밖에 없었던 것입니다. 반면에 헌 신을 신으면 하늘까지 오를 수 없다는 의미가 포함되어 있다고 볼 수도 있습니다.

신발은 신발인데 '헌 신발'은 하늘에 못 오르고 '새 신발'은 오를 수 있다는 것은 무엇을 뜻하는 걸까요? 헌 신은 오랫동안 길들여져 신고 뛰기에 편하지만, 새 신은 조금만 신어도 발뒤꿈치가 까지고 허물이 벗겨져 오히려 불편함에도 불구하고 새 신을 신고 뛰어 보자고 권유한 것은 낡은 것에 대한 불만에서 벗어난, 새 것에 대한 기대치입니다. 새로운 분위기 쇄신과 더불어 발전을 기약할 수 있었기 때문이 아닌가 생각합니다.

동요 속의 '새 신' 자체는 현재 다양한 형태의 유명 브랜드의 운동화나 구두로 변신하기도 했지만, 새 신이 주는 의미는 예나 지금이나 크다고 볼 수 있습니다. 새 학기를 맞이하여 자녀들에게 새 운동화로 갈아 신기는 것 그 속에는 새로운 희망을 불어넣어 주고자 하는 마음이 숨어 있는 것입니다. 달리 보면 그렇지 못한 아이들은 상대적 빈곤감에 사로잡히기도 합니다. 이처럼 '헌 신'과 '새 신'은 하나의 물건이라는 점에서 형태와 시스템은 같지만 결과는 '절망'과 '희망'으로 엄청난 차이를 가져다 줍니다. 이 같은 현상을 소위 '새 신 효과'라고 말하고 싶습니다.

헌 신 효과와 새 신 효과

우리 공주가 매년 인구가 줄어들고 상권이 점점 쇠락해 가는 현실에서 '새 신 효과'로 얻을 것은 무엇일까요? 백제 문화제, 구도심 디자인 입히기, 재래시장의 현대화, 제민천 생태 복원, 금강 레저 시설, 공방촌과 한옥 숙박촌 조성 사업, 고마, 금학동 생태 조성 사업, 교향악과 국악의 소리 마케팅, 음식 100선 등을 한창 벌리고 있지만, 비근한 예로 주요 도로변 주차 문제만 해도 그렇습니다.

무인 단속기를 설치하여 고질적인 불법 주차를 없애겠다는 것이 새 신이 주는 의미의 발상입니다. 4차선임에도 양쪽 끝 차선은 주차가 되어 있어 통행할 수가 없고, 가운데 차선만 이용해서 서다 가다를 반복하는 통행 구조에 많은 문제가 있어도 그저 속으로 삭혀 왔던 터에, 원활한 소통이야말로 어릴 적 새 신 신고 마냥 뛰어 다니는 기분이자 관광 공주의 새로운 활력이 아닐 수가 없었습니다.

주차장처럼 되어 버린 거리가 뻥 뚫린 거리로 변했으니 짜증은 가시고 기분 좋은 마음으로 힘껏 달릴 수 있지 않습니까? 그동안

"과잉 단속 중단하라!"라며 상가마다 붉은 글씨의 플래카드가 나붙기 시작하더니 심지어 행동으로 보인 시위까지 겪기도 했었지만, 이제는 상가들의 자발적인 동참의 결과가 도시의 품격을 높여 주고 있습니다. 마침 일본 관광객을 안내하던 중 분명 "구마모토시도 그랬다"며 "단속 카메라 설치 후 처음에는 주차할 수 없는 상가와 소비자들이 불편을 호소하며 이용을 꺼려하는 현상이 나타나지만, 곧 질서 정연한 교통이 도시의 매력을 유발시켜 소비 욕구를 증가시키는 요인이 되었고, 걸으면서 하는 새로운 쇼핑 문화를 만들어 냈다"는 말을 들었습니다만, 이런 현상들이 새 신 효과를 뒷받침하고 있는 것이 아니겠습니까? 이처럼 주차 질서가 잡힌 지 몇 년이 지나자 새로운 문화로 정착되고 있는 경우도 있지만, 또 다른 문제를 야기시키는 곳이 제민천변입니다.

제민천 길, 휴먼의 길

제민천을 정비하면서 그전보다 천변 길이 넓어졌습니다. 차 두 대가 서로 비켜 갈 만해졌습니다. 또 자전거 타기도 한결 수월해졌고, 걷는 것도 편해졌습니다. 넓어진 길을 자유롭게 통행하는 것이 우선입니다. 더 중요한 것은 중앙로 길은 차들이 달리는 거리이지만 제민천 길은 옛 모습은 아니더라도 사람과 사람이 만나고, 흐르는 물과 이야기하며 걷는 길이 되어야 합니다. 그런 길이 명소 길이 됩니다.

제민천 길에 주차하는 자동차가 먼저 자리 잡기 시작하고 있는 것이 문제입니다. 인근 상가 이용자나 주택 소유자들의 편리성이 우선일 수도 있습니다. 하지만 그곳이 주차장으로 변한다면 사람들이 외면할 것이 뻔합니다. 걷고 싶은 거리는 그냥 만들어지지 않습니다. 예술인 집, 흐르는 물 그리고 차 없는 거리가 그것으로, 기계 문명 소리가 들리지 않는 거리라고 볼 수 있습니다.

제민천에서만큼은 장애물이 없는 확 트인 시야로 걷고 싶습니다. 제민천 정비가 단순히 토목 공사로 끝나서는 안 되는 이유입니다. 주차하는 세상은 헌신짝이고 사람 세상은 새 신발입니다. '헌신짝'은 빨리 버릴수록 '새 신'을 빨리 구입할 수 있게 되어 있고, 그러면 '새 신 효과'도 금방 나타날 것입니다.

일본 사람들의 말을 굳이 빌리지 않더라도 거리 주차를 몰아낸다면 곧바로 주차장 시설의 확보를 앞당기게 되고, 사람들이 모이는 길에는 걸으며 즐길 수 있는 거리 예술이 들어와 또 다른 고객들을 끌어들일 것이며, 급기야 상업이 번창하게 되어 거리와 상가 그리고 사람 모두가 관광 상품이 되는 것은 선진국에서 흔히 보아 왔던 모습이 확실합니다. 활력이 넘치는 좋은 계절에 헌신짝 버리고 제민천 길에서 새 신발 신고 뛰어 봅시다. 답답한 거리는 뛰고 싶어도 뛸 수 없고, 막힘 없는 거리는 신나게 뛸 수 있다는 사실을 새봄은 압니다.

밤 막걸리
세계로

필요할 때는 하나만 가져야 하는 것 같습니다. 둘을 다 가지려다 그나마 있는 하나마저 잃어버리고 말지요. 지역 브랜드 가치가 가지고 있는 속성이기도 하고요. 공주 알밤 축제 때 나왔던 말입니다. 2009년 백제 문화제가 취소되면서 공주 알밤이 세상에 햇볕을 본 거죠. 그간 백제 문화제에 가려져 있던 알밤 축제였으니까요. 축제의 적이었던 신종 플루의 덕분이기도 한가요?

10월은 알밤 축제의 계절입니다. 2009년에도 알밤 줍기 체험, 장작불 알밤 구워 먹기, 밤 요리 경진 대회, 알밤 먹거리, 알밤 무대 공연, 알밤 게임 들은 그동안의 축제와 크게 다를 것이 없었지요. 하지만 정안에서 시작하여 신관 금강 공원에서 연문 광장 거리로 축제장이 옮겨지면서 분위기가 사뭇 달라졌고, 읍면 단위 농협장과 알밤 생산 농가, 판매 단체, 공무원 들이 함께 만들어 가는, 다시 말해

축제의 주인이 달라졌지요.

　첫째 날 낮에는 생소한 분위기 탓인지 홍보가 덜 되어서 그런지 방문객들이 적었지만, 밤부터는 소문을 듣고 몰려든 인파로 거리가 넘쳐 났지요. 저도 모르게 "음~" 하는 소리가 흘러나오더군요. 평소 같으면 차들이 질주하는 도로입니다. 그 위에 가득 들어찬 부스 앞마다 하얀 연기 피워 놓고 밤 굽는 사람들, 끼리끼리 모여 앉아 이야기꽃을 피워 대는 막걸리 열풍이 통하고 있었기 때문이죠. 식당 운영자에게 물어 봤죠. 소주나 맥주 찾는 손님이 없느냐고요. 이상할 정도로 없다고 하더군요, 다만 홍보탑 문구에 씌어진 "옥토버페스트가 뭐냐?"고 묻는 분들이 많았다고 합니다.

독일에 맥주가 있다면 공주에는 밤 막걸리

언젠가 세계 최대 맥주 축제인 독일 뮌헨의 옥토버페스트October-fest를 TV를 통해 본 적이 있습니다. '옥토버스페스트'는 '10월의 축제'라는 말 아닙니까? 매년 9월 셋째 주 토요일 정오부터 10월 첫째 일요일까지 열린다고 합니다. 3000명을 수용하는 천막 술집에서 뮌헨 시장이 그해 첫 생산된 6도짜리 맥주를 선보이면서 막이 오르는 이 축제는, 16일 동안 세계 최대의 술판을 벌리는 행사라고 하더군요. 매년 독일은 물론 전 세계에서 700여 만 명이 넘는 관광객이 몰려 1조 원의 수익을 올린답니다.

올해로 176회를 맞이하여 역사가 깊지만 당초에는 맥주로 시작한 축제가 아니라 경마 경기로 시작했다고 하더군요. 세계적으로 유명해진 것은 제2차 세계대전이 끝난 뒤 몰려든 미군 덕분이고요. 미국, 유럽, 일본 관광객들이 뒤를 이어 진면목을 알게 된 때부터라고 합니다. 잔 단위로 파는 맥주와 축제 벌판의 혼란스러운 분위기가 외지인들의 마음을 사로잡는 것이더군요. 이런 축제가 있기 전의 뮌헨은 보리 농사를 짓던 아주 작은 도시였다고 합니다.

축제가 아니면 유명세를 타지 못했을 뮌헨의 맥주가 세계적인 술이 됐습니다. 많은 아이디어를 떠오르게 하는 장면이 아닐 수 없었습니다. 반면에 공주의 최대 산업은 밤 아닙니까? 밤 산업을 육성시키고자 다양한 방법을 동원하고 있지만 가장 좋은 방법은 축제라고 보고 있습니다. 하지만 단순히 반복적으로 밤만 팔고 줍는 체험으로는 축제가 발전하기에는 한계가 있었지요. 밤의 소비를 확산시키고 명품 브랜드로 끌어올릴 수 있는 콘셉트를 밤 막걸리로 잡은 것도, 공주 알밤 축제를 공주 알밤 옥토버페스트라고 명칭을 바꾼 이유도 모두 다 여기에 있습니다.

독일에 맥주가 있다면, 공주에는 밤 막걸리가 있습니다. 막 걸러 냈다 하여 막걸리라고 합니다. 도수는 6도로 맥주와 비슷합니다. 쌀과 누룩으로 빚어 만든 탁한 술이 막걸리이고, 밤을 더 넣어 만든 술이 밤 막걸리이지요. 밤의 고소함이 살아 있는 밤 막걸리는 일반 막걸리와는 다릅니다. 세계 어느 누구도 모방해 낼 수 없는 우리만의 문화콘텐츠입니다. 목 넘김이 부드러운 데다 샛노란 빛깔로 눈까지 즐겁게 하지요.

한때 포천 이동 막걸리가 인기가 있었지요. 지금 비교해 보십시오. 맛의 차이가 너무 큽니다. 여자들도 좋아하더군요. 의당, 사곡 양조장 사장님들의 텁텁한 막걸리 이야기도 축제장에서 한몫 했습니다. 그동안 막걸리는 트림이 나고 술이 깰 때 머리가 아프다고 했던 것과는 달리 밤 막걸리는 일찍이 10년 전부터 이런 문제를 해소시켜 온 참이었습니다.

생막걸리와 살균 막걸리의 차이

    막걸리에는 생막걸리도 있고 살균 막걸리도 있다는 것도 처음 알 았지요. 살균 막걸리는 열처리를 해서 균을 모두 죽인 것이고 생막 걸리는 유익한 균들이 그대로 살아 있다는 점이 다르더군요. 우리 가 보통 먹는 게 생막걸리지요. 생막걸리 한 병에는 요구르트 500병 과 같은 양의 유산균이 들어 있고 식이섬유가 다량 함유되어 있어 장 운동에 좋은 반면에, 오래 보관할 수 없어 대량으로 유통시킬 수 가 없다고 하더군요.

    부글부글 끓는 것은 막걸리에 남아 있는 곡물과 효모가 발효를 멈추지 않기 때문에 그렇다고 합니다. 냉장 보관하면 막걸리의 발 효 과정을 일정 부분 억제시킬 수는 있지만, 생막걸리의 유통 기한 을 열흘 이상으로 늘리기가 어렵다는 것은 앞으로 생막걸리의 발전 과제가 아닐 수 없습니다.

    밤 막걸리 열풍이 불고 있습니다. 일반 막걸리는 몰라도 밤 막걸 리만큼은 공주만의 술입니다. 축제가 끝난 지금 금성동 백미 고을 은 물론 공주 시내 음식점마다 밤 막걸리를 찾는 이야기로 와자지 껄하지요. 판매량도 3배나 늘었다고 합니다. 심지어 일본 사람들까 지 요청하고 있으니까요. 밤 막걸리 열풍입니다. 축제의 효과라고 말하고 싶습니다. 그동안 막걸리를 찌그러진 주전자의 천한 술로 인식해 왔지만, 이제는 세계에 당당히 내놓을 수 있는 백제 문화의 가장 큰 상품이 될 수 있는 기회입니다.

왜 외국어로 "옥토버페스트라고 하느냐?"라는 지적도 있었습니다. 그러나 새로운 변신의 몸부림이라고 봐 주시면 좋을 듯합니다. 뮌헨이 맥주라는 콘셉트로 세계적인 맥주의 고향이 됐듯이 밤 막걸리로 세계적인 공주가 돼 보면 어떨까요? 이는 백제 문화제보다도 더 큰 축제가 될 수 있다는 자신감에 찬 얼굴들을 축제장에서 봤기 때문입니다.

슬픈
천안함

천안함이 침몰된 지 4년 내내 저의 뇌리를 떠나지 않는 것이 있습니다. 칠흑 같은 어둠과 차가운 물속에서 죽음과 맞서야 했던 해군병사들의 처참한 몸부림과 지역 출신 이상민 병장이 죽어서 말한 사랑이 그것입니다.

명화 타이타닉이 생각나더군요. 세계 최대 호화 유람선 타이타닉호는 어둠의 바다를 순항하고 있었습니다. 선장, 기관사, 요리사, 악사 등은 승객들에게 최고의 서비스를 제공하고 있었고, 함교에는 당직 항해사가 번갈아 조타를 하는 장면이 보입니다. 하지만 타이타닉호는 빙산과 충돌하면서 선체에 구멍이 나고, 순식간에 유람선 전체는 아수라장으로 변합니다. 구명정 앞에는 승객들이 서로 먼저 구조되기 위해 안간힘을 쓰는가 하면 선원들은 질서를 지키지 않는 승객에게 발포까지 합니다.

1997년도에 만들어진 영화이지만 보면 볼수록 장면 하나하나가 머릿속에 계속 남습니다. 배가 가라앉기 시작할 때 비극적인 사랑이 시작됩니다. 서로 살기 위해 몸부림치는 난리 속에서도 끝까지 키를 잡고 배와 함께 죽음을 맞이하는 어느 노부부, "행복한 나라로 갈 거야."라는 이야기를 들려 주며 아이들을 잠들게 하는 엄마, 구조 보트도 안 타고 승객들을 진정시키기 위해 침몰하는 갑판을 지키며 악기를 연주하던 8명의 연주자들의 광경 등이 그것입니다.

점점 더 슬픈 감정에 싸이게 하는 것은 배의 앞부분부터 물이 들어와 배가 기울어지고 뒷부분이 하늘로 치켜 올라가게 되면서 마침내 배가 두 동강 나고 침몰할 때, 사랑의 주인공 로즈와 잭이 배 끝을 잡고 매달리다가 바닷속으로 떨어지는 장면입니다.

삶과 죽음의 경계

영하의 차가운 바닷물에서 잭(남자)은 로즈(여자)를 떠다니는 나무 판대기 위에 올려 주고는 죽어 가면서도 "너무 추워, 로즈", "당신은 살아야 해. 살아서 아이도 낳고, 훌륭히 키워야지", "그리곤 나이 들어 편안히 죽어야 해. 여긴 아니야. 이런 데서 죽어선 절대로 안 돼." 로즈도 속삭입니다. "사랑해요, 잭. 포기하지 마." 다시 잭은 "감각이 없어. 내 최고의 행운은 이 배를 탔다는 거야. 배에서 당신을 만난 게 얼마나 행복인지 몰라."라고 하며 잭이 물속에 잠기면서

308

이 영화는 끝납니다.

1912년 4월 15일, 북대서양에서 빙산과 충돌해 1513명의 사망자를 낸 타이타닉호. 실제 있었던 역사적 사실을 바탕으로 만든 영화 아닙니까? 우리 천안함 사건과는 그 사정이 다릅니다. 군함과 여객선의 차이입니다. 하지만 침몰하는 과정을 떠올리면 비슷한 점이 너무도 많다는 느낌이 들지 않습니까? 지난 3월 26일 밤, "꽝" 하는 폭발음과 함께 배가 두 동강 나면서부터 58명이 구조되기까지 1시간 51분의 긴박한 순간, 신은총 하사는 폭발 충격으로 안경을 잃어버린 데다 배가 90도 기울면서 쏟아져 내린 물건들에 다리가 깔려 한쪽 다리를 쓸 수 없게 되자, 김현용 중사가 출입문에 매달려 버둥대는 신 하사를 자기 안경을 씌워 주며 구출하였다죠.

이광희 중사는 선체가 뒤틀리면서 틈이 벌어져 함교 우현에 가까스로 매달려 움직일 수 없게 되자 자기 몸을 구부려 계단처럼 만들고선 전우들을 끌어 올려 탈출할 수 있게 했다죠. 또 부함장 김덕원 소령은 남아 있던 전우들을 모두 탈출시키고 마지막으로 구명정을 탔다고 합니다. 이렇듯 삶과 죽음이 나뉘는 경계선에서 '우리'라는 전우애를 보여 주었습니다. 하지만 "살아 돌아온 우리가 죄송스러울 뿐…"이라며 고개를 떨어뜨리기도 하더군요.

그래도 이들 58명은 살아서 돌아온 군인들 아닙니까? 함미에 있던 군인들 46명은 한마디 말이 없습니다. 모두가 죽었기 때문이죠. 그중 한 사람이 우리 고장 출신 이상민 병장입니다. 제대 2개월을 남겨 두고 끝내 싸늘한 주검으로 돌아왔죠. 더욱이 가슴을 저리게 하는 것은 1남 3녀의 막내로 태어나 청각 장애를 앓고 있는 아버지와 병석에 있는 어머니 그리고 지체장애 2급의 누나가 있는데, 이상민 병장을 가정의 희망으로 삼고 제대할 날만을 기다리며 살고 있었다는 점입니다.

천안함은 죽어서 위대했노라

동네 사람들은 지난해 이맘때 휴가 나와서는, 매달 8만 원의 봉급을 모아 아버지의 회갑연을 열어 준 것이 마지막이 되었다고 말하더군요. 힘든 해군을 지원한 것은 누구보다도 넓은 바다에서 젊음을 키워 보고 싶어서 그랬을 것입니다. 사교성도 좋고 운동도 잘하고 드럼 연주도 수준급이라고 하더군요. 그런 이상민 병장이 갑자기 배가 위로 솟구치고 기울어지면서 전기가 끊기고 바닷물이 흘러들어 올 때 무슨 행동을 했을까요?

"아이 추워. 이 일병, 당신은 살아야 돼. 절대로 죽어선 안 돼."라고 말하며 드럼이라도 연주하면서 전우들의 마음이라도 안정시켜 주며 죽음을 맞았을지도 모를 일입니다. 전우들을 위해 최선을 다하다가 "내 최고의 행운은 이 배를 탔다는 거야. 조국에 몸 바칠 수 있다는 것."이라며 최후의 운명을 스스럼없이 받아들이지는 않았을까요? 천안함의 밑바닥에서 끝내 살아서 돌아오지 못한 이상민 병장.

격실문을 박차고 나와 보무당당하게 귀향해서 사랑하는 아버지의 생일 잔칫상을 드리고 싶었을 4월 18일이 한참 지났습니다. 나라가 온통 슬픔에 잠겨 있습니다. 아들 잃은 슬픔이야 오죽하겠습니까? 설사 수습 과정의 실수가 있더라도 비판과 비난으로 슬픔을 뒤집어씌울 수는 없는 일입니다. 슬픈 천안함! 죽은 자는 말이 없습니다. 아무리 절규해도 다시 돌아오지 않습니다.

지금 살아 있는 자들이 해 주어야 하는 것은 젊은 나이에 당한 죽음을 그저 원망만 하는 것이 아니라, 이들을 우리들 마음속에 영원히 기억하는 일이라고 봅니다. 덩달아 바닷속으로 침몰하는 것처럼 망각으로의 침몰이 되지 않도록 하는 길밖에 없는 것입니다. 100년 전 대서양 참사를 끄집어 낸 영화 타이타닉처럼 말입니다. 아름답게 만드는 일이죠. 후손들에게 물려 주어야 할 자산으로 남겨야 합니다. "천안함은 죽어서 위대했노라"고….

본문 86p 소제목 유마(維馬) 십승지지 이야기를
유마(維麻) 십승지지 이야기로 바로 잡습니다.